INÉVITABLE

Collection New Romance® créée par Hugues de Saint Vincent
et dirigée par Arthur de Saint Vincent

Édition : Sandrine Lazure
Révision : Christine Ouin
Design et illustration de la couverture : ©Kinos
Mise en pages : Mélodie Landry

Collection dirigée par Franck Spengler
34-36, rue La Pérouse
75116 Paris
www.hugopublishing.fr

ISBN : 9782755662566
Dépôt légal : octobre 2022
Imprimé en Espagne par Liberdúplex

KERBIE V. MESSIER

INÉVITABLE

Hugo Poche

NEW ROMANCE®

À vous, mes trésors.
Vous me permettez
de croire en mes rêves,
et de les réaliser...

LUI

Quartier Sillery,
ville de Québec, 2018

– Vite, Simon, il faut réussir à contrôler ce brasier !

– Je fais de mon mieux, Johnson !

Il est exténué, tout en sueur. Il fixe le feu, les yeux dans le vague.

– Il faut arriver à les sauver, tu comprends, il faut qu'on les sorte de là.

Le cœur compressé au fond du thorax, je suis à bout de souffle. Simon, alias Giguère pour la brigade, observe toujours les flammes qui montent vers le ciel. Le portrait regrettable d'une maison qui devait être belle auparavant. Celle qui abritait des gens innocents qui se pensaient en sécurité. Merde ! Que faisaient-ils pour ne pas entendre l'alarme d'incendie ?

– Simon, reste attentif, sinon va falloir que je prenne ta place. Réveille-toi ! On n'éteint pas un feu en restant là sans rien faire !

Il ne fait que secouer la tête, amorphe. Je rage intérieurement. Une famille est toujours coincée à l'intérieur. Je cours vers lui, le saisis par le collet et plante mes yeux dans les siens.

– *Come on*, il y a au moins trois personnes là-dedans ! Simon, y a même un enfant ! Active-toi, ils sont peut-être encore vivants.

– C'est beau, j'ai compris, Dex.

Simon me repousse d'un coup d'épaule. Je fulmine.

– Du nerf, ça presse. Déjà que t'es arrivé en retard et qu'on a failli partir sans toi !

Simon reprend un peu d'ardeur. Il se cramponne au tuyau d'arrosage. Enfin. Je suis celui qui gère l'équipe, qui s'assure que tout le monde est en poste. Celui qui est toujours prêt à remplacer un coéquipier dans le besoin. Mais là, je ne sais plus où donner de la tête. Une maison disparaît sous nos yeux. L'étage supérieur est moins touché, mais nous devons maîtriser le feu au rez-de-chaussée si l'on veut avoir une chance d'y accéder. L'échelle est à disposition, il ne reste qu'à réduire la force du brasier.

Une éternité s'écoule avant que j'entende monsieur Lambert, notre chef, nous beugler les directives. Il envoie un de mes collègues au camion pour déployer l'échelle qui devrait atteindre la fenêtre du haut. Il lui hurle de se dépêcher. De mon côté, j'ai le sang qui bout dans mes veines. La pression m'oppresse.

Dex, ce n'est pas le temps de perdre le contrôle.

Mon supérieur pointe Simon.

– Giguère, peux-tu sortir de la lune et tenir ce foutu boyau comme il faut ? Quant à toi, Johnson, surveille les arrières de Martineau et des autres. Tu restes à l'extérieur, prêt à recevoir les sinistrés. Compris ?

Je lui confirme que tout est clair d'une voix tremblante, alors que je l'aurais voulue solide et ferme. Du coin de l'œil, je vois Simon qui reprend sa tâche. Je ne sais pas ce qu'il se passe, mais il frôle l'incompétence. Habituellement, c'est le premier à réagir, à prendre des initiatives. Par chance, nous sommes arrivés sur la deuxième alerte : une vingtaine de pompiers d'un autre secteur s'attellent aussi à la tâche.

– Johnson, tu te tiens prêt ? me demande Martineau. Je monte sortir tout le monde.

J'opine, un pouce relevé.

Il gravit l'échelle, casse la vitre, se glisse dans la maison enfumée. Quelques minutes passent avant que Martineau revienne avec un bambin de quatre ans à peine entre les bras, inerte. Je dois me faire violence pour reprendre mes esprits. Ce métier en est un noble. On sauve des vies. Mais en voyant ce petit être inanimé…

Martineau interrompt mes pensées :

– Allez, Dex, il a peut-être une chance de s'en sortir. Les ambulanciers l'attendent.

Deux secouristes accourent vers moi, prenant le petit bonhomme en charge.

Au même moment, on entend nos coéquipiers à l'intérieur :

– Appelez une ambulance de plus, les parents sont inconscients !

En plus des voitures de police, deux véhicules d'urgence étaient déjà sur les lieux. Chaque fois, on espère ne pas avoir besoin de leurs services. Sauf que là, l'un d'eux est déjà parti sur les chapeaux de roues, emportant le petit garçon vers l'hôpital le plus proche.

Le cœur à l'envers, je reste en bas de l'échelle.

– Johnson, Pageau a besoin d'aide. Tremblay doit redescendre, une défaillance de sa bombonne. La tienne est fonctionnelle ?

– Oui, chef.

– Bien, monte ! Tu sais ce que tu as à faire.

Je grimpe en haut de l'échelle en moins de trente secondes. Mes bottes sont lourdes, et que dire de l'équipement respiratoire, mais il y a là un homme et une femme qui doivent rester en vie pour se rendre au chevet de leur enfant. J'enjambe la fenêtre qui donne sur le corridor principal.

– Johnson, par ici !

– J'suis là !

– On se dépêche, la structure commence à être endommagée au rez-de-chaussée. Dans la chambre, tu prends à gauche et moi à droite.

En avançant à tâtons dans la fumée épaisse, nous accédons bientôt à la chambre, puis au lit.

– T'as la fille, chanceux ! me lance mon collègue à la blague, alors qu'il empoigne le corps bien bâti de l'homme endormi.

– Ta gueule, Pageau. Es-tu bon pour le transporter tout seul ?

– Oui, mais on traîne pas, je sens la chaleur sous mes pieds.

La femme semble dormir paisiblement. Je glisse une main sous sa nuque et l'autre sous ses genoux. Aucune réaction. Je fais vite tout en restant délicat pour ne pas lui faire mal. Malgré mes efforts, ses longs cheveux s'emmêlent entre mes bras. Je m'attarde à son visage. Cette femme est belle. *Focus*, Johnson. Tu as deux vies à sauver.

– *Let's go*, on sort d'ici, m'encourage mon collègue.

Je lui emboîte le pas. Nous tenons toujours fermement les victimes lorsque nous atteignons la fenêtre où nous attendent deux autres pompiers de la brigade. Ils prennent le relais pour confier le plus rapidement possible l'homme et la femme aux ambulanciers qui sont prêts à foncer vers le centre hospitalier. Nous dévalons l'échelle derrière eux.

– J'ai entendu dire que le p'tit gars ne répondait pas aux manœuvres cardiaques, nous apprend Tremblay dès qu'on met le pied au sol.

Merde.

Je vois Simon au loin qui s'acharne encore sur le boyau. Par chance, l'incendie est enfin maîtrisé. On a fait de notre mieux. On s'est démenés comme des fous. Mais Simon était loin. Ailleurs.

Notre brigade se rassemble pour la répartition des tâches. Le pire est derrière nous. Nous ramassons le plus gros des débris, alors que d'autres équipes s'occupent de contrôler les cendres. En me dirigeant vers le camion, je me fais intercepter par mon chef. Un homme qui a plus d'une vingtaine d'années de métier derrière la cravate.

– Ça va, Johnson ?

– Pas trop, non. C'est la première fois que je fais face à un incendie aussi puissant. J'ai eu de la chance depuis mes débuts... Je n'avais encore jamais sorti du feu une victime inconsciente.

– Tu sais que ça fait partie du métier.

– Oui, mais là, il y en avait trois, chef. Trois !

– Faut apprendre à se détacher. On a tout essayé. Tu peux pas prendre le blâme sur tes épaules.

– Je suis à l'envers, chef. J'ai l'impression d'avoir échoué.

Je me laisse tomber sur le marchepied arrière du camion.

– La maison est une perte totale, mais peut-être qu'ils s'en sortiront, hein ?

Monsieur Lambert en a vu d'autres. Je cherche une lueur d'espoir dans ses yeux foncés.

– Nous avons agi rapidement, c'est l'essentiel. Dans notre métier, on vit avec les deux côtés de la médaille : la vie et la mort. Ne te laisse pas abattre. Il ne faut plus regarder derrière.

Il me tape sur l'épaule de sa main robuste. Je déglutis, tentant de faire passer la boule d'émotions qui se mêle à la fumée, mais rien n'y fait. Je me lève et vais aider mes coéquipiers à finir de ranger. Il est temps de quitter ce désastre.

De plus en plus de monde s'entasse près des bannières de sécurité. Ils n'ont rien d'autre à faire ? Les tragédies les rendent-elles heureux ? Ou serait-ce de la curiosité morbide ? À leur place, je retournerais dans mon lit au lieu de venir zieuter si un drame s'est passé près de chez nous. Ce genre de rassemblement éveille la rage en moi. Les gens n'ont-ils aucune morale ? Aucune retenue ?

Plusieurs chaînes télé sont déjà présentes pour relater l'évènement. Après s'être entretenu quelques minutes avec un responsable de la police, notre chef, grand et baraqué, s'approche des journalistes.

– Monsieur Lambert, y a-t-il des morts ? Des blessés ? Selon vous, quelle est la cause de l'incendie ?

– Il est trop tôt pour affirmer quoi que ce soit. Nous devons attendre l'avis des experts, mais tout porte à croire que c'est un incendie accidentel. Concernant les personnes à l'intérieur au moment des faits, on ne peut pas se prononcer sur leur état pour l'instant. Bonne soirée.

Il tourne les talons et marche en direction du camion qui s'apprête à retourner à la caserne. Monsieur Lambert lâche, en passant près de nous :

– Je n'aurais jamais été capable de leur annoncer la mort de ces pauvres gens.

LUI

Quartier de La Haute-Saint-Charles,
ville de Québec, deux ans plus tard…

– Dex, tu vas où comme ça ?

Elle glapit de sa voix nasillarde.

– Ça ne te regarde plus.

Je marche d'un pas déterminé vers la porte d'entrée en attrapant mon casque et mes clés au passage. Je n'ai qu'une envie, ficher le camp d'ici et ne plus revenir.

Je dois sortir. J'ai besoin d'air. Besoin de chevaucher ma moto. De me sentir libre.

J'en ai assez des menteries et de son air hautain.

En saisissant la poignée, je sens sa main s'accrocher à mon bras.

– Tu ne prendras pas ta moto, ce matin. Il pleut ! Appelle un taxi si tu veux vraiment partir.

– Dégage, Valérie.

Je m'échappe d'un geste brusque, prêt à tourner le dos à cette fréquentation toxique.

Le regret imprègne son regard noisette rempli de larmes, mais la colère qui m'envahit me laisse indifférent devant sa tristesse. En quelques semaines, j'ai découvert qui elle était. Une manipulatrice. Une menteuse. Elle embobinera quelqu'un d'autre. Je dois décamper d'ici et vite.

– Sois prudent, au moins.

Quelle garce ! Je prends tout de même le temps de claquer la porte aussi fort que ma poigne le permet. À travers le bruit, j'entends au loin son « désolée ». Et je doute qu'il soit sincère.

Je la hais.

À peine un pied dehors, j'ai déjà mon casque sur la tête. La clé en main pour démarrer mon engin du bonheur.

Je suis à vingt minutes de chez moi. Aujourd'hui, il m'en faudra moins de quinze.

Sitôt sur le trottoir, je suis trempé. Journée de malheur ! J'ai juste le temps de faire pivoter la poignée d'accélération que mon téléphone vibre dans la poche de mon manteau. C'est sûrement elle. Qu'elle aille au diable.

Je file vers ma résidence. La route étant déserte, je peux rouler à une vitesse qui fait monter l'adrénaline. Malgré la pluie, je sens la frénésie s'infiltrer sous les pores de ma peau. Je me sens bien. Le vent et l'eau collent à mon casque et j'aime la sensation de liberté qui m'habite enfin. C'est rarement aussi calme à cette heure-ci. J'en profite.

Je prends le dernier embranchement menant au boulevard qui longe mon quartier. Je me penche légèrement sur la gauche. J'adore les courbes. Sentir ma moto en parfaite symbiose avec mon corps afin de maîtriser totalement chaque virage. C'est jubilatoire. Surtout à une telle vitesse.

J'appuie sur la poignée pour donner un ultime coup d'accélérateur. La courbe tire à sa fin. Je me prépare à brûler le pavé d'une parfaite ligne droite sur cette route que je connais si bien.

Un coup de klaxon résonne derrière moi. Que se passe-t-il ? D'où provient le bruit ? En tournant la tête, ma moto vacille. J'essaie de la manœuvrer, mais l'eau qui tombe à torrents m'en empêche. Je ne réussis qu'à glisser. Mes pneus ne répondent à aucune de mes commandes. Je perds le contrôle.

Je passe trop près d'une voiture qui, dans un crissement de pneus, tâche de ralentir également.

Je valse à travers les trous d'eau et j'ai l'impression que la voiture m'effleure. Je tente par tous les moyens de reprendre la maîtrise de mon engin, mais je patine encore plus. Des coups de klaxon frappent de nouveau mes tympans. Ma jambe heurte le sol. Je ferme les yeux.

Réflexe idiot.

Mon corps percute quelque chose. Ma tête aussi. Mon souffle se coupe.

Il fait noir.

J'essaie d'ouvrir les yeux, mais la lumière est trop vive. J'entends des voix.

– Laisse-moi entrer. Je suis sa copine, après tout.

– Non, Valérie, tu ne l'es pas.

Simon, Valérie.

Ma tête fait mal.

Je sombre de nouveau.

Mon corps est lourd. Ma bouche pâteuse. Une voix me berce.

– Chaque jour, après mon passage ici, je vais au parc. Celui près de chez moi au bord du fleuve. Je m'assois près des jeux pour enfants…

La tête m'élance. Qui me parle ? Est-ce que ces mots s'adressent à moi ? C'est doux. Paisible... Impossible d'ouvrir les yeux, c'est trop pénible. Je replonge dans le noir.

– Tu devrais voir le fleuve lorsque le soleil se reflète dessus. Je m'assois souvent sous le saule pleureur…

Ma tête me fait toujours aussi mal. Mon corps tout entier est pris en étau. J'ai envie de pousser un cri, mais je suis paralysé. Que m'arrive-t-il ? Je cesse de respirer en sentant un léger frottement sur ma peau. Le contact délicat de ses doigts sur ma paume. Je me calme aussitôt. Je voudrais tant ouvrir les yeux. Mais la noirceur m'enveloppe.

J'aspire son odeur. Elle est là. Ma cage thoracique est compressée. Je ne sens pas mes membres, mais un parfum de lavande me chatouille les narines.

– Il se réveillera bientôt ?

Cette voix. Sa jolie voix.

– Dur à dire…

Je n'entends pas ce qu'on lui répond et je retourne à mes rêves.

Je suis dénué de toute énergie. Mes paupières sont lourdes, mais je perçois une lueur. Est-ce un rêve ? Une silhouette se dessine devant moi. Une flamme orangée s'approche. Ma joue reçoit une caresse apaisante. Mon front accueille un baiser.

– À demain, monsieur Mystère. Je vais regarder le fleuve en souhaitant que tu te réveilles.

J'aimerais parler, mais j'en suis incapable. Je souhaiterais aussi voir plus clair, mais tous ces efforts ont eu raison de mes forces et je repars dans les bras de Morphée.

Je m'éveille. J'ai la tête lourde. Pour une énième fois, j'essaye d'ouvrir les yeux. J'en suis incapable. Encore.

J'entends des pas qui vont et viennent sur le plancher, puis je sens que je suis de nouveau seul dans la pièce. J'ai mal partout. Allez, Dexter, tu peux le faire. Cette fois-ci, tu l'auras.

Comment me suis-je rendu là ?

Je me doute que je suis alité à l'hôpital. Plus tôt, j'ai entendu une voix de femme s'adresser à un docteur dont j'ai oublié le nom.

Je tends l'oreille. Des sons stridents et réguliers s'élèvent près de moi. Ma fréquence cardiaque, j'imagine. Je tente de bouger les bras, les jambes ; mes membres sont ankylosés. Absents, peut-être.

Je commence à disjoncter. Mes yeux papillonnent à cause de la lumière de la chambre beaucoup trop puissante. Je dois savoir si je suis devenu quadriplégique. Suis-je un homme-tronc ? Si ma vue pouvait être moins trouble ! Mon cœur s'emballe autant que l'émetteur de bruits aigus près de moi.

– Calmez-vous, monsieur Johnson, tout va bien. Vous êtes à l'hôpital Jésus-Marie, je suis le docteur Simard.

Simard, c'est ça. Je me concentre. J'arrive maintenant à percevoir, dans un brouillard, un homme grand et blond. Il doit être dans la mi-trentaine.

– Vous avez eu un accident.

Un accident ? J'essaie de prononcer un mot, mais rien ne sort. Je n'ai qu'un goût pâteux au fond de la gorge, comme si j'étais passé au travers d'une tempête de sable la bouche ouverte.

– Jenny, pouvez-vous lui apporter un verre d'eau tiède, je vous prie ?

Un petit bout de femme en uniforme rose fuchsia m'apporte un verre rempli à ras bord, une paille et une carafe d'un vert douteux.

La prénommée Jenny s'approche comme on aborde un animal sauvage. Il faut dire que je n'en suis pas loin. J'ai perdu la notion du temps et un peu de ma tête, j'ai l'impression. J'ouvre la bouche pour accueillir la paille et j'aspire l'eau qui est plus chaude que tiède. J'en prends quand même quelques gouttes. Que ça fait du bien ! Ma gorge s'éclaircit. Je tente un mot ou deux.

– Depuis quand ?...

Je m'étouffe. Mes cordes vocales me font payer d'avoir parlé si vite. Le docteur Simard s'approche.

– Quel est votre dernier souvenir au juste, monsieur Johnson ?

Pendant que je fouille dans ma mémoire défaillante, l'infirmière aux cheveux grisonnants relève mes signes vitaux. Elle saisit mon menton, scrute je ne sais quoi au fond de ma pupille, puis vérifie l'autre avant de s'attarder à ma luette et tout ce qui l'entoure.

Allez, Dex, cherche, merde.

Je prends une grande respiration.

– Tout va bien, monsieur Johnson ?

– Je réfléchis !

L'infirmière me dévisage, l'air sombre. OK, j'ai été un peu sec. Je m'empresse de m'excuser.

– Jenny, pourriez-vous aller chercher le dossier détaillé du patient ? Je n'ai que la feuille du suivi.

Sans plus de façon, elle pivote sur elle-même et disparaît dans le corridor.

– Je n'ai pas besoin de ce dossier, mais ça vous donnera quelques instants pour récupérer vos esprits.

– Je ne me souviens pas de grand-chose, docteur.

Je manque de m'étouffer. Que c'est difficile de parler lorsque sa langue est devenue un papier sablé !

– Essayez encore. Dites-moi la dernière chose que vous vous rappelez.

– Je pense avoir rêvé qu'on me racontait une histoire. Au sujet du fleuve. Du soleil. Il y a eu des cris aussi. Des voix fortes. De la lumière. De la noirceur…

– D'accord. C'est un bon début. Et si je vous demande la raison de votre présence ici ?

Je referme les yeux et ça y est. J'entends la pluie tomber. Un frisson me parcourt.

– J'ai froid, il pleut…

Mon cerveau s'active enfin à ces mots.

– J'étais sur ma moto. Je roulais vite. J'étais tellement en furie contre elle… Encore.

Je décris au mieux chaque détail qui me revient en tête. Depuis le départ de chez Valérie jusqu'à ce que je percute le sol.

– Vous êtes dans le mille. Votre vitesse et l'aquaplanage ont fait en sorte que vous avez abouti dans un séjour tout inclus chez nous.

J'arrive à sourire de cette réplique. Le docteur Simard tâche de détendre l'atmosphère.

– Vous auriez pu y laisser votre peau. Votre corps a subi plusieurs lacérations au contact de la chaussée, reprend-il plus sérieusement. Heureusement pour vous, des gens ont immédiatement contacté les services d'urgence. Ici, on vous a plongé dans un coma artificiel.

– Pourquoi ?

– Pour que vos blessures cicatrisent plus rapidement et pour que vous ne souffriez pas trop. Vous avez subi une sévère commotion cérébrale. Avec la force de l'impact, nous avons préféré forcer votre cerveau, de même que tout votre corps, au repos. Nous vous avons fait passer des tests neurologiques avant de cesser la médication. Ceux-ci se sont révélés convaincants. Vos blessures guérissent bien même si la plaie de votre genou reste infectée. On peut dire que vous êtes un miraculé, monsieur Johnson.

Il m'adresse un sourire en coin tandis que l'infirmière revient avec mon dossier complet. Le docteur Simard le feuillette sans grand intérêt.

– Docteur ?

Il lève les yeux sur moi.

– Je suis dans cet hôpital depuis combien de temps ?

Il regarde Jenny, qui a suspendu son geste ; tous deux semblent se demander s'ils doivent me répondre.

– Depuis près d'un mois, maintenant.

Le souffle me manque. Ma tête tourne.

– Continuez de reprendre des forces, monsieur Johnson. C'est déjà bien de vous voir aussi en forme. Il va falloir y aller doucement. Suivre les étapes. Reprendre l'alimentation, essayer de vous lever sans tomber, et ensuite ce sera la rééducation physique et cognitive. Le chemin est laborieux, mais vous allez y arriver. J'en suis convaincu.

Entre-temps, Jenny remonte mon oreiller et replace mes couvertures sans un sourire. Dès que je suis bien installé, elle tourne les talons pour suivre le médecin.

– Oh ! Monsieur Johnson, précise celui-ci en faisant volte-face, manquant de peu de bousculer l'infirmière. Nous avons contacté un certain Simon…

– Giguère.

– Effectivement. C'est le seul nom que nous avons trouvé parmi vos effets personnels. Monsieur Giguère nous a mentionné que votre mère était en Europe. Il a dû la prévenir.

Le docteur Simard me fixe le temps de mettre son dossier sous le bras, puis il repart avec Jenny.

ELLE

Mon téléphone sonne. L'afficheur ne me surprend pas, il m'appelle tous les jours.

Je décroche en lâchant un soupir.

– Es-tu de retour à la maison ?

Je lève les yeux au ciel en continuant d'avancer sur le trottoir qui s'étire de mon lieu de travail à l'hôpital. Le soleil brille et il fait bon. Marcher une trentaine de minutes me fera le plus grand bien.

– Brian, je quitte à peine mon travail et tu sais où je vais après. Je serai à la maison d'ici deux heures.

– Franchement, tu ne passes pas encore voir cet étranger matin et soir ? C'est ridicule.

– Arrête, tu sais bien que je me sens mal. Il a failli mourir à cause de moi.

– Becca, c'est pas ta faute ! Combien de fois va-t-il falloir que je te le répète ? Il pleuvait des cordes. Tu n'y voyais pratiquement rien et tu n'as pas pu faire autrement ! Les autorités te l'ont clairement dit.

– Oui, mais…

– Autant lui que toi avez fait un dérapage. Votre accident ne se serait pas produit s'il avait fait beau.

– Brian, c'est moi qui ai klaxonné ! J'étais dans la lune, il est arrivé vite et j'ai paniqué. J'ai klaxonné sur un coup de tête. Il s'est retourné et c'est là qu'il a perdu la maîtrise de sa moto. Si j'avais été attentive, je l'aurais simplement laissé passer. Je me sens responsable, tu comprends ?

– Tu as aussi fait une sortie de route en freinant ! Tu aurais très bien pu y rester !

– Ouais, ça m'aurait arrangé.

– Arrête ! Je t'interdis de dire des choses comme ça. Oui, il mérite de vivre, mais toi aussi.

Je ne réponds rien. Ce discours-là, je l'entends si souvent. Comme un vieux CD sur *repeat*. Toujours la même chanson.

– Que veux-tu ? On dirait que je t'aime et que je tiens à toi.

– Des fois, j'aimerais que tu m'aimes moins.

– Menteuse !

– Touchée, mais tu pourrais au moins changer de refrain !

– Arrête de dire des sottises comme celles que je viens d'entendre et j'aurai moins envie de te faire la morale.

Je lève le nez au ciel. Le soleil chauffe encore malgré les journées de plus en plus courtes. Nous avons la chance d'avoir un début de novembre chaud et ensoleillé.

– Bri, je dois te laisser, j'arrive, là.

– Prends du temps pour toi aussi. Sinon, un jour, ça te rattrapera.

– Vieux CD, le nargué-je en lui raccrochant au nez.

Ce qu'il peut être agaçant quand il s'y met ! Heureusement que je l'aime. Alors que je me perds dans mes pensées, une femme passe en courant et me heurte au passage en marmonnant des excuses à la volée. Je ramasse mon téléphone et mes lunettes tombés par terre.

– Tout va bien, madame Dussault ?

Le gardien du stationnement, un petit monsieur trapu sans cheveux sur le crâne, est sorti de sa cabine.

– Oui, oui, Raynald. La loi de Murphy, vous la connaissez ?

Il échappe un rire.

– Au moins, ce soir, vous n'aviez pas de café à la main !

Je souris et le salue gentiment. Je remets mon téléphone dans mon sac et repars vers la chambre où je me rends depuis bientôt un mois.

Au troisième étage, la réceptionniste me salue à la va-vite. Personne n'occupe le poste des infirmiers.

C'est étrange. Il doit y avoir un cas d'urgence en ce moment même. Tant pis. Je connais le chemin. Chambre 3424. Je finirai bien par obtenir des nouvelles de l'état de santé de monsieur Mystère durant ma visite.

Rien n'a changé. Il est là. Toujours étendu dans son lit au centre de la pièce, endormi. Mon bouquet de lavande, un peu fané, trône au bord de la fenêtre. À côté se tient la même chaise inconfortable d'un beige tirant sur le jaune. Ce doit être la couleur hôpital, car elle colore tous les établissements médicaux de la province.

Je prends place près de cet homme à qui je parle matin et soir depuis quelques semaines. Il ne m'entend pas. On m'a expliqué qu'il avait dû être mis dans un coma artificiel pour qu'il guérisse mieux, et surtout afin qu'il ne souffre pas trop.

Dexter Johnson. C'est son nom. Je préfère l'appeler monsieur Mystère, créant ainsi une barrière invisible entre lui et moi. Aussi imperceptible qu'éphémère. Je ne sais strictement rien de lui. Il doit en rester ainsi. Quand il apprendra qui je suis, il exigera que je parte sur-le-champ. Mais pour l'instant, je garde ma place.

Un verre d'eau est déposé sur le plateau à roulettes, entre lui et moi. Il a dû avoir de la visite. Je n'ai croisé personne jusqu'à présent, mais Jenny m'a déjà dit qu'un ami venait le voir « entre ses quarts de travail à la caserne ». J'ai su aussi qu'une femme était passée à quelques reprises la première semaine.

Mon seul souhait actuellement est qu'il puisse de nouveau être ce qu'il était un jour.

– J'ai soif.

Sous l'effet de la surprise, je pousse un cri. Je me retourne à une telle vitesse que j'accroche le verre d'eau qui se renverse sur lui, alors qu'il vient tout juste d'ouvrir les yeux ! Je suis si maladroite ! J'entends des pas dans le couloir tandis que j'essaie d'éponger le patient. Je veux dire, Dexter Johnson.

– Madame, calmez-vous et reculez, je vous prie, me dicte sévèrement une infirmière que je n'ai jamais vue.

Je me laisse retomber sur la chaise en posant une main sur mon cœur. Seigneur, il s'est réveillé ! J'ai failli mourir de peur. J'essaie tant bien que mal de me détendre. Je tire sur le tissu de mon t-shirt et je respire profondément. J'aimerais avoir l'air de conserver mon sang-froid. Visiblement, monsieur Mystère ne comprend rien. Il me dévisage de ses yeux d'un vert éblouissant.

Becca, ce n'est pas le temps de t'attarder à la couleur de ses yeux.

Reste que c'est la première fois que je peux admirer leur couleur. Ce vert émeraude contraste avec sa chevelure de jais, et me voilà comme un poisson hors de l'eau, à le fixer à mon tour.

L'infirmière dépose un autre verre d'eau devant lui.

Un malaise palpable plane dans la pièce, me faisant rougir. L'homme tousse, puis questionne :

– Qui êtes-vous ?

Nous y voilà. Qui est cette hystérique aux cheveux roux qui m'importune après mon long sommeil léthargique ? S'il pouvait parler aisément, c'est sûrement à ce genre de phrase que j'aurais droit.

– Suis-je amnésique ?

L'infirmière me fait de gros yeux. Elle est irritée que je sois toujours présente.

– Madame, si vous n'êtes pas de la famille, il serait préférable que vous…

Elle s'interrompt à l'arrivée du docteur. D'un signe de tête, celui-ci lui signifie qu'elle peut disposer. Elle me jette un regard hargneux avant de repartir.

– Je suis navré, nous n'avons pas eu le temps de vous prévenir de l'évolution de l'état de santé de monsieur Johnson.

Il saisit le poignet du patient pour s'assurer rapidement de ses signes vitaux, puis il semble vouloir le laisser parler. Dexter paraît perdu. Il n'ose plus poser de question, soit par crainte des réponses ou par peur de blesser quelqu'un. Il se demande peut-être si je suis sa copine actuelle ou une ancienne fréquentation qu'il aurait oubliée.

– Vous vous souvenez de cette femme, monsieur Johnson ?

Dexter secoue la tête, ce qui me soulage. Au moins, il est honnête.

À cette pensée ridicule, je détourne le regard.

Nos yeux ne tardent pas à se croiser de nouveau. Comme il est beau ! Même avec sa cicatrice boursouflée sur la joue droite et sa chemise d'hôpital mouillée par ma faute. Je m'en veux aussitôt d'avoir ce genre de réflexion.

J'espère que le docteur prenne la parole, qu'il lui dise qui je suis, mais il n'en fait rien. Il souhaite probablement que j'explique moi-même la raison de ma présence.

– C'est normal que vous ne me reconnaissiez pas, je…

Je cherche mes mots. Pourtant, c'est simple ; je devrais lui avouer tout bonnement que c'est à cause de moi qu'il a dérapé en moto. Que j'ai bien failli le tuer ! Que lui dire d'autre ? Qu'il doit me pardonner parce que la police a conclu que l'accident était dû à la mauvaise température ? Mais les phrases se bloquent dans ma gorge. En fait, j'aurais eu envie de prolonger les moments privilégiés que l'on avait depuis quelques semaines. Alors que je me sentais utile. À la bonne place. Enfin.

– Je suis…

– Madame Dussault est la première à avoir contacté les services d'urgence. Elle est restée auprès de vous en attendant l'arrivée des ambulanciers. Sans son intervention, je ne suis pas certain que nous serions ici en train de vous parler aujourd'hui.

Je me tourne vers le médecin. Que vient-il de faire là, au juste ? Ce qu'il dit est vrai, mais il oublie de préciser que je suis passée près de faire mourir cet homme. Il le sait bien, pourtant. Les policiers ont beau avoir fermé le dossier, si j'avais été plus concentrée, rien ne serait arrivé.

– N'est-ce pas, madame Dussault ? Elle a même pris soin de vous rendre visite chaque jour depuis votre hospitalisation.

J'ai la bouche entrouverte et soudain très sèche. Je ravale difficilement le peu de salive qui me reste. Je joue la carte de l'honnêteté ou j'attends un peu ? Peut-être posera-t-il plus de questions sur l'accident ?

L'angoisse me gagne. J'essaie de me ressaisir.

Je ne le reverrai plus, de toute manière…

– Effectivement, laissé-je échapper dans un souffle.

J'emprunte le chemin du mensonge. Je me déteste. Je suis faible.

Dexter tend sa main et prend délicatement la mienne.

– Merci… euh…

Il tourne la tête vers le docteur Simard, confus. Je le devance.

– Appelez-moi Becca.

Ce presque inconnu me sourit. Des fossettes se forment.

Je dois fuir tout de suite. Je ne veux pas d'un homme dans ma vie. Pas question non plus d'éprouver de l'envie pour lui. Je n'ai pas le droit.

Je cherche une porte de sortie. Je dois déguerpir. Depuis qu'il a ouvert les yeux, mon cœur perd tous ses repères.

J'attache ma veste. Je ne reviendrai plus au 3424.

– Tout va bien, madame Dussault ?

Le docteur Simard a peut-être ressenti mon malaise, car il me fait signe de l'attendre dans le couloir. Je ne dois pas oublier de le remercier pour sa discrétion.

– Oui, mais je dois y aller. Puisque vous prenez du mieux, je vous laisse aux bons soins de vos proches et de l'équipe médicale.

Dexter Johnson me scrute, muet. En me levant, je ne peux m'empêcher de m'approcher un instant pour lui caresser la joue du revers de la main ; toucher la cicatrice qu'il aura peut-être à vie à cause de ma distraction.

Je ressens un frisson au contact de sa peau rendue rêche par sa barbe de quelques jours.

– Faites attention à vous, monsieur Johnson. Rétablissez-vous bien.

Je ne parviens pas à déchiffrer ce qu'il se passe dans sa tête. Sans attendre davantage, je m'en vais.

LUI

J'observe la jeune femme discuter avec le docteur Simard avant de partir. L'interaction entre eux me laisse croire qu'ils sont devenus familiers, ces dernières semaines.

J'ai été dérouté en découvrant une étrangère à mes côtés à mon réveil : une jolie rousse aux prunelles plus grises que bleues, au regard éteint, mais au sourire charmeur. Une de ses dents est légèrement tournée et effleure sa lèvre lorsqu'elle sourit. On devine tout de suite qu'elle est beaucoup plus qu'une femme flamboyante.

J'aurais bien aimé que cette fille ait partagé ma vie par le passé, pour que j'aie le plaisir de la redécouvrir de nouveau. Mais elle n'était qu'une bonne samaritaine de passage dans ma vie. Un ange sur ma route. Ce qui est déjà beaucoup.

J'aurais été moins étonné de retrouver à mes côtés cette chipie de Valérie.

J'aperçois le docteur Simard qui prend cette inconnue dans ses bras. Comme un amoureux le ferait ? Non, plutôt un frère. Qu'importe.

J'ai besoin de sortir d'ici, mais la douleur qui me foudroie les jambes et me vrille la tête au moindre geste, m'empêche de bouger.

À mon réveil le lendemain, je me sens mieux. On a diminué mes doses d'antidouleurs et j'ai récupéré une certaine fluidité lorsque je soulève mes jambes et mes mains. Ma souffrance est encore vive et crue quand je remue, mais j'essaie d'éviter les mouvements brusques.

Hier, j'ai usé de toutes mes forces pour atteindre la main de ma visiteuse. Je n'aurais peut-être pas dû me risquer. Aussitôt, je l'ai sentie se refermer. Puis elle a fui. Quel con j'ai été. On ne se connaît même pas.

– Bonjour, monsieur Johnson !

Bon, voilà Jenny. Elle est de bonne humeur.

– Vous êtes de bon poil, ce matin.

Son corps se raidit. Quel crétin ! Tu n'aurais pas pu simplement ne rien dire ? Comme dans « ferme ta gueule » ?

– Excusez-moi, Jenny. C'est juste que vous resplendissez de bonheur.

J'ose espérer que mes paroles réussiront à l'attendrir un peu.

– Vous avez retrouvé l’usage de la parole, on dirait. Dites-moi, si votre père venait de mourir, est-ce que vous auriez été de bon poil, monsieur Johnson ?

Elle me darde de son regard perçant. C’est à mon tour de me figer. Je lui réponds de ma voix rauque :

– Mon père était l’homme que j’admirais le plus au monde. Il a disparu dans un accident que je n’aurais jamais cru imaginable. Vous avez vu juste, ça m’a rendu de très mauvais poil. Et vous ?

Encore une fois, elle cesse tout mouvement. Je n’aime pas du tout le genre de joute à laquelle nous jouons. Tout ça pour une banale réflexion sur son humeur !

– Pardonnez-moi, monsieur Johnson. Et je suis navrée pour votre père. Hier, je n’ai perdu que quelques heures à maudire tout ce qui m’entourait, je vous rassure.

Je lève la main pour lui signifier que tout est oublié. Dossier réglé. N’en demeure pas moins que je n’avais pas pensé depuis longtemps à ce triste moment de ma vie, qui a aussi déterminé qui je suis devenu.

Le docteur Simard frappe à ma porte. L’horloge affiche 8 h 06.

– Tout est beau, ici ?

L’infirmière acquiesce. Elle finit de prendre ma pression artérielle, puis m’adresse un clin d’œil.

– Tout est beau.

J'en profite pour la remercier et lui souhaiter une bonne journée.

– À vous aussi, monsieur Johnson.

– S'il vous plaît, appelez-moi Dexter. J'ai l'impression d'avoir de nouveaux cheveux blancs chaque fois que vous me donnez du « monsieur ».

L'ombre d'un sourire passe sur son visage.

– Allons-y pour Dexter, alors.

Elle remet les résultats des tests de routine au médecin et s'éclipse.

Je me redresse tout en tentant d'éclaircir ma gorge irritée. Je me mets à tousser, et plus je tousse, plus c'est douloureux. Mes yeux s'emplissent de larmes. Le docteur Simard me tend un verre avec une paille. Insulté, j'envoie valser la paille et je bois directement au verre.

– Je constate que vos membres ont repris de la vigueur !

– Ça veut pas dire que c'est facile pour autant. Merde, ça fait un mal de chien !

Son rire me fait prendre conscience de l'absurdité de mon geste.

Pourquoi suis-je si pressé ? Qu'est-ce que je peux être têtu parfois !

Le médecin vérifie l'état de mes plaies sous la couverture.

– Les ambulanciers nous ont dit que vous avez été projeté hors de la route. Votre chance est d'avoir atterri sur un terre-plein d'herbe et de terre mouillée. C'est ce qui vous a sauvé, en quelque sorte. Un peu plus loin, vous seriez tombé sur l'asphalte comme un fromage sur une râpe.

J'entends le klaxon résonner dans ma tête. L'image de la voiture me revient d'un coup. Fermant les yeux, j'essaie de revoir la scène. Mon cœur s'emballe aussitôt.

– Monsieur Johnson, tout va bien.

– Quelqu'un m'a frappé ?

– Pardon ?

– Savez-vous si quelqu'un m'a frappé ? Je me souviens d'une voiture qui klaxonne, qui tente de freiner… Est-ce que la police a retrouvé le conducteur ? A-t-il été blessé dans l'accident, lui aussi ? Est-il responsable de ma perte de contrôle ?

– Monsieur Johnson, personne ne vous a heurté. Il pleuvait. Vous rouliez peut-être trop vite, mais ça, vous seul pouvez le dire. Il faut maintenant vous concentrer sur votre réadaptation. Vous allez vous en sortir sans séquelles. N'est-ce pas le plus important ?

Je hoche tête. Je parle trop. Ma gorge fait mal.

– Encore une chose, docteur… La femme qui était ici hier soir, vous ne m'avez pas dit qu'elle venait tous les jours ? Est-ce qu'elle serait passée pendant que je dormais ?

Le docteur se mord l'intérieur des joues pour ne pas sourire.

– N'allez rien vous imaginer, s'il vous plaît !

– Je n'imagine rien du tout, monsieur Johnson.

– Alors, est-elle venue ?

– Je ne crois pas, non. En fait, je ne pense pas qu'elle reviendra. Elle attendait que vous soyez sorti du coma.

Il prend quelques notes.

Je ne reverrai donc plus jamais celle qui m'a sauvé la vie ? Quel était son nom, déjà ? Béa Dufour ? Non, Bianca Dessault ! Dès que j'aurai récupéré mon téléphone et que je sortirai d'ici, je mènerai ma petite enquête.

ELLE

Je regarde l'horloge pour la dixième fois en quelques secondes. Il n'est que 8 h 45 et j'ai l'impression d'être au bureau depuis des heures. Pourtant, j'étais à mon poste à 8 heures comme tous les jours. Habituellement, je suis heureuse d'arriver tôt pour mettre à jour mes dossiers, revoir les comptes à facturer, ceux à payer, et effectuer ces tâches sans entendre le téléphone sonner.

Le bureau ouvre officiellement à 9 heures. Les techniciens commencent vers 8 h 30, alors que les patrons, les architectes, sont rarement là avant 9 h 15, même si leur premier rendez-vous est fixé plus tôt. Ils doivent avoir leur raison d'être toujours en retard, sans le moindre remords. Pour ma part, je suis l'adjointe administrative du bureau Dubé, Sirois – et nouvellement – Miller Architectes. Ne pas oublier la majuscule, s'il vous plaît. C'est si important.

Je me demande parfois pourquoi j'ai accepté ce poste. Je n'avais pas exercé ce métier avant. J'ai même toujours jugé les architectes prétentieux et imbus d'eux-mêmes.

– Vous êtes ici depuis l'aube, belle Béatrice ?

Je lève la tête. Tout compte fait, je sais très bien pourquoi je l'ai accepté.

– Bonjour, monsieur Dubé. Vous allez bien ?

Monsieur Dubé est l'exception à la règle. Nous échangeons des propos sur la pluie et le beau temps chaque matin. Cet architecte mérite mon admiration et mon respect. Lors de mon entrevue, je tremblais. Jamais je n'avais postulé auparavant à un emploi pour lequel je n'étais pas formée. J'aime maîtriser la situation. Dans ce cas-ci, je me laissais tomber dans le vide. J'avais besoin de changer d'air et surtout, de changer de vie. Ce jour-là, monsieur Dubé m'a rassurée. Il m'a dit qu'il voyait « un grand potentiel » en moi.

Monsieur Dubé aimerait tellement que je l'appelle Albert, mais j'en suis incapable, même s'il est du type jovial et attentionné, avec les yeux toujours pétillants de gaieté. Il aime son travail, mais il préserve une place toute spéciale à ses proches. C'est un homme bon. Il me rappelle souvent mon propre père, avant que l'Alzheimer vienne lui voler sa vie.

Pendant l'entretien d'embauche, il était assis à la droite de son associé. Le yin et le yang. Dès que je déviais le regard, je me butais aux yeux sombres de monsieur Sirois. Et leur couleur bleu clair ne change rien à l'affaire. Lui, je dois l'appeler en tout temps « monsieur ». Il a senti le besoin de me le préciser. Je n'ai appris son prénom que bien plus tard. Ne pas le connaître n'aurait rien changé.

Monsieur Sirois est un homme froid qui semble n'avoir d'estime que pour la personne qui se trouve en face de lui dans le miroir. Il parle en donnant des ordres, et c'est lui que les clients s'arrachent. Je n'y comprends pas grand-chose. Un air bourru et méprisant symbolise-t-il le pouvoir et le succès ?

– Allez, au boulot, tout le monde. On ne vous paie pas pour jaser de la pluie et du beau temps.

Cette voix me hérisse les poils des bras. Je suis capable d'ignorer la mine hostile de monsieur Sirois, mais cette voix-là, je ne peux m'y habituer. Si elle est d'apparence joyeuse et sympathique avec nos clients, une fois ceux-ci partis, elle révèle sa véritable personnalité : celle d'une femme mesquine, manipulatrice et hypocrite. J'essaie de donner une chance à toutes les personnes qui m'entourent, y compris celles m'ayant fait une mauvaise impression au départ, mais avec mademoiselle Miller, c'est peine perdue. Elle ne parvient qu'à me prouver que ma première impression était la bonne. Et que la réalité est pire encore.

Lorsque je l'ai vue entrer la première fois, j'ai tout de suite été intimidée par cette grande brune : une femme qui est belle et qui le sait. Qui met aussi tout en œuvre pour qu'on la contemple et qu'on l'admire, au moyen de ses vêtements et de ses bijoux clinquants. Quand j'ai su qu'elle venait d'avoir l'opportunité de devenir associée des architectes partenaires Dubé et Sirois, j'ai prié tous les saints pour que ça ne se produise pas. J'osais croire qu'Albert la voyait comme je la percevais, moi. Mais non.

– Calmez-vous, mademoiselle Miller, il n'est que 8 h 50, lui réplique trop poliment monsieur Dubé.

Elle lève les yeux au ciel tout en prélevant son courrier à côté de mon bureau.

– C'est pas vrai ! Tu t'es encore mêlée dans la distribution du courrier, petite incompétente.

Elle me lance une enveloppe au visage et retourne sur ses pas tout en tapant des talons. Une fois à son bureau, elle se permet même de claquer la porte.

– Les talons hauts devraient être interdits, commente monsieur Dubé en souriant discrètement.

Il s'attarde souvent quelques minutes à mon poste, sa tasse de café à la main.

– Bien d'accord avec vous. Elle est d'une humeur massacrante, ces temps-ci.

– Et Dieu seul sait pourquoi ! Elle ne nous parle pas de sa vie privée, et je l'en remercie, d'ailleurs.

Nous étouffons un rire, puis nous discutons des rendez-vous de la journée.

– Sois prête à 19 heures ! Ce soir, je te sors, ma rouquine préférée, m'annonce mon amie au téléphone, alors que je marche vers chez moi. Ça te changera de l'hôpital.

– Ça fait longtemps que je n'y ai pas mis les pieds.

– Ça fait des semaines que tu es une loque humaine, aussi. Allez, ça va te faire du bien !

– Non, Key. Tu sais que je déteste les sorties en ville, et c'est plus vrai encore quand il est question de boire et de danser.

– *Come on*, Becca ! Pourquoi refuser ?

– Parce que je ne bois pas et que je ne danse pas, peut-être ? Alors, merci, mais non merci.

J'entends Keyla lâcher un soupir qui exprime toute sa déception. L'ermite que je suis la décourage. Je n'ai jamais compris pourquoi elle s'entête à ce point à rester mon amie. Elle, toujours souriante, exubérante et pleine de vie. Elle fait d'ailleurs baver de désir les hommes qui s'attardent à ses formes envoûtantes. Le tempérament de mon amie de longue date fait honneur à ses origines caribéennes. Elle a le sang chaud et ça se sent ! Dire qu'elle endure mes humeurs depuis près de dix ans, maintenant. Je me demande encore ce que cette femme épanouie et fière peut bien me trouver.

Mais son cœur est grand comme le monde. On s'est liées d'amitié dès notre premier cours à l'université. J'étais si nerveuse. Angoissée. Je pense qu'elle l'a senti. Ce jour-là, elle s'est laissée tomber sur la chaise près de la mienne et m'a sorti, d'un ton nonchalant : « T'as l'air cool, toi. On fait nos travaux d'équipe ensemble ? » J'ai été si déconcertée par son approche que je n'ai rien répondu. Pas un mot. Pourtant, lorsqu'on a dû composer des équipes, elle a naturellement glissé sa chaise vers moi.

– Becca, t'es là ?

– Oups, pardon, j'ai perdu le fil. Je repensais à notre première rencontre !

Elle s'exclame :

– Tu parles ! J'étais terrorisée, mais je voulais la jouer détendue et confiante. Toi, tu étais assise là, calme, sereine. Je t'enviais tellement !

Je manque de m'étouffer.

– À vrai dire, Key, j'étais morte de trouille. C'est moi qui t'enviais de parler fort et de prendre ta place.

On éclate de rire. Keyla revient à la charge.

– Becca, tu sais qu'il va falloir que tu recommences à sortir, que ta vie reprenne son cours normal. Tu as passé le temps des fêtes à regarder des séries et à te promener près du fleuve. Rendre visite à monsieur Mystère aussi souvent, ce n'était pas sain. J'en parlais hier avec Brian. S'il te plaît, viens avec moi. Juste pour un verre.

– Key…

– Allez, on sera assises au bar. Ça va te changer les idées. À 11 heures max, je te ramène. C'est encore un meilleur plan que celui de Cendrillon, non ?

– Bon, OK, 11 heures, pas plus. Demain, je travaille.

– Oui, sainte Becca. Vos désirs sont des ordres.

– Eh ! Key ? J'aimerais que tu ne parles plus de mon cas avec Brian ! Je suis une adulte, je mène ma vie comme je l'entends. Je n'ai que moi à gérer et j'y arrive parfaitement. Je sais que vous le faites pour mon bien, mais j'ai pas besoin d'être maternée.

– *Maman, peux-tu m'*enveler *mon* julet *?*
– *Chéri, on dit « enlever mon gilet ». Oui, viens me voir, mon soleil, maman va t'aider.*

Les larmes me montent aux yeux.
Je raccroche au nez de Keyla.
Mon amie me connaît depuis longtemps, ça va aller.

LUI

– T'es prêt, mon Dex ?

– Tu parles !

Je passe la bandoulière de mon sac de sport par-dessus ma tête. Je le balance à l'arrière et j'agrippe mes béquilles au passage. J'ai dû travailler dur de longues journées pour réapprendre à garder l'équilibre et réadapter ma mémoire. Je peux enfin dire au revoir à ces murs ternes et abîmés. Joie ! Lorsqu'on a été inactif aussi longtemps, il est important de bien redémarrer la machine, comme le répète sans cesse Jenny.

Je peux enfin voler de mes propres ailes de nouveau. Noël est passé sans bruit, cette année. Depuis son retour de Lyon, où elle était allée aider ma grand-mère qui vit en institution, ma mère est venue me voir tous les jours. Simon et quelques collègues de la brigade sont souvent passés aussi. Ils ont même insisté pour souligner la « magie des fêtes » avec moi, en glissant des bières et une bouteille de champagne sous mes draps. On a dû faire preuve de beaucoup d'imagination pour en boire quelques gorgées sans que Jenny nous surprenne !

Une nouvelle année est maintenant commencée, et j'arrive à marcher presque normalement. Mes membres me font encore souffrir. C'est long. Mais je fais tout ce que je peux pour remonter la pente.

Simon avance vers moi en poussant un fauteuil roulant, mais je l'arrête tout de suite.

– Dégage, Sim. Primo, j'ai pas besoin de ça. Deuxio, je t'aime bien, mais j'ai pas besoin de toi non plus. Je peux me déplacer tout seul comme un grand. Je m'acharne pas sur ma rééducation depuis si longtemps pour rien.

– J'imagine, mais le médecin a été clair, tu dois ni t'épuiser ni te prendre pour Batman. En gros, tu dois te ménager. Il faut repartir sur ce bolide, c'est non négociable. Allez, Flash McQueen, monte.

– Pousse-toi, je t'ai dit. Je me débrouille.

Au moment où je prononce cette phrase, l'une de mes béquilles se coince derrière le pied de mon lit. Je manque de m'étaler par terre, mais je me rattrape au dernier moment en m'agrippant aux fils du moniteur qui traîne encore dans ma chambre. Je lâche un cri de douleur. Le mouvement brusque ravive l'insupportable chaleur qui se répand de mon cou à mon dos, et achève sa course dans mes jambes.

– Qu'est-ce que je te disais ! me réprimande Simon, les bras dans les airs.

– J'ai toujours préféré Spiderman à Batman. Tu ne trouves pas mon numéro convainquant ? riposté-je, les dents serrées.

Tout en riant, Simon insiste pour prendre mon bagage : un sac contenant quelques affaires et des vêtements qu'il est lui-même allé récupérer chez moi. Il tire sans ménagement sur la ganse, puis il ouvre la marche vers la sortie, poussant le fauteuil roulant devant lui. Je m'empresse de le suivre, mes béquilles sous les bras.

Avant de franchir la porte, je me retourne une dernière fois. Mon regard s'accroche à la chaise près du lit. Là où je n'ai cessé de voir la charmante inconnue à la chevelure rousse qui m'a rendu visite chaque jour jusqu'à ce que j'ouvre les yeux. Je repense à son regard troublé. Ses yeux magnifiques. Son sourire chaleureux. Sa voix tourne en boucle dans ma tête comme une mélodie apaisante.

– Tu viens, Dex ?

Nous nous dirigeons vers les ascenseurs.

Le docteur Simard nous attend près du poste des infirmiers avec Jenny, qui vient à ma rencontre et m'enlace comme une mère le ferait. De fil en aiguille, on s'est apprivoisés. Finalement, on s'aime bien. Elle va même me manquer !

– Prenez soin de vous, monsieur Dexter. Vous êtes quelqu'un de bien. Profitez de la vie. Elle peut être si courte parfois.

– Merci, Jenny. Pour tout.

Elle prend mon visage à deux mains et me glisse deux mots à l'oreille.

– Retrouvez-la.

Un frisson me parcourt le corps. Je suis incapable de répondre quoi que ce soit.

– On doit y retourner, Jenny. De toute manière, Dexter doit avoir hâte de nous quitter, affirme le docteur Simard en s'avançant à son tour. Vous dire à bientôt reviendrait à souhaiter que vous soyez de nouveau dans une situation défavorable. Alors, je vous souhaite plutôt une belle journée et un bon retour chez vous, monsieur Johnson. Je vous rappelle qu'il est très important de faire un suivi avec la physiothérapeute de l'hôpital en consultation externe chaque semaine pendant les deux prochains mois, minimum. L'infirmière de garde vous téléphonera au courant de la semaine pour fixer le premier rendez-vous. D'ici là…

– … j'utilise mes béquilles en tout temps, je fais mes étirements, j'exerce ma mémoire et je prends mes médicaments.

– Bien sûr, et vous sortez d'ici en fauteuil, conclut-il.

– Gagné ! C'est 1 à 0 pour Simon, se moque mon ami.

À contrecœur, je me résigne à m'y asseoir, mais pour être honnête, j'en suis soulagé. Les quelques minutes où je suis resté debout m'ont déjà épuisé. Le docteur Simard me serre l'épaule avant de s'éloigner dans le couloir. Nous entendons alors le son strident que produit l'ascenseur en ouvrant ses portes. Ding ! Niveau trois, nous descendons.

– Que veux-tu faire maintenant que tu es libre, *buddy* ? De la moto ? On t'en achète une nouvelle et j'y ajoute des petites roues pour éviter que tu tombes ? Sinon, on peut s'en tenir aux danseuses. Là, pas besoin de petites roues, et on croisera peut-être des petites rousses !

Simon rit, visiblement fier de sa *joke* plate.

– Parlant de rousse, m'as-tu dit que tu avais croisé celle qui venait me voir à l'hôpital ?

– Non. On n'avait probablement pas le même horaire. Pourquoi ?

– Pour rien… Je l'ai vue qu'une quinzaine de minutes et elle est jamais revenue. C'est quand même elle qui m'a porté secours après l'accident. J'aurais voulu la remercier.

– Et elle était mignonne, je suppose ? Tu perds pas le nord, toi ! T'inquiète, on va la retrouver, mais pour l'instant, tu as surtout besoin d'un remontant. Je t'emmène boire une bonne bière froide.

– Oublie ça, Sim. Avec les médicaments que je prends, je peux pas boire.

– Bon, bon, bon. Si je comprends bien, je te laisse au premier centre de p'tits vieux qu'on croise.

Tu iras faire une course de marchettes en buvant du thé !

Ce qu'il peut être con quand il veut ! Il se pense drôle, en plus. Mais depuis qu'on se connaît, il a toujours été là pour moi. On a fait notre formation ensemble et on travaille à la même caserne depuis. C'est un peu le frère que je n'ai jamais eu. D'accord, il n'est pas parfait, mais qui peut se vanter de l'être ?

J'ai bien une sœur, une vraie, mais on ne se parle plus depuis des années. Elle m'en veut parce que j'ai quitté New York avec notre mère pour venir nous installer à Québec. De mon côté, les années ont fait grandir en moi une rancœur presque aussi grande à son égard.

Je balaie ces pensées en changeant de sujet.

– Et puis, ta maison ? Les plans avancent ?

– Oui ! Elle sera tellement belle, *man*. Ingrid est ravie des plans. Il y aura de la place pour tout le monde. Plus tard, on prévoit installer une piscine creusée et une aire de jeux pour les filles dans la cour. Léa ne parle que de la couleur des murs de sa chambre. Ely, elle, s'en fiche royalement !

– Tant mieux ! Je suis content pour vous.

– Ça me fait penser, Valérie est aussi passée te voir quelques fois, les premiers jours…

Je soupire.

– Je sais. Elle m'énerve au plus haut point.

Mon conducteur éclate de rire. Il est très au fait de la situation. Il sait même tout de celle qui m'a fait sortir de mes gonds le jour de l'accident. Elle et moi, on ne s'était jamais rien promis, mais je lui faisais confiance. Et j'ai eu tort.

– Tu me pardonnes de l'avoir prévenue, hein ? Je me sentais quand même obligé de le faire…

– C'est bien correct, Sim.

– En tout cas, je connais une charmante personne qui sera très contente de te revoir ce soir.

Je tourne la tête vers Simon.

– Qui ça ?

Simon va me répondre lorsque la sonnerie de mon téléphone l'interrompt. Je fais au plus vite pour l'extirper de la poche de mon pantalon. Je regarde l'écran fissuré à cause de l'accident. Au moins, il fonctionne encore. 917-252… Un numéro inconnu. Des États-Unis.

Merde.

Ignorer l'appel.

ELLE

19 h 10, je suis en pyjama, soulagée d'avoir rappelé Keyla pour annuler notre soirée. Je sais bien que je devrai de nouveau sortir un jour, mais ce soir, je me tape une série sur Netflix et je ne bouge de mon divan que pour me ravitailler en popcorn, en chips et en bonbons. La télécommande en main, mon bol rempli à ras bord près de moi, je suis prête. Dieu merci, je me détends.

Dring !

Non ! Ce n'est pas sérieux. J'allais y arriver.

Driiiing !

Je saisis mon téléphone sur la table basse, furieuse. Je sais très bien qui est là.

– Key, je t'ai dit que j'ai changé d'avis ! Je t'ai laissé un message ! J'ai vraiment pas envie de sortir.

– Becca, tu nous ouvres tout de suite. C'est un ordre.

Bordel, elle s'est pointée avec Brian.

– Non.

– Becca, je suis plus vieux que toi, j'ai donc des droits sur toi. J'exige que tu ouvres ta porte. En plus, j'ai du chocolat !

Il attend que je dise quelque chose, mais je ne lui fais pas ce plaisir.

– C'est du Laura Secord. Caramel et cacao 70 %.

Les chocolats Laura Secord. Ceux que j'aime le plus ! Il me prend par les sentiments. Je me lève contre mon gré et je vais déverrouiller la porte. Puis je retourne me rasseoir devant le téléviseur pour ma soirée cinéma.

Il ne faut guère plus de trente secondes avant que je les entende dans le couloir. Ils parlent fort. Ils sont déjà sur le party. Keyla entre la première dans le salon, suivie de Brian qui tient un sac réutilisable rempli de douceurs.

– Becca, ce sac sera ta récompense si tu sors avec nous.

– Quoi ? Je les ai mérités, ces chocolats, à la seconde où je vous ai laissés entrer !

– Quelques heures seulement… On veut t'emmener dans un bistro qui vient d'ouvrir près d'ici. Musique décontractée, ambiance décontractée et menu…

– … décontracté, j'ai saisi.

Je soupire.

– Vous me promettez rien d'extravagant ?

Mes deux acolytes lèvent une main et font un signe de scout : s'ils ne respectent pas leur promesse, ils iront en enfer. Je ne peux m'empêcher de sourire devant cette scène ridicule. Ils sont aussi complices entre eux qu'avec moi. Ils sont beaux, vêtus soigneusement et bien coiffés. C'est le cœur plus léger que je les laisse en plan pour me rendre dans ma chambre. En cinq minutes, me voilà prête.

– Brian, si je mets ce jeans avec ce chemisier, est-ce que ce serait assez décontracté pour ton nouveau bar ?

– C'est parfait, Becca, me répond-il en me détaillant de haut en bas.

– Arrête de me scanner comme ça ! répliqué-je, faussement irritée.

Je tape son épaule. Sous mes allures inquiètes, je me trouve séduisante pour la première fois depuis longtemps. Sexy aussi. Même si je porte un simple jeans. Une fois détachés, mes cheveux ondulent jusqu'au bas de mon dos, me donnant un petit air de femme fatale qui me plaît.

Je bois une généreuse gorgée de l'Aperol concocté par Brian, puis j'essuie ma bouche du revers de la main. Je dépose le verre vide sur le comptoir avec un peu trop de force.

– Allons-y avant que je change d'idée.

Nous avons à peine posé le pied dans ce nouveau bar que l'inquiétude me quitte. Brian avait raison, c'est relax ! De larges coussins créent des zones intimes, l'éclairage est feutré, le bois couleur miel ajoute une touche chaleureuse à l'ambiance. Il y a des plantes partout ! Les insertions de doré sur les luminaires et le mobilier confèrent un éclat particulier à l'ensemble de la pièce. C'est bien pensé, la designer qui a fait la déco de ce bar avait le souci du détail.

– Viens, Becca, on va s'installer ici. On sera tranquilles.

Je suis Keyla, qui se laisse tomber sur un des coussins près de la scène où un groupe joue. La voix de la chanteuse est ensorcelante. C'est calme, mais profond. On sent qu'elle y met tout son cœur. Je m'assois près de Keyla tout en continuant de fixer l'artiste. Elle semble si sereine. Épanouie. Je l'envie.

– Tiens, prends ça et détends-toi, me dit Brian à l'oreille en m'offrant un cocktail aux saveurs de fruits.

– Un *toast* ! propose Key.

– À quoi ? demandé-je en riant.

– À ta nouvelle vie qui commence ce soir, réplique Brian.

Une immense bouffée d'amour monte en moi. Je m'attarde aux visages souriants de Brian et de ma meilleure amie. Sans eux, aurais-je même survécu ? Nous trinquons en silence et, après une pause de quelques minutes, nous recommençons à parler. On se remémore de beaux moments, on échange sur tout et rien. C'est léger et ça fait du bien. Entre chacune de nos conversations, je laisse mon esprit vagabonder au rythme de la douce voix qui nous chante ses secrets.

Après une heure ou deux à profiter du spectacle et des cocktails, je me lève, un peu chancelante, pour aller aux toilettes. Brian me crie que j'ai un joli p'tit cul et c'est en me retournant pour lui faire une grimace que je perds l'équilibre. Je m'affale de tout mon long, sans grâce et sans discrétion, sur le plancher taché de bière et de boue. Bordel. Où est cette fleur du tapis dans laquelle je me suis accroché les pieds ? Et Brian qui n'a rien vu !

J'essaie de me relever avec une certaine recherche d'élégance quand une main attrape mon bras. Je me retrouve debout devant un torse musclé et agréable à regarder.

– Êtes-vous correcte ?

– Je suis encore dans la vingtaine, alors le vous, garde-le pour ta grand-mère.

L'homme rit. Je lève la tête. Mes yeux rencontrent les siens et glissent sur une cicatrice sur sa joue droite. Celle qui est apparue à cause de moi. Mes genoux flanchent. Lui, ici ? Il est donc sorti de l'hôpital…

– Excuse-moi, c'est la faute de ces maudites béquilles. Elles étaient tombées sans que je m'en rende compte.

Je jette un coup d'œil à la table qu'il partage avec un homme et une superbe femme. Ils nous fixent. Lui paraît médusé. Elle, mécontente. Je les dérange. Monsieur Mystère me sourit. Il faut que je dise quelque chose.

– Euh, c'est normal, tu n'as pas à t'en servir quand tu es assis.

Seigneur, que je suis idiote ! Qu'est-ce que c'est que ce commentaire débile ? Les cocktails m'ont brouillé le cerveau.

Grâce à la pénombre ambiante, il ne semble pas m'avoir reconnue.

– Tu es sûre que ça va ?

– Tout est beau, je surveillerai les béquilles égarées la prochaine fois.

Becca, tais-toi donc. Je repars sans plus attendre vers les toilettes. Une fois seule devant les lavabos, je me dévisage dans le miroir. Par quel curieux hasard se tient-il dans ce bar ce soir ? Et pourquoi me trouble-t-il autant ? Il faut que je m'en tienne à ma promesse de ne pas l'approcher. Visiblement, il n'est pas libre, de toute façon.

Je veux rentrer à la maison. Je jette le papier à main dans la poubelle et je tire la porte pour tomber « nez à torse » avec lui, béquilles sous les bras, qui me fait beaucoup trop d'effet. Je recule d'un pas.

– Regarde-moi.

Son ton est ferme, mais doux à la fois. Je peine à trouver le courage de lever mes yeux vers les siens. Si je faisais comme si nos chemins ne s'étaient jamais croisés ? Ainsi, on passera tout de suite à autre chose. Quelles sont les chances qu'il se souvienne de m'avoir vue quelques minutes dans la chambre 3424 ?

Il se rapproche de moi.

– Qui es-tu ?

– Moi ? Une simple fille qui sort des toilettes et qui va sagement retourner à sa place.

Je mens à moitié. C'est mal, mais c'est pour une bonne cause.

– Ton nom, c'est quoi ?

J'ai du mal à garder mon corps à la verticale. Probablement l'effet de l'alcool. Ou pas.

– Emma. Stone.

LUI

Emma Stone ? Comme l'actrice ? Je manque d'éclater de rire. Elle se paie ma tête. Sur le coup, je me demande si c'est son vrai nom. Est-ce que je me trompe de personne ? Après tout, on n'y voit pas grand-chose. Mon désir de la revoir provoquerait-il ce genre d'illusion ? Pourtant, je crois bien avoir senti une connexion spéciale lorsque nos regards se sont croisés.

Elle reste immobile. Devant moi. Je profite du moment pour tenter le tout pour le tout :

– Bianca ?

– Non, vous faites erreur.

– C'est à ton tour de me prendre pour mon grand-père ?

Je surprends un sourire au coin de ses lèvres.

– Bon, tu l'as presque. C'est Becca. Béatrice en fait, mais il n'y a que mon employeur… et mon père qui m'appellent comme ça.

Un silence se glisse entre nous. Gênant. On fait quelques pas de côté pour laisser passer une blondinette qui se rend aux toilettes. J'aimerais trouver quelque chose d'intelligent ou de drôle à dire, mais rien ne me vient. Je ne peux que fixer Béatrice, qui est là, surgie de nulle part.

– Euh, je suis vraiment content de te revoir.

– Moi aussi. Tu vas mieux, alors ?

– Oui, comme neuf !

Elle baisse les yeux sur mes béquilles.

– Bon, tout n'est pas au point, mais j'y travaille fort.

– Bien !

Ce sourire… Ces yeux…

– Veux-tu te joindre à nous ?

Je connais déjà sa réponse. Son regard devient fuyant et elle se mordille la lèvre inférieure. Ça y est, elle cherche une raison pour refuser poliment.

– Je suis déjà avec mon copain et ma meilleure amie. On allait partir bientôt. Tu es accompagné aussi, ajoute-t-elle en passant les doigts dans ses longs cheveux.

C'est bien ce que je croyais. Elle pense que Caroline et moi formons un couple. De toute façon, elle n'est pas libre. Au fond, suis-je vraiment étonné ?

– Pas de problème, bonne fin de soirée.

Je voudrais lui demander son numéro de téléphone ou son nom de famille pour la rechercher parmi les abonnés Facebook, mais je me retiens. Je retourne m'asseoir.

ELLE

Après des salutations maladroites, je rejoins Keyla et Brian.

– Tu t'es perdue en chemin, ou quoi ? me lance Brian avant même que mes fesses aient touché le coussin.

– Exactement.

– Becca, on part à la chasse aux beaux gars ?

Voyant que je me crispe, Keyla tente une approche différente.

– On ne fait que s'amuser, promis. On rentre en solo, ce soir. Ça te fera du bien de lâcher ton fou. D'être la Becca d'avant.

Je me tourne rageusement vers elle. Elle n'a pas osé ! Pas ce soir ! Je vois Brian faire de gros yeux à Keyla, qui hausse les épaules.

– Tout compte fait, je vais y aller. La « Becca d'avant », dis-je en mimant les guillemets avec mes doigts, n'existe plus. Enfonce-toi ça dans le crâne une bonne fois pour toutes, c'est clair ? Tu rentreras avec Brian ; tu as l'habitude, n'est-ce pas ?

– Becca, *come on*.

Je prends mon sac et j'abandonne notre cocon décontracté sans ajouter un mot de plus.

Juste avant de quitter le bistro, mon regard croise de nouveau celui de Dexter. Un regard si confiant ! Comme c'est étrange de le voir les yeux ouverts. Moi qui l'ai surtout observé dormir. Lui qui m'a tant manqué ces dernières semaines.

Je tombe alors sur le visage interrogateur de la femme assise à sa droite. Mes yeux s'embrouillent sous le coup des émotions quand une main se pose sur mon épaule.

– Allez, Becca, je te ramène.

– Béatrice, tu envoies tous mes appels sur le répondeur pendant la prochaine heure. Hé, tu me regardes quand je te parle ?

Ses talons claquent au sol, sa voix méprisante m'énerve au plus haut point. Ce que je la déteste, cette vipère au cœur de pierre. Mais j'ai trop de dignité pour me rabaisser à jouer son petit jeu et subir ses reproches ensuite. Elle ne m'aura pas. J'en ai vu d'autres.

– Sans problème, mademoiselle Miller. Votre rendez-vous de 9 h 30 est arrivé. Madame Faucher vous attend dans la salle de rencontre où j'ai déposé les plans et des rafraîchissements. Son conjoint aura quelques minutes de retard.

Elle me fixe, le regard vide, puis tambourine avec ses doigts sur le comptoir en face de moi de manière à faire chanter ses ongles trop longs.

– Tu me les donnes ?

– Pardon ? Vous donner quoi ?

– Les plans.

– Je vous ai dit qu'ils sont dans la salle de rencontre. Madame Faucher vous y attend depuis cinq minutes.

– J'avais entendu. Mais tu sais que la procédure veut que tu me remettes les plans. C'est moi, l'architecte. C'est à moi de les présenter au client.

Elle tourne les talons, faisant virevolter sa couette brune. Je grogne intérieurement. Ce qu'elle m'en fait endurer, des émotions désagréables ! Je laisse mon poste quelques instants pour aller me chercher un café réconfortant. À mon retour, je découvre une rose blanche sur mon clavier d'ordinateur. Je la prends délicatement pour humer son parfum sublime et délicat. Un sourire chasse mes pensées négatives.

– Pour vous, aimable Béatrice.

Monsieur Dubé sort de l'ombre à cet instant.

– C'est tellement gentil ! Vous n'auriez pas dû !

– Ça me fait plaisir ! Ma femme préfère les rouges, alors celle-ci vous revient. Pour vous féliciter de composer avec mademoiselle Miller d'une manière aussi exemplaire. On peut dire que vous savez garder votre sang-froid.

– Ça fait partie du métier !

Il devient plus sérieux.

– Vous pensez vraiment que ce genre d'épreuves fait partie de vos tâches d'adjointe administrative ?

Seigneur ! Je m'égare. Que puis-je lui répondre ?

– Disons que je me suis préparée au pire, mais aussi au meilleur, lui répliqué-je avec un clin d'œil amical.

Il retrouve son sourire.

– Content de vous savoir parée à toute éventualité. J'apprécie votre travail autant que la personne que vous êtes, alors j'espère vous garder longtemps parmi nous.

Le carillon de la porte d'entrée tinte.

– Excusez-moi, j'ai rendez-vous avec mademoiselle Miller.

C'est le mari de madame Faucher, emmitouflé dans son manteau. En temps normal, j'aurais dû me lever pour accueillir le client, mais monsieur Dubé me dit qu'il s'en charge.

– Venez avec moi, je vous y conduis.

Même si la salle n'est qu'à quelques pas, mon patron prend la peine de guider l'homme. Mon cœur se remplit de chaleur à la vue d'un être humain aussi bon. Albert referme délicatement la porte derrière lui, m'adresse un signe de la main et repart vers son bureau. Je porte la rose à mon nez. Quel parfum agréable !

LUI

– Touchez votre pied avec votre main, monsieur Johnson. Sans plier les genoux.

J'essaie, mais c'est impossible. J'ai mal ! Pourtant, c'est un exercice très simple. Facile. La physiothérapeute est encourageante, elle affirme que je progresse rapidement. Moi, je sais que je suis loin d'être celui que j'étais avant.

Je retourne à la caserne depuis quelques jours pour rétablir une routine même si, pour l'instant, j'y exécute surtout des tâches administratives. Je vais aussi quotidiennement au centre de mise en forme, mais je lutte contre mon propre corps, que je ne reconnais plus. Je pousse un grognement en tentant de toucher ce foutu pied avec ma main.

– Vous êtes en plein cours de yoga ! Je dérange peut-être, les filles ?

– Ta gueule, Simon. Avoue plutôt que t'es jaloux.

Jolianne, ma physio, se contente d'un sourire poli. Simon débarque souvent à l'improviste pendant nos séances. Il prétend que ça accélère mon rétablissement. N'importe quoi.

Heureux hasard, Jolianne a tout juste trente ans, un corps tout en muscles et de grands yeux bleus.

– Encore évadé de la caserne, toi ?

– T'inquiète, on m'envoie en mission pour évaluer tes progrès. On s'ennuie de toi sur les lieux d'incendie, Dex.

– C'est ça. Allez, retourne au boulot. Et dis aux autres que ça s'en vient.

Simon passe devant moi, s'arrêtant un instant pour me donner une tape sur l'épaule et saluer encore une fois ma charmante physio.

J'entre au vestiaire, exténué. Une autre séance d'exercices terminée. Chaque jour, je me rapproche de mes objectifs de remise en forme. Ça fait plusieurs semaines que je travaille ainsi d'arrache-pied. Je suis aussi passé des béquilles à la canne. Je fais donc de vrais progrès.

Souvent, je songe à Béatrice qui était près de moi quand j'ai ouvert les yeux. Elle, que j'ai recroisée ensuite. J'entends encore sa voix. Je retourne de temps à autre au bar où elle est réapparue, mais il n'y a plus aucune trace d'elle.

En sortant d'ici, direction bord de l'eau ! Depuis quelque temps, j'arpente souvent les parcs qui longent le fleuve. Marcher, c'est bon pour moi. Le grand air aussi. Parfois, je me surprends à m'arrêter à proximité des aires de jeux. Les familles qui discutent entre elles ne changent pourtant rien à ma solitude. Et je n'ai jamais rêvé d'avoir des enfants ! C'est dingue. J'ai l'impression de revoir cette fille sur chaque banc. Je la cherche. Pourtant, je ne suis pas du genre à briser des ménages. C'était l'activité favorite de Simon, dans le temps. Pas la mienne, même si ça m'est arrivé de laisser mes scrupules et mes principes au vestiaire d'un bar.

La vibration de mon téléphone me sort de mes pensées. Je plonge la main dans la poche arrière de mon jeans. Ma mère, probablement. Elle m'appelle tous les jours depuis son retour. Ou bien Caroline, qui veut en savoir plus sur le dernier incendie classé criminel. Elle est policière criminologue et on s'entraide souvent. Ou Valérie, qui veut s'excuser une fois de plus et me convaincre d'aller boire un verre. Je vérifie l'afficheur avant de répondre. Numéro inconnu. Des États-Unis. Encore. Je me doute de qui ça vient. Je refuse l'appel, j'empoigne mon sac d'entraînement et je sors du vestiaire, la canne à la main.

Mon téléphone vibre de nouveau lorsque je franchis les portes doubles du centre de réadaptation. Elle insiste. Je lève les yeux au ciel.

– Qu'est-ce que tu me veux ?

– *What ? How good...*

– Viens pas me faire gober que tu ne sais plus parler français ! Même quand on habitait New York, on le parlait à la maison ! Qu'est-ce que tu veux ? De l'argent ?

– T'as perdu ton savoir-vivre à Québec, à ce que je vois.

– Pour la troisième fois, Eve, tu veux quoi ? Tu réponds, sinon je raccroche.

Elle soupire bruyamment. Elle doit vraiment être dans une mauvaise passe pour oser m'appeler après tout ce temps.

– Je suis en ville.

J'arrête de marcher, m'appuyant sur ma canne pour ne pas tomber. Un piéton qui me suivait de près manque de me renverser et m'insulte en passant son chemin.

– Cache ta joie, Dex ! Sans blague, tu n'es pas content à l'idée de me revoir enfin ? Maman m'a dit que tu avais eu un grave accident.

– Tu as appelé maman ?

– Qui tu voulais que j'appelle en débarquant ici ? Le premier ministre ?

C'est à mon tour de lâcher un soupir. Ce qu'elle m'agace quand elle s'y met. Eve, à Québec ? Je raccroche et presse le pas. Sitôt arrivé chez moi, je monte dans ma voiture et je file vers la rive sud.

Je fais crisser les pneus dans l'entrée en gravier qui mène au bungalow de mon adolescence, situé dans un quartier comme il y en a plusieurs, sauf que celui-ci est bordé par la rivière Chaudière. C'est dans cette petite maison ordinaire que j'ai grandi pendant près de dix ans. Un lieu habituellement serein et paisible. Mais pas maintenant. Ma mère risque de comprendre rapidement la raison de ma frustration.

Comment se fait-il qu'Eve l'ait appelée et qu'elle n'ait pas pensé à m'en aviser ? Tandis que je gravis les quatre marches menant à la porte, je ressens un pincement au niveau de mon genou. Je serre les dents. Au diable la canne, que j'ai laissée dans l'auto. Je ravale ma douleur et j'entre sans frapper. Je tombe face à face avec elle. Ma sœur. Assise là, à la table de la cuisine.

– Qu'est-ce que t'es venue faire ici ? Maman ! T'es où ?

Ma mère descend l'escalier qui sépare les chambres du rez-de-chaussée.

– Les enfants, au salon. Immédiatement.

Eve et moi la suivons en silence. Après avoir pris place sur la causeuse, je grimace devant ma sœur qui elle, paraît détendue. Respire, Dex.

– Dexter, commence ma mère d'une voix posée, Eve a le droit d'être ici. Elle est et sera toujours ma fille. Comme elle est et sera toujours ta sœur, malgré tout ce que tu peux en penser. Je ne tolérerai en aucun cas les disputes sous mon toit. Elle demeurera ici aussi longtemps qu'elle le voudra. Est-ce clair ?

Ma sœur ne s'en tirera pas aussi facilement. Pas après tout le stress qu'elle nous a fait subir. Pas après toute la peine qu'elle nous a fait vivre.

– Tu m'interdis de dire le fond de ma pensée, maman ? Je peux te promettre ce que tu voudras, mais Eve est maintenant une étrangère pour moi. Au fait, où sont tes enfants ? Toujours aux States ? Avec ton gentil mari ?

– Bien sûr que non ! Ils regardent un film dans la chambre de maman. Ce que tu es bête quand tu veux ! Tu penses vraiment que je les aurais laissés avec lui ? s'indigne-t-elle en passant furtivement son index sous son nez.

Tout, mais pas ça.

Elle n'a pas changé. Elle a juste fui sa réalité de merde. Son monde miteux.

Elle consomme encore.

– Tu nous as quand même abandonnés pour lui. Tu nous as rayés de ta vie à cause de lui. Tu l'as déjà oublié ou t'es juste trop gelée pour t'en souvenir ?

Eve réagit par des spasmes. Son genou ne cesse de frétiller. Ses doigts pianotent un air silencieux sur ses genoux.

– Dexter, tu baisses la voix tout de suite ou tu sors de ma maison.

L'accent français de ma mère ressort toujours lorsqu'elle est contrariée.

– Et toi, tu lui permets d'entrer comme si de rien n'était ! Même après toutes les nuits qu'elle t'a volées ? Où tu ne pouvais rien faire d'autre qu'angoisser ? Votre dernière conversation remonte à quand ?

Ma mère se tait, le regard noir de colère et de tristesse. Je me lève. La douleur au genou revient.

– Maman t'a pardonné. *Fine*. Mais moi, j'ai la mémoire longue. Tu as couru à ta perte, Eve. Et si tu veux que l'on croie que tu as changé, que tu es revenue ici pour les bonnes raisons, lâche ton nez, contrôle tes genoux et reste sobre. En attendant, tiens-toi loin de moi.

Aussitôt, je repars en boitant et claque la porte derrière moi. Je suis tellement hors de moi. Comment peut-elle se présenter ici et penser que je l'accueillerais à bras ouverts ?

Je ne peux pas lui pardonner comme ça.

Assis dans ma voiture, j'appelle la première fille sur ma liste. Je dois oublier. Je dois vibrer.

« Bonjour, vous avez bien rejoint la boîte vocale de Caroline... »

Au diable. Je vais réessayer plus tard. Je vais marcher dans un parc. Près du fleuve. L'air frais me remettra les idées en place.

ELLE

Je regarde l'heure sur mon téléphone. 18 h 20. Il est encore tôt. Par la fenêtre de mon salon m'arrivent les rayons de lune d'une soirée claire. Le temps est clément pour la mi-février. Seule une mince couche de neige recouvre le sol.

Sans trop réfléchir, j'agrippe manteau et foulard, et me glisse à l'extérieur. Marchant le long de la route, j'atteins bientôt le parc situé à mi-chemin entre chez moi et le bureau. Mon parc. Je m'arrête souvent pour lire ou simplement me reposer. Laisser le vent jouer dans mes cheveux. Assise sous le saule pleureur, je me sens à l'abri.

J'essuie le banc du revers de mon gant et j'y prends place. Des gens se promènent sur le sentier enneigé. Les lampadaires répandent une jolie lumière invitante. Mon regard s'attarde sur l'aire de jeux, déserte à cette heure.

– *À Noël, maman, je vais prendre le temps de* dévaler doutement *mes cadeaux. Promis.*

– *Mon soleil, on dit : déballer doucement.*

J'inspire profondément. L'air frisquet de février me chatouille l'intérieur des narines. C'est plaisant. Rafraîchissant. Je balaie d'un doigt une larme qui se frayait un chemin sur ma joue. Il est temps de rentrer. Un bon bain chaud me fera le plus grand bien.

En effectuant le premier pas, je renoue mon foulard autour de mon cou. C'est alors qu'un vent s'élève, poussant mes cheveux sur mon visage et une mèche dans ma bouche. Je glisse sur une plaque de glace quand une main tendue me redresse d'un coup. Je dégage enfin mes yeux. Il est là. Devant moi.

– Il faut faire attention où l'on met les pieds à ce temps-ci de l'année, mademoiselle.

Il a un sourire en coin. Ses joues rougies par le froid accentuent sa cicatrice. Il porte une écharpe jaune le long de son manteau noir et il tient une canne à la main.

Je parviens difficilement à articuler quelque chose.

– Bonsoir, Dexter.

Je décide de me rasseoir le temps de reprendre mon souffle.

– Tu sembles avoir souvent des bâtons dans les roues, se moque-t-il gentiment en s'installant près de moi.

Il pose sa canne contre le banc, loin de mes pieds. Un choix judicieux.

Un silence, plutôt agréable cette fois, se faufile entre nous. Puis il me confie :

– Tu sais, j'ai essayé de te retrouver. Je suis même retourné au bar quelques fois…

– Je ne sors pas souvent. J'apprécie mon petit confort et ma routine. De cette manière, j'ai l'impression de mieux contrôler ma vie.

Dexter m'examine, semblant analyser ce que je viens de dire.

Mes yeux s'accrochent alors aux siens. Aussitôt, une chaleur m'enveloppe. Avant que je comprenne ce qui se passe, je sens son souffle chaud sur ma peau et sa bouche capture délicatement la mienne. Ce n'est qu'un petit baiser, comme un doux murmure. Je savoure ce moment déroutant qui ne tarde pas à mettre tous mes sens en alerte.

LUI

Après ces quelques secondes que j'aurais voulu revivre indéfiniment, je retrouve la raison. Johnson, qu'est-ce que tu fais là ? Tu embrasses une femme magnifique, certes, mais elle n'est pas libre. Depuis quand suis-je devenu ce gars-là ? Celui qui triche ? Celui qui vole ? Je me redresse brusquement et sens aussitôt l'air froid de l'hiver nous atteindre. Disparu, le cocon magique. Je m'en veux. Je la vois qui baisse la tête, ses doigts effleurant ses lèvres roses.

– Je n'aurais pas dû. C'est pas mon genre, de me jeter sur une fille en couple. J'ai trente ans et j'agis comme si j'en avais quinze !

Je récupère ma canne, me relève.

– Dexter, attends, me retient Béatrice en saisissant mon bras. Comment es-tu arrivé ici ? Pourquoi ?

Comment expliquer l'inexplicable ? Notre rencontre est un pur hasard, cette fois encore. Je viens souvent me promener dans ce parc, et dans ceux des environs.

Exercer ma motricité au bord du fleuve. Le bruit de l'eau me calme.

Je n'ai toujours pas soufflé mot quand un mouvement près de Béatrice attire mon attention. C'est lui. Je suis dans le pétrin.

Béatrice lâche mon bras et se lève d'un bond.

– Becca, ça va ?

Je la vois qui cherche ses mots. Elle hésite. Elle ouvre la bouche, puis la referme.

Vu sa taille et mes jambes défaillantes, je pars avec deux prises contre moi. Malgré la température ambiante, j'ai soudainement très chaud. Mes yeux cherchent ceux de Béatrice, qui passe ses mains sur son manteau pour y déloger de la neige imaginaire.

– Je me doutais bien que je te trouverais ici. Je pensais faire la promenade avec toi. Il t'embête ?

Béatrice lâche un soupir.

– Calme-toi, Bri, il était juste au bon endroit au bon moment.

Son copain s'immisce entre nous.

– Pour t'avoir empêchée de tomber sur la glace, il méritait de poser ses lèvres sur les tiennes, c'est ça ?

Merde, il nous a bien vus !

– Tu fais gaffe avec elle, c'est clair ? Je te reconnais... Le gars en béquilles qui revient dans le décor avec une canne. Est-ce de la frime ou t'en as vraiment besoin ? Parce qu'avec le métier que je fais, j'en vois des gens prêts à tout pour attraper des femmes dans leurs filets. J'suis psychiatre, mec. Les manipulateurs, ça me connaît.

Il m'empoigne par le collet de mon manteau. Sous le coup de la surprise, je lâche ma canne qui tombe au sol. Je le regarde bien en face : ses yeux bleus parlent d'eux-mêmes. Les miens aussi, sûrement. Mais ce n'est pas parce que je suis plus faible aujourd'hui que je vais lui montrer ma vulnérabilité. Par contre, s'il veut se battre, ce sera sans moi.

– Écoute…

Béatrice m'interrompt.

– Ça suffit, Brian. C'est Dexter, OK ? Lâche-le tout de suite ou je me mets à hurler.

Béatrice a de l'emprise sur lui, puisqu'il me lâche. Même qu'il s'accroupit pour ramasser ma canne.

– Désolé, mec. Tiens, ta canne.

Je la saisis machinalement.

– Va-t'en, Bri. Je t'appelle en arrivant à la maison, d'accord ?

Il lui donne un baiser sur le front, lui chuchote quelque chose à l'oreille et revient sur moi.

– Si t'abîmes un seul de ses ongles, je t'avertis, je te retrouve. *Capiche ?*

Il me met en garde de quoi, au juste ?

– Brian ! s'emporte Béatrice en levant le ton. Dégage !

Il fait volte-face et repart aussi vite qu'il est arrivé.

– Que c'est gênant ! Toutes mes excuses, Dexter. Mon frère peut se montrer très protecteur quand il veut. Il a seulement deux ans de plus que moi, mais il se pense tout permis. Il ne m'a pas vue avec un homme depuis longtemps. Ça le perturbe.

Mon cerveau tente de faire les liens. J'avoue que j'ai perdu le fil après les premiers mots.

– Ce type est ton frère ?

Je la vois qui cherche quoi dire en jouant avec une mèche de ses cheveux. Anxieuse. Menteuse ?

– Au bar, je t'ai dit la première chose qui m'est passée par la tête. Tu m'as tellement surprise. Je pensais jamais te revoir.

J'aimerais parvenir à lui sourire. Lui dire que ce n'est pas grave. Mais je déteste les mensonges. Me sentir manipulé. La colère monte en moi. Ses prunelles bleues me scrutent méticuleusement, ses sourcils sont légèrement froncés. Je serre les poings et elle s'en aperçoit. Je ne trouve rien à ajouter.

Je n'ai pas envie de me faire mener en bateau. Pas encore.

– Je ne sais vraiment pas pourquoi j'ai inventé ça.

Je me contente de hausser les épaules.

– Pourquoi es-tu ici, Dexter ? Réponds-moi honnêtement.

Elle cherche à gagner du temps. À changer de sujet. Je lâche, la mâchoire contractée :

– Sincèrement, j'en sais rien. Je me promène souvent près du fleuve. C'est devenu une routine. Un réflexe. Pour me remettre en forme. Pour réfléchir aussi. C'est réconfortant.

Elle me dévisage. Perdue.

– Tu venais ici avant ? Je veux dire, avant l'accident ?

– Non. Jamais.

Béatrice est bouche bée.

– Dexter, quand tu étais dans le coma, je te décrivais ce lieu. Je marche dans ce parc depuis plusieurs années, aussi souvent que je peux. Après mes visites à l'hôpital, je venais m'asseoir sur ce banc près du saule pleureur.

Mon cœur se serre. Je ne parviens pas à y croire.

Deux larmes font maintenant la course vers ses lèvres. Je renvoie mon ego aux oubliettes et je saisis son visage entre mes mains. Mais elle recule.

J'ai tout gâché. Je me suis pris la tête pour un rien et je la sens qui se referme déjà.

– Je ne peux pas… C'est juste impossible, nous deux.

Elle me pousse maladroitement et part en courant sans un mot de plus. Sans se retourner.

Mes pieds sont figés au sol. Est-ce que tout ça s'est réellement passé ?

Une chose est sûre, elle m'a glissé entre les doigts. Encore une fois.

ELLE

Où sont mes clés ? Je les avais en arrivant au bureau !

J'avance dans le stationnement. L'air froid et sec de cette fin de journée me fait frissonner. Je continue de fouiller dans mon sac qu'on pourrait qualifier de valise sans roulettes. J'aime mieux être à l'abri de tous les imprévus et avoir sous la main cure-dents, brosse à cheveux, brosse à dents, lingettes, maquillage de secours, déo, serviettes hygiéniques, lampe de poche, crème à main, miroir, coupe-ongles et même une conserve de pois chiches. On n'est jamais trop prudent. Si je restais coincée des heures dans un ascenseur ou dans des toilettes publiques au loquet défectueux, j'aurais de quoi survivre. Mais là, dans tout ce barda censé assurer ma survie, mes clés restent introuvables.

Alors que je m'approche de ma voiture, je repère quelque chose d'inhabituel sur mon pare-brise.

Ce n'était pas là ce matin. Je dois faire quelques pas encore avant de pouvoir identifier cette tache blanche. Un mouchoir ? Une lettre ? Rendue près de ma portière, je découvre ce qui a été glissé entre le verre et mon essuie-glace : une fleur. Une rose blanche. Je pense tout de suite à Dexter et je m'en veux aussitôt. Notre baiser au parc me revient si souvent en tête. Ce moment m'a chamboulée plus que je ne le voudrais.

Un coup de vent froid me ramène sur terre. Dexter ne sait pas où je travaille. Il ne doit même pas connaître mon nom de famille.

Délicatement, je retire la rose de son étau de fortune. Par réflexe, j'avance mon nez jusqu'aux pétales maintenant glacés aux extrémités. Un signe que la fleur m'attendait depuis un moment déjà. Qui a pu m'adresser cette tendre attention ? Je regarde autour de moi, à la recherche d'un indice, mais le vent est seul à se manifester. Sans quoi, c'est le silence le plus complet. Aucune trace fraîche ne marque le sol non plus, sauf les miennes.

La rose dans une main, je me remets à la recherche de mes satanées clés. N'arrivant à rien, je palpe mes poches de manteau. Les voilà enfin !

J'attrape mon balai à neige pour dégager la poudreuse des vitres et des phares pendant que ma voiture se réchauffe.

– Bonne soirée, Béatrice. Soyez prudente sur la route !

– Merci, monsieur Dubé, vous aussi !

Je n'en reviens toujours pas que cet homme se soit associé avec ce rabat-joie de Sirois. Et qu'il ait accepté de faire de même avec mademoiselle Miller est encore plus stupéfiant. Juste d'y penser, la rage me gruge le cœur. Chassant ce sentiment désagréable, je secoue mon balai contre un pneu et j'ouvre le coffre pour le remettre à sa place. J'observe monsieur Dubé qui déglace son véhicule un peu plus loin. Il me sourit et me lance un clin d'œil complice.

Je fais soudain le lien.

Mais oui ! C'est certainement lui qui m'a laissé cette fleur ! Il a bien vu que la première m'avait fait plaisir. J'aurais dû y penser avant.

– Merci encore pour la rose, monsieur Dubé !

– Ce n'était rien, voyons ! À lundi.

Je me glisse à l'intérieur de l'habitacle maintenant chaud et je m'attarde un instant sur la rose qui gît sur le siège passager. Puis je fais marche arrière.

LUI

– Je te l'ai dit et je vais te le répéter : je n'ai rien consommé depuis un mois.

Je sens un goût de bile remonter dans ma bouche. Je ne peux pas croire qu'elle ait osé se pointer à la caserne, m'obligeant à me donner en spectacle devant mes collègues.

– Tu manques pas de culot, Eve Johnson. Non seulement tu arrives ici sans t'annoncer, mais tu n'es même pas honnête envers moi. Tu pensais que je risquais moins de péter ma coche au travail, c'est ça ?

Je m'avance, mon index pointé vers elle.

– Tu sais quoi ? Tu es complètement folle ! Tous ceux qui sont ici le savent, lui asséné-je alors que ma brigade s'attroupe autour de nous. Ce sont eux ma vraie famille.

Je tente de me calmer. Eve ne dit rien.

– Tu veux savoir pourquoi ? Parce qu'ils sont honnêtes, eux. Ils sont vrais. Ils ne détruisent pas une relation pour une histoire de coke bon marché. Ça ne te rappelle rien, quêter de l'argent pour soi-disant payer le loyer ?

Je ne reconnais plus ma sœur. Elle est si mince. Elle est déjà abîmée par la vie au début de la trentaine. Sa peau est fanée et des cernes creusent son visage blême. Ses traits tirés laissent croire qu'elle n'a pas dormi depuis des jours. Elle semble attendre quelque chose de moi. Mais quoi ?

– J'ai tenté par tous les moyens de t'aider. J'ai même affronté Peter. J'ai tellement voulu t'ouvrir les yeux avant qu'on déménage ici.

J'essaie d'étouffer mon volcan intérieur, mais c'est incontrôlable. Dire qu'à une époque, on était inséparables. J'étais son petit protégé. On faisait tout ensemble. De nos devoirs jusqu'à nos soirées entre amis. On se faisait rire et on se serrait les coudes. Puis il y a eu cette catastrophe qui nous a enlevé notre père, et plus rien n'a été pareil.

Eve essuie ses larmes d'une main tremblante. Son corps frêle frémit.

– Est-ce qu'on peut continuer notre discussion à l'écart de ta famille ? Toi et moi ?

Je lâche un rire jaune, qui ressemble davantage à un grognement. Je n'ai pas l'intention de poursuivre cette conversation. C'est terminé. Je retourne travailler.

Une main se pose fermement sur mon épaule.

– Tu vas aller prendre l'air avec ta sœur, Dex. Maintenant.

– Mais…

– C’est le temps de régler tes affaires, me coupe Simon. Installez-vous donc à la table à pique-nique et laisse-la parler. On est tranquilles ici de toute façon. Pas de *rush*. Je viens te chercher dans 15 minutes.

Derrière ses allures de gars superficiel et son humour douteux, Simon est à l’écoute. Toujours. Devant mon air perplexe, il insiste.

– Allez, Dex.

Il m’a eu.

– Quinze minutes. Pas plus.

Frottant mes gants l’un contre l’autre pour garder mes mains au chaud, je laisse Eve s’expliquer.

– Dexter, *I promise. I regret. Everything.*

– Recommence pas à me parler en anglais, s’il te plaît.

– Je suis tellement désolée. J’ai perdu les pédales. La tête. Tout ! Je ne savais plus comment agir après ce qui s’est passé. J’étais une ado, Dex. J’étais perdue.

Je serre les dents.

– Et tu crois que j’étais pas perdu, moi ? J’ai pourtant gardé la tête sur les épaules !

J’aimerais m’adoucir, mais je compose avec une frustration refoulée depuis pratiquement douze ans. Douze ans de tabous. De non-dits. De silence.

– Écoute-moi, frérot. Je l’avoue, j’ai été égoïste. Je n’ai pas pu penser à autre chose qu’à ma peine.

J'ai commencé à consommer pour essayer de me sentir mieux. Et j'ai rencontré les mauvaises personnes.

Elle prend une pause, baisse la tête.

Dire qu'elle voulait devenir pilote ! Elle a fini le lycée de peine et de misère. Je suis allé tant de fois dans le bar miteux où elle travaillait au noir. Essayer de lui faire comprendre dans quel merdier elle s'enfonçait. Peter, qui était son gérant à l'époque, parvenait toujours à me contredire. Il prétendait la protéger et il a réussi à l'aveugler. Ils n'ont pas tardé à emménager ensemble.

– J'ai perdu le contrôle. Tu devines bien que tomber enceinte n'était pas dans mes plans. J'en voulais pas d'enfants. Je voulais pas en avoir et courir le risque de disparaître de leur vie du jour au lendemain comme papa l'a fait.

Elle pose sa tête entre ses mains, les coudes appuyés sur la table en bois.

– Mais c'est arrivé : je me suis retrouvée enceinte. J'ai dû arrêter de travailler et je n'avais plus d'argent. Peter est devenu de plus en plus agressif.

– Il t'a frappée ?

– Pas au début. On était pas riches, mais on s'en sortait. Jusqu'à cette soirée poker chez son patron. Après, il n'a jamais plus été le même. Il y a croisé des gens, disons, influents.

– Tu veux dire ?…

– Le genre de personnes qui dirigent beaucoup trop de choses. Qui te transforment en marionnette.

Peter était attiré par leur richesse. Il a commencé à travailler pour eux *on the side*. À consommer des drogues plus dures aussi. Quand j'ai su que j'attendais des jumeaux, Peter a tellement eu la trouille de perdre sa liberté qu'il s'est mis à vivre à deux cents à l'heure.

– Tu n'as pas envisagé l'avortement ?

– Non.

– Pourquoi ?

– Parce que je me sentais enfin importante. À ma place. Moins seule aussi. C'était égoïste comme choix, mais bon.

Elle s'interrompt quelques instants.

– Les jumeaux sont venus au monde et je pensais vraiment que Peter allait prendre sa vie en main. S'impliquer. La première année, il a fait des efforts. J'avais espoir.

Je ne peux m'empêcher de lever un sourcil.

– Ouais… il s'est vite pris la tête avec son patron, et ç'a dégénéré. Il est devenu nerveux. Impulsif. Imprévisible. Il partait sans donner de nouvelles. J'en dormais plus la nuit. J'avais jamais assez d'informations pour comprendre ce qu'il se passait. Ni assez d'argent pour fuir.

Elle renifle tout en retirant une mèche de cheveux collée sur sa joue humide.

– Il a commencé à revenir complètement défoncé de ses soirées. Il s'amusait à me rabaisser ou il se fâchait dès que j'ouvrais la bouche. Le fait que je reste à la maison pour m'occuper des jumeaux l'énervait tellement. Il me crachait au visage, me frappait à la tête. Il est même arrivé qu'il m'étouffe avec un oreiller jusqu'à ce que je perde connaissance. Je pouvais revenir à moi sur le divan ou dans la baignoire. Le lendemain, il se ressaisissait, me couvrant d'excuses bidon ou me traitant comme une reine. Jusqu'à ce qu'il recommence.

– Eve, c'est bien pire encore que tout ce que j'imaginais ! Et les jumeaux ?

– S'il avait touché qu'un seul de leurs cheveux, il serait mort de mes propres mains. Je suis restée pour eux. Maman et toi partis, je n'avais plus personne là-bas. Je serais allée où avec deux enfants de dix-huit mois ? Tu voulais que je fasse quoi ? Me retrouver dans un motel miteux jusqu'à ce que mon compte en banque soit complètement à sec ?

– Peter n'avait pas de famille ? Tu n'avais plus aucun ami ?

Elle se met à rire.

– Pas d'amis, non. Et Peter n'est pas tombé trop loin de l'arbre. Sa mère est toxicomane. Son père est inconnu.

Je commence à ressentir la solitude qu'elle a pu vivre.

– C'est pour oublier que je me suis remise à consommer, Dex. J'avais réussi à arrêter pendant ma grossesse. Ç'a pas été long avant que Peter m'incite à retomber dans le vice. J'ai été faible. J'ai rechuté. Faut croire que c'était quasiment notre seul point commun.

Elle soupire.

– Naïvement, je me disais que les enfants avaient besoin de leurs deux parents. Les années ont fini par passer. Une certaine routine s'est installée.

– Et pourquoi venir ici maintenant ?

Soit elle ne m'écoute plus, soit elle évite ma question.

– Tu sais que maman m'écrivait tous les mois ?

Je la dévisage, les yeux ronds.

– S'il te plaît, ne te fâche pas. Elle me donnait des nouvelles de toi, d'elle, de votre vie ici. Elle m'a dit quand tu es devenu pompier. Quand tu as fait construire ta maison. Elle t'en a pas parlé parce que je répondais jamais, sauf pour lui donner mon adresse quand je déménageais.

– Et tu as déménagé combien de fois en douze ans ?

Ses mains tremblent. Elle tente de le cacher en jouant avec ses doigts, mais je reconnais les signes. Les pompiers sont formés pour intervenir auprès des gens intoxiqués ou en manque de substances.

– *T... two times.*

Elle passe sa langue sur ses lèvres. Je perçois de la sueur sur son front alors qu'on est en hiver !

Je m'emporte de nouveau.

– Deux fois ? Tu n'as donné que *deux* fois des nouvelles à maman, alors qu'elle t'écrivait tous les mois ? Et tu vas me faire croire qu'elle ne t'a jamais envoyé d'argent ? Pour les enfants ?

– C'est vrai, mais je n'en voyais pas la couleur. Peter gardait tout.

– Tu t’attends à quoi, Eve ? explosé-je en laissant tomber mon poing sur la table.

Ses mains couvrent ses yeux.

Elle pleure. De honte, peut-être.

– Je veux reprendre le droit chemin. Promis. *By the way*, arrête de me fixer comme ça. Je n’ai pas consommé, je suis juste incapable de contrôler mon corps. Je suis en manque, oui. T’es content ? *It’s tough for me, OK ?*

Je me calme. Je dois ravaler ma rage, m’adoucir.

– La lettre que j’ai reçue il y a quelques semaines m’a vraiment touchée. C’est là que j’ai su qu’il fallait que je parte.

– Et qu’est-ce qu’elle disait, cette foutue lettre ?

– Ça fait quinze minutes, Johnson.

Nous tournons la tête en direction de Simon, qui se tient sur le pas de la porte.

– C’est bon, Giguère, je gère.

Simon regarde Eve avec insistance.

– Je confirme, il s’est calmé.

Il retourne d’où il est venu.

– Maman m’a écrit à propos de ton accident. J’ai compris que tu aurais pu mourir. Bref, je voulais vous revoir. Et prendre une bouffée d’air. *Anyway*, tu ne devrais pas utiliser une canne, toi ?

– Ne joue pas à la mère avec moi, Eve. Ni à la sœur protectrice.

– Dex, je joue à rien, j’essaie juste de réparer les pots cassés. Depuis que les jumeaux sont dans ma vie, j’ai compris l’importance d’être entouré de ceux qu'on aime, d'avoir une famille. Tout ce que je souhaite, c'est *another chance*, Dexter.

D'un coup, je remarque ses lèvres bleues. Merde, elle est frigorifiée. Clairement, son manteau n'est pas assez chaud pour l'hiver québécois. Je retire le mien et le pose sur ses épaules.

– S'il te plaît… fais-le pour mes enfants. Ils n'ont aucune autre famille. J'espère qu'ils pourront compter sur maman et toi, s'il m'arrivait quelque chose.

– Ils ne nous connaissent pas parce que tu nous as jamais donné la chance d'être là pour eux.

Au fond de moi, je voudrais lui dire que ça va aller, mais je ne suis pas prêt. J'ai si souvent espéré retrouver ma sœur. Or, mes coups de fil et mes courriels sont toujours restés sans réponse et j'ai fini par abandonner.

Eve se lève pour saisir son téléphone qui vibre dans sa poche. Ses yeux s'agrandissent et elle décide de ne pas prendre l'appel. Puis, elle tend la main pour passer ses doigts maigres dans mes cheveux.

– J'attendrai, Dex. Tu sais où me trouver.

ELLE

– *Helloooo*, Sunnshiiiine !

Keyla entre, armée de sa bonne humeur habituelle et de son énergie électrisante.

– Je suis dans la cuisine ! crié-je.

Mon amie s'empresse de venir me rejoindre.

– Oh ! Deux roses ! Tu t'es fait gâter ?

– C'est mon patron. Sa femme n'apprécie pas les blanches, alors je semble en hériter. N'empêche, ça me gêne toujours.

– Bah, c'est une délicate attention. J'espère juste qu'il ne pense pas que pour quelques fleurs, tu lui offriras la tienne en échange.

– Franchement ! Ce que tu es stupide, Key, quand tu veux.

Je lui lance un morceau de carotte en plein front.

– Aïe, t'es pas bien ou quoi ? Tu aurais pu me crever un œil ou me casser une dent !

– T’as juste à cesser de dire des bêtises ! Je ne m’appelle pas mademoiselle Miller, moi. Je n’offre pas ma « fleur », comme tu dis, pour avoir une promotion ou pire, pour devenir associée dans un bureau d’architectes.

Keyla met sa main sur sa bouche, outrée.

– Tu es certaine que c’est ce que cette chipie a fait ? Avec qui ? L’attentionné monsieur Dubé ou l’arrogant monsieur Sirois ?

– Si c’est avec monsieur Sirois, j’aime mieux ne pas me l’imaginer. Tu as vu son ventre ?

– Moi, je trouve qu’ils vont plutôt bien ensemble. Au fond, on s’en fiche, parle-moi plutôt de ton mec que tu as revu au parc.

Je m’assombris et coupe mes légumes avec plus de vigueur.

– Brian n’a pas pu se retenir, hein ?

– Il m’a seulement dit que tu avais vu quelqu’un et que vous sembliez proches. Genre, proches proches.

– Fais pas l’innocente, Key. Je connais mon frère. Il t’a sûrement dit qui c’était aussi. Vous me prenez pour une cruche, ou quoi ?

– Ne te fâche pas. Ton frère se fait du souci pour toi. Allez, raconte ! C’était comment avec Dexter ? Tu étais contente de le revoir ?

– Oui. Non ! Enfin, un peu. Mais je suis partie deux minutes après Brian. Tu peux rassurer mon frère, il n’y a rien entre nous.

– Becca !

Elle s'assoit au comptoir devant moi.

– Ce gars-là t'attire, c'est évident. Même Brian l'a remarqué. Je te rappelle que tu étais à son chevet matin et soir à l'hôpital. Ça veut dire quelque chose…

– Ça veut dire que je me suis sentie coupable, oui. J'ai eu peur de l'avoir tué, puis de l'avoir rendu infirme pour le reste de sa vie. Tu comprends ça, Keyla ? J'ai eu peur ! C'était la moindre des choses que j'aille le visiter jusqu'à ce que je sois certaine qu'il s'en sorte, non ?

– Effectivement… approuve-t-elle avec un petit sourire en coin.

– Tout ça à cause de mon inattention au volant.

Sous le coup de l'émotion, j'échappe mon couteau sur la planche à découper, ce qui nous fait sursauter.

– Exagère pas, Becca. Tu sais très bien que Dexter avait sa part de responsabilité dans cet accident. Il aurait dû rouler moins vite. Mieux, il n'aurait même pas dû prendre sa moto avec la forte pluie qui tombait. En plus, tu lui as peut-être sauvé la vie. Si tu n'avais pas été…

Je me dépêche de l'interrompre.

– … je sais. On arrête de parler de lui, d'accord ? On se reverra plus, de toute manière.

– Pourquoi ?

Le ton de sa voix me fait sursauter de nouveau.

– Ouvre les yeux ! Tu es *enfin* tombée sur quelqu'un qui te plaît. Qui te fait sourire !

– De quoi tu parles ? On s'est à peine vus quelques minutes. Vraiment.

– Une chance que Brian m'en a glissé un mot. Ce n'est pas toi qui m'en aurais parlé, pas vrai ?

– Je t'en ai pas parlé parce qu'il y avait rien à dire et parce qu'il se passera rien non plus. Vous vous faites des scénarios, tous les deux. Fin de la non-histoire.

– Moi, je sais qu'il y a plus que ça. Avoue-le-toi donc ! Tu devrais lui laisser une chance. Tu as un je-ne-sais-quoi de plus depuis que…

– … j'ai compris ! Pas besoin d'entrer dans les détails. On verra, OK ? Si je le recroise.

Notre souper en tête-à-tête m'a fait un bien fou. On a vite relégué le sujet Dexter aux oubliettes et on s'est amusées comme dans le temps : pizza, frites et musique des années 1990 à plein volume. Soirée de filles typique, quoi. On s'est mises sur notre trente et un pour le simple plaisir de se sentir belles et femmes.

Je peaufine ma retouche de rouge à lèvres pendant que mon amie me raconte ses conquêtes des dernières semaines. Elle a toujours su amadouer les hommes. Keyla est la plus jolie femme que je connaisse. Elle est tout en rondeurs et respire le bien-être. Ses longs cheveux frisés couleur bleu nuit envoûtent ses prétendants. Sa peau chaleureuse et chocolatée, et ses yeux noirs en font baver plusieurs, tous sexes confondus ! Une vraie sorcière de l'amour éphémère. Car personne ne la mettra en cage. Elle tient à rester libre.

Je l'écoute parler, elle me fait tellement rire. Est-ce à cause de ce cinquième verre que je tiens, si je vois la vie avec un halo rose ? Peut-être, mais je la sens heureuse. Accomplie.

– Tu aurais dû le voir, Becca, un vrai mâle. Il m'a pris fermement par les fesses et m'a fait l'amour sans ménagement debout devant ma baie vitrée. J'avais le dos gelé parce qu'on s'entend, avec le moins quinze qu'on a eu hier soir, les fenêtres étaient pas mal moins *calientes* que mon étalon et moi ! Il doit bien rester un cerne de mon galbe fessier imprégné là ! Mais miam ! – elle se mord le poing – c'était exquis.

– Tu vas le revoir, alors ?

– Tu veux rire de moi ? Jamais deux fois le même homme…

– Sauf si c'est dans la même soirée ! Je commence à connaître tes règles ! Mais chaque règle à ses exceptions, non ?

– Pas pour moi !

– Tu devrais vraiment ouvrir plus ton cœur que tes jambes ! lui lancé-je à la blague. Sinon, tu vas finir par passer à côté de l'homme de ta vie.

– Tiens, tiens, regarde qui parle ! Tu es mal placée pour me faire la morale, ma chère.

– Mon frère, c'est du passé alors ?

Keyla a les yeux ronds. Une main sur le cœur.

– Doux Jésus, oui ! Quelle connerie ! Ton frère est très doué, mais je n'aurais jamais dû aller là. C'est une loi non écrite de ne pas toucher au frère de sa meilleure amie. Dors sur tes deux oreilles, sœur Béatrice.

Je rigole.

– Tu fais ce que tu veux ! Mon frère est majeur et vacciné. Mais j'avoue que t'avoir comme belle-sœur, je deviendrais folle !

Elle montre un visage scandalisé.

– Hey ! Là, tu vas te taire et tu prends ton manteau. Maintenant.

– Hein ? On va où ?

– Secret. Allez !

Cinq minutes plus tard, on est sur le trottoir où un taxi nous attend déjà. Tout était donc planifié ? Ça n'augure rien de bon.

– Key, qu'est-ce qui se passe ?

– Rien du tout. Un taxi qui patiente devant ta porte, c'est tout à faire normal, non ?

Elle éclate de rire. Elle se juge vraiment drôle, mais voyant qu'elle est la seule à s'amuser, elle tempère son ardeur.

– On ne s'est pas mises chics pour rien à ce que je comprends.

– Exact ! J'ai une surprise pour toi. Tu vas aimer, je te le promets.

Le taxi s'arrête devant un bâtiment industriel en brique rouge et brune, comme on en croise par dizaines dans le quartier. Celui-ci ressemble aux autres à une exception près : la façade du rez-de-chaussée est tout en vitrines, nous laissant voir une série de toiles à l'intérieur représentant des visages, des animaux, des formes… et plusieurs personnes élégantes, qui se déplacent d'une œuvre à l'autre. Le tout sous un éclairage tamisé.

– « Premier vernissage de Joy Durand », lis-je à haute voix sur la bannière au-dessus de la porte d'entrée. Qui est Joy Durand ? Tu la connais ?

– Oui, et toi aussi !

Je suis intriguée, et Keyla semble prendre un malin plaisir à me faire languir. Mais elle ne peut garder le secret plus longtemps.

– C'est Jolianne.

Je hausse les épaules.

– Voyons, Becca ! Jolianne Tessier, la femme de Tommy Simard, précise-t-elle en m'entraînant dans la salle d'exposition.

Nous n'avons pas fait dix pas que nos pieds s'ancrent au sol. Nos yeux sont éblouis, nous sommes captivées. C'est splendide.

Nous reprenons notre progression vers les toiles qui dégagent toutes des effluves denses, des émotions contradictoires. C'est beau. C'est choquant. C'est sombre et coloré à la fois. Explosif. Frappant.

– Comment tu as su, pour ce vernissage ?

– Un communiqué dans notre courrier interne. Tommy voulait qu'un maximum de personnes puissent voir les tableaux de Jolianne. Et on s'était toujours dit qu'on serait là pour son premier vernissage, tu te souviens ?

Effectivement, ça me revient. Nous ne tardons pas à tomber sur le couple accoudé au petit bar. En nous apercevant à son tour, Tommy saisit le coude de sa femme qui porte une coupe de vin à ses lèvres. Celle-ci essuie prestement les éclaboussures sur ses doigts, puis tous deux viennent à notre rencontre.

– Je crois que Tom est plus stressé que moi, nous dit-elle en arrivant près de nous, son sourire faisant scintiller ses prunelles dorées.

– Jolianne, tu reconnais bien Keyla, qui travaille à notre département ? Et tu te souviens peut-être de son amie Béatrice ? lui demande son mari en déposant un baiser sur chacune de nos joues.

– Bien sûr ! Très contente de vous voir ici, les filles. N'hésitez pas à faire le tour et à déguster des bouchées. Elles sont divines !

Un serveur passe nous offrir une coupe de champagne.

– Eh bien, à la vôtre ! Quel talent tu as, Jolianne ! C'est hypnotisant. Tes toiles expriment des émotions qui se déversent en nous. Pas étonnant qu'il y ait autant de monde !

– C'est gentil, Keyla.

– Quand as-tu trouvé le temps de créer tout ça ?

– Tu sais bien qu'il faut aimer la solitude quand on est la femme d'un médecin. Eh bien, voilà ce que j'en fais. Votre présence ce soir me touche vraiment.

Jolianne fixe un point derrière moi. C'est à son tour de prendre le bras de Tommy et de le guider vers d'autres visages familiers. Au même moment, mon regard s'accroche à celui qui est peint devant moi. Un regard qui fait battre mon cœur. Je crains que mes jambes m'abandonnent devant cette toile bouleversante.

LUI

J'ai le souffle coupé dès mon entrée dans la salle où les œuvres de Jolianne sont exposées. C'est magnifique. Intense.

– Dexter ! Tu es venu !

Jolianne me rejoint à grands pas, le docteur Simard à son bras.

– Tom, tu te souviens de Dexter ?

– Bien sûr.

Le docteur Simard me serre la main.

– Vous vous êtes bien remis, à ce que je vois, monsieur Johnson !

– Avec un peu de discipline et l'aide de la meilleure physio en ville, je peux pas faire autrement !

Jolianne rougit à ce compliment. Pourtant, je le pense vraiment. Elle a été si encourageante et attentionnée. J'ai eu l'occasion de la regarder faire avec d'autres et tous avaient droit au même traitement sans faille, irréprochable.

Ce soir, Jolianne est sublime dans sa robe couleur mer qui met en valeur ses courts cheveux blonds. Sa robe scintille presque autant que ses yeux : deux billes dorées qui reflètent la fierté.

– Je tenais à te remercier de l'invitation. Je ne savais pas que tu peignais. Tu as beaucoup de talent.

– Merci. Simon n'est pas venu avec toi ?

– Il met ses filles au lit et il arrive juste après.

Elle me donne deux baisers sur les joues.

– *Nice !* Je te laisse faire le tour. Mes parents viennent d'arriver, je file les accueillir. Rince-toi l'œil !

Elle tire de nouveau le bras de son mari, qui me salue d'un mouvement de tête. Ils sont splendides, tous les deux. Amoureux. En les suivant du regard, une chevelure rousse attire mon attention. Mon corps se tend comme la corde d'un arc. Juchée sur des talons noirs, sa robe courte couleur émeraude met en valeur ses jambes et laisse entrevoir juste ce qu'il faut de poitrine. C'est raffiné et délicat.

Je ne vois plus qu'elle. Sans être grande, Béatrice dépasse de quelques centimètres la plupart des femmes dans la salle. Elle admire une des peintures, semble même hypnotisée.

Que fait-elle ici ?

Alors que j'hésite à faire un pas dans sa direction, elle se retourne et me voit à son tour. Je perçois sa confusion. Une main effleure vite sa joue pour faire disparaître une larme.

– On dirait bien que tu ne t'attendais pas à me trouver ici, remarqué-je après avoir franchi les quelques mètres qui nous séparent.

Compte tenu de la musique ambiante et du nombre croissant d'individus qui circulent ou discutent en petits groupes, je dois parler assez fort. J'arrête un serveur pour saisir deux coupes de champagne, car celle de Béatrice est pratiquement vide.

– Effectivement. Dois-je commencer à avoir peur ?

Un petit sourire naît sur ses lèvres, mais il meurt avant d'avoir atteint ses yeux.

Elle accepte la coupe que je lui tends. Nos doigts se touchent. Un courant électrique me traverse.

Béatrice porte le liquide ambré à ses lèvres. Silencieuse.

– J'ai beaucoup pensé à toi depuis la dernière fois. Si j'avais eu un moyen de te recontacter, je l'aurais fait.

– C'était mieux comme ça de toute façon.

Ses yeux sont éteints. Le silence reprend sa place entre nous et nos têtes se tournent vers le tableau qu'elle fixait un peu plus tôt. Une peinture forte en émotion, mais joyeuse et remplie de soleil. On y voit un jeune enfant, tout peint de jaune, aux yeux bleu éclatant. Il pourrait s'agir d'un garçon comme d'une fillette, avec ses cheveux mi-longs et ondulés couleur maïs. C'est beau. Pur. L'enfant rit aux éclats, comme si quelqu'un derrière la toile lui chatouillait les pieds. Autour de lui, tout explose : les formes, les couleurs.

Béatrice reste immobile devant l'œuvre. Doucement, je dépose une main au bas de ses reins. Je sens alors son corps se contracter.

– Est-ce que ça va, Béatrice ?

Son sourire se veut rassurant, mais il ne me convainc pas.

Je comprends qu'elle ne me dira rien ce soir. Il y a trop de personnes autour de nous ; l'endroit n'est pas propice aux confidences. Tandis qu'elle semble perdue dans ses pensées, je m'attarde discrètement à sa poitrine qui se soulève au rythme de sa respiration. Puis à ses lèvres entrouvertes qui me font envie. Je dois me faire violence pour ne pas l'enlacer et l'embrasser. Après cette rêverie osée, je reviens difficilement à la réalité.

ELLE

– *Hahaha, maman, arrête de me* chapouiller *!* *Je vais* dégorguter *!*

– *Mon soleil, on dit chatouiller et tu ne vas pas vomir, voyons !*

Mon cœur fait mal. Terriblement mal. Comment peut-on arriver à ressentir autant de choses devant des morceaux de tissus blancs sur lesquels on a appliqué des coups de pinceau ?

La peine m'habite encore trop fort. Je me sens chancelante, perdue. À un point tel que Dexter prend mon coude et me répète pour une deuxième ou troisième fois peut-être, sa question.

– Oui, ça va aller, Dexter.

– Tu es sûre ? Tu es blême. J'ai cru que tu allais perdre connaissance.

– Je vais bien, je t'assure. Allez, dis-moi donc ce que tu fais ici ? Tu connais Jolianne ?

Pendant qu'il m'explique que Jolianne est sa physiothérapeute – j'aurais dû y penser, son cabinet étant affilié à l'hôpital –, j'essaie de reprendre mon sang-froid.

– Et toi, quel est ton lien avec elle ? Tu as fait de la physio aussi ?

Je vois bien qu'il marche sur des œufs avec moi. Il est tellement attirant... Et si gentil, ce soir. Est-ce que je peux lui faire confiance ? Le moment est-il vraiment venu pour moi de laisser entrer quelqu'un dans ma vie ? J'ai l'envie soudaine de me laisser aller, mais la peur me pétrifie. Au fond, je ne sais rien de cet homme.

– Tu sais que Jolianne est la femme du docteur Simard ?

Il hoche la tête.

– Et la jolie tigresse aux cheveux frisés noirs, là-bas, tu la vois ?

Je pointe Keyla qui est déjà en mode séduction auprès d'un bel homme d'âge mûr.

– C'est ma meilleure amie. La sœur que je n'ai jamais eue. Et elle travaille avec Tommy. Enfin, le docteur Simard.

– Tu as pourtant un frère plutôt protecteur. Ça ne suffit pas à combler le vide fraternel ? demande-t-il en riant.

– Tu as raison… Brian est du genre accaparant, mais il le fait pour me protéger. Il a toujours pris ce rôle très au sérieux.

– Tu n'as plus tes parents ?

– Ma mère est décédée d'une longue maladie quand j'étais toute petite. Je m'en souviens à peine.

Je prends une gorgée de champagne.

– Mon père, lui, était un excellent avocat. Aujourd'hui, il est dans un centre. Il souffre d'Alzheimer. Il se souvient rarement de nous, mais quand ça arrive, c'est magique.

Dexter prend ma main. Mes sens s'emballent.

Cette soirée est beaucoup plus mouvementée que ce à quoi je m'attendais. Dexter n'est pas un abruti, il sent bien que quelque chose ne tourne pas rond chez moi. Les mots, les vrais, restent enfouis au creux de mon ventre. Mon passé m'a volé mon courage.

En même temps, je suis vraiment contente de le revoir ici. Je suis magnétiquement attirée vers lui.

Mon cœur et ma tête pourraient-ils enfin s'entendre ?

Comme si nous étions seuls au monde, Dexter s'approche de moi. Ses bras m'enveloppent et je sens sa chaleur. Ça me fait tant de bien. Il pose son menton sur le haut de ma tête et murmure :

– Qui es-tu, Béatrice ?

LUI

Béatrice se laisse approcher, mais elle est peu loquace. Quand je pense qu'elle connaissait déjà le docteur Simard ! Je la revois discuter discrètement avec lui, à la porte de ma chambre, avant de s'éclipser. Leurs échanges de regards aussi. Tout s'explique. Mais ce n'est pas le moment de chercher à en savoir davantage. On dirait qu'elle a érigé une solide forteresse autour d'elle. Peu importe, j'ai envie d'être patient. Je veux qu'elle me fasse confiance. Et surtout, j'aimerais que cette fois, elle reste dans ma vie, peu importe la manière.

– Quelle est ta toile préférée, Dexter ?

Ce changement de sujet me déconcerte, mais je joue le jeu. Je lui prends la main et l'amène vers celle qui m'a tant plu à mon arrivée. Elle trône seule sur un mur tout près de l'entrée. On y voit un édifice ravagé par le feu. Au premier abord, c'est tragique, mais les flammes semblent danser et les couleurs sont si vives qu'on en oublie qu'un incendie fait rage. Cette œuvre ravive en moi toutes sortes de souvenirs. Visiblement, Béatrice est émue aussi.

D'un coup, je décide de m'ouvrir. De lui raconter une histoire que je partage peu. J'espère qu'elle s'autorisera à faire de même ensuite.

Autour de nous, les gens se font plus rares.

– Ce tableau résonne en moi.

Elle se rapproche. Sa coupe toujours à la main tremble légèrement.

– J'ai grandi tout près d'ici dans le quartier Montcalm. Mes parents se sont rencontrés dans une entreprise de programmation informatique où mon père était ingénieur. Ma mère est arrivée de France pour faire un stage comme technicienne spécialisée, et finalement, elle n'est jamais repartie. Quand j'ai eu cinq ans, mon père s'est fait offrir un poste au siège social à New York et nous avons déménagé.

– New York... Le rêve.

– Je n'avais que onze ans, mais je me voyais déjà docteur. J'en rêvais. Je travaillais d'arrache-pied pour être le meilleur. Je visais l'Université Columbia, rien de moins. Mon père était devenu entre-temps un haut dirigeant de sa compagnie, alors l'argent n'était pas un problème.

Je me tais. Les yeux de Béatrice ont des reflets bleus, ce soir. Un voile les recouvre.

– Que s'est-il passé ? Tu n'es pas médecin ?

– Effectivement. Je suis pompier.

– Quelque chose t'a fait changer d'idée ?

– Notre collège, à ma sœur et moi, se tenait en bordure de l'Hudson. On étudiait là parce que c'était à deux coins de rue du bureau de mon père. Un matin, nos cours ont été interrompus en catastrophe. L'école devait être évacuée. On devait même fuir le périmètre. Filer vers le nord.

– Pour aller où ? Ton père ou ta mère ne sont pas venus vous chercher ?

– Tout s'est passé trop vite. De toute façon, mon père n'aurait pas pu, non. Ce jour-là, il était au 83e étage de la tour le plus haute du monde. Il s'était rendu au travail, alors qu'il devait être en congé. Parce qu'il voulait s'assurer que tout roulait au bureau. Il nous a déposés à l'école. Je ne sais même plus si on lui a souhaité bonne journée. On a simplement claqué la porte et on ne l'a plus jamais revu. C'était le 11 septembre 2001.

Les doigts de Béatrice enlacent les miens tandis qu'un brouillard épais obstrue mes yeux. Chaque fois que je me remémore cette journée, j'ai du mal à me contenir. Mais j'ai envie de poursuivre. Mon histoire ne s'arrête pas là.

– J'étais jeune, mais je me pensais fort. J'avais déjà une idée de ce qui se passait parce qu'un message tournait en boucle dans les haut-parleurs de l'école. Les professeurs étaient aussi en alerte. Tout le monde courait. C'était surréaliste. Les élèves se précipitaient vers Manhattan, alors que moi je n'avais qu'une idée en tête.

– Sauver ton père...

– Oui. Sur la route, on entendait des gens crier, des sirènes de pompiers et de polices qui hurlaient partout. La fumée avait déjà commencé à recouvrir la ville. On suffoquait. Mais je devais essayer. Tenter le tout pour le tout. Mon père était mon pilier, mon modèle. On avait une famille unie. Mon père adorait ma mère. Il était présent pour nous malgré son horaire chargé et ses *meetings* à n'en plus finir. Il nous aimait et nous protégeait.

« Je n'avais que deux coins de rue à faire et j'étais sûr de pouvoir l'atteindre rapidement en escaladant les escaliers. Les gens me bousculaient en déguerpissant en sens inverse, mais j'ai fini par arriver tout près de l'immeuble de bureaux que je cherchais. En levant les yeux au ciel, j'ai su qu'il était trop tard. Les débris nous tombaient sur la tête et il y avait de la fumée noire partout. Un avion l'avait percuté de plein fouet. »

Le regard de Béatrice se plante dans le mien.

– Pourtant, des dizaines de pompiers s'affairaient pour accomplir leur travail : préserver des vies. Du moins, celles qui pouvaient l'être encore. L'un d'eux est alors venu vers moi pour me dire de m'éloigner, que tout pouvait encore arriver. Des gens sautaient en chute libre des fenêtres cassées ! Il m'a dit : « Dépêche-toi, cours. Va-t'en loin d'ici si tu tiens à ta vie. » C'est là que j'ai entendu un bruit assourdissant. Comme une explosion. Cette vibration est passée de mes pieds à mon cœur. Les yeux du pompier se sont figés. J'étais terrorisé. Il a posé une main sur mon épaule en me souhaitant bonne chance et il est retourné à l'intérieur du bâtiment.

– Les tours se sont effondrées pas longtemps après, non ?

– Oui… J'ai couru sans savoir exactement où j'allais. Sans me retourner. Après plusieurs kilomètres, épuisé, je me suis arrêté pour reprendre mon souffle. J'avais encore les mains appuyées sur mes genoux quand j'ai senti le sol trembler de nouveau sous mes pieds. Un bruit effrayant accompagnait ce tremblement de terre… Je savais que quelque chose de terrible était en train de se produire. Un peu plus tard, j'ai vu à la télé que les tours jumelles s'étaient écroulées, emportant mon père dans leur chute.

J'avale difficilement. Les échos de cette tragédie bourdonnent encore en permanence dans ma tête. Depuis, la colère m'habite lorsque j'échoue.

– C'est horrible, murmure-t-elle.

Mon pouce caresse l'intérieur de sa paume. Ses prunelles plongent dans les miennes. Elle comprend. Je ne sais pas exactement ce qu'elle a vécu, mais j'ai l'impression qu'elle le vit aussi intensément que moi.

– J'ai voulu ensuite devenir aussi courageux que l'homme qui a trouvé les mots pour me raisonner ce jour-là. Un pompier qui a probablement perdu la vie en faisant son devoir. Je me suis promis de contribuer aussi, un jour, comme lui.

– Tu es quelqu'un de bien, Dexter. Ton père est certainement fier de toi. Des vies, tu dois déjà en avoir sauvé plusieurs.

– Ce n'est pas toujours évident…

– Dexter !

ELLE

Un homme fait son apparition dans la salle et se précipite pour attraper Dexter par le cou. Pantalon noir, blouson de cuir marron, il est de taille moyenne et a les cheveux châtains. Mon attention se dirige davantage vers la superbe grande femme aux longs cheveux brun foncé qui le suit d'un pas assuré. Dans son élégante robe noire, elle semble à la chasse. À la chasse à l'homme, oui !

– Dexter ! Ça va, mec ? Tu es beau comme un cœur, habillé comme ça ! T'es pas ici pour cruiser notre belle physio, j'espère. Mais tu es déjà en bonne compagnie !

– Béatrice, je te présente mon ami Simon. Il était avec moi au bar, tu te souviens ?

Ce soir-là aussi, j'avais surtout porté attention à la femme qui les accompagnait… Je hoche poliment la tête et lui tends la main.

– Enchanté, mademoiselle, me dit Simon. Dexter, regarde qui j'ai croisé : Nadia !

Il lui fait un clin d'œil rempli de sous-entendus.

Dexter se dégage de son copain énergique d'un mouvement d'épaule. Il salue poliment Nadia et semble aussitôt mal à l'aise. La nouvelle venue ne se gêne pas pour le dévisager en retour et lui adresser un sourire séducteur.

– Béatrice, m'interpelle Dexter, toujours embarrassé, tu aurais pu croiser Simon à l'hôpital. Ce vieux fou prétend que Jolianne est « notre » physio, alors qu'il n'a jamais suivi de traitement de sa vie !

Ce qu'il est irrésistible quand il sourit. Cet homme fait vibrer une partie de moi que je pensais brisée. Irréparable. Mais je commence à saisir que ce sourire en captive plus d'une. Constater que des femmes gravitent autour de lui m'effraie. Suis-je une parmi tant d'autres ? Je repousse ces pensées pour conserver mon assurance.

– Il sait que Jolianne est mariée au docteur Simard ?

– Eh oui. Simon le sait, mais pas sûr qu'il a raconté tout ça à Ingrid.

– Ingrid, c'est celle qui vous accompagnait l'autre soir au bar ?

Je m'en veux aussitôt d'avoir posé la question.

Simon éclate de rire. Devant le silence de Dexter, son ami répond à sa place.

– Au bar, c'était Caro. Une des nombreuses fréquentations de Johnson, pas vrai, vieux ?

Je tente de ne pas montrer ma déception.

Dexter se tourne vers moi.

– Oublie ça. Caroline est une collègue. On collabore sur des dossiers de procédures judiciaires après les incendies criminels. C'est tout.

Simon ricane.

Dexter est nerveux. Le fait qu'il tâche d'ignorer volontairement la présence de Nadia me dérange. Elle ne dit pas un mot, mais ne cesse de le contempler avec envie. Même ses seins pointent vers lui. D'un regard sévère, Dexter implore Simon de se taire.

– Simon est un vieil ami. Excuse-le, il aime faire le clown de temps en temps.

Il se veut drôle, mais le charme est rompu. Encore une fois.

– Dexter la joue modeste, mais il est un aimant à femmes ! L'engagement, c'est pas son truc. Pas de risque qu'il se retrouve avec des couches à changer un samedi soir ou avec un plan de salle de bain à négocier avec une certaine madame Johnson.

– Simon…

– Mais il ne fait de promesse à personne non plus. Toujours honnête et transparent. Pas vrai, Nadia ?

Son interlocutrice affiche un sourire forcé tout en tournant une mèche de cheveux autour de son doigt. Clairement, elle n'a pas suivi un piètre mot de la conversation.

Dexter fait encore les gros yeux à son ami. Reste que cette précision sonnait comme une mise en garde. Malgré tout, j'envie leur proximité ; ils me font penser à Keyla et moi.

Keyla ! Je dois vérifier qu'elle n'est pas partie sans moi. Ça lui arrive parfois, quand le gars « en vaut vraiment le coup ».

– Je vous laisse entre hommes et... avec Nadia. Je vais retrouver mon amie. Bonne soirée à vous trois.

Je m'éloigne sans plus de cérémonie, les nerfs à vif.

– Attends-moi à la sortie, je te rejoins, me chuchote Dexter à l'oreille après s'être précipité vers moi.

J'acquiesce de la tête et j'essaie d'oublier la vague de chaleur au bas de mon ventre qui m'a submergée dès qu'il m'a touchée.

– Becca ! Tu es là ! m'appelle Keyla quand elle m'aperçoit. Viens voir ce chef-d'œuvre, c'est à tomber !

Je rejoins celle qui a davantage profité du bar que des bouchées. Elle me parle de cette peinture qu'elle qualifie de « sensasionnalistiquement débile ». Je l'écoute distraitement.

À voir les réactions de l'ensemble des gens présents, on peut dire que le vernissage de Jolianne est une réussite.

Ma soirée, en revanche, est un flop.

– Je me suis retenue à deux mains pour ne pas me mêler de ta conversation avec le beau Dexter. Et aucun risque que tu me le présentes officiellement, hein ? Sans blague, je te jure que je n'ai rien à voir dans son apparition, ce soir.

N'empêche, Keyla sait très bien qui est Dexter, puisqu'elle passait me voir rapidement entre deux patients lorsque j'étais à son chevet.

– Je sais, Jolianne est sa physio.

– Wow. Mais oui ! Tout s'explique. Quand même, tu n'es même pas allée le saluer avant qu'on parte, non ? As-tu son numéro, au moins ?

Keyla s'emporte, les mains dans les airs.

– Je te rappelle que c'est *toi* qui m'as obligée à partir en vitesse parce que *tu* as embrassé un homme marié qui était au vernissage avec sa femme !

– Il me l'avait pas dit ! Comment j'aurais pu deviner ? Et il m'a pas repoussée, je te signale !

– Key, je t'aime, mais sérieusement, quand vas-tu vieillir ? Réfléchir avant d'agir ?

– Jamais. Je suis comme ça et je m'aime comme je suis : impulsive et sensuelle, me provoque-t-elle en donnant un coup de son bassin arrondi. Mais ne change pas de sujet ! Tu veux j'appelle Jolianne ou que j'aille fouiller dans les registres de l'hôpital pour obtenir des informations à son sujet ?...

– Ben voyons ! C'est illégal ! Tu le sais bien !

Je soupire en posant son déjeuner devant elle. Après chaque soirée bien arrosée, c'est notre rituel : une bonne douche, quelques heures de sommeil et un petit-déjeuner *pancakes* et bacon au réveil. Je fixe mon assiette tout en repensant à ce que l'ami de Dexter a dit. Ça me trouble.

Le claquement de la porte d'entrée me ramène à la réalité. Keyla et moi ne tardons pas à voir mon frère entrer comme s'il était propriétaire des lieux. Il nous rejoint à la cuisine, une rose à la main.

– Combien de fois t'ai-je dit de verrouiller tes portes ? Je parie que vous êtes revenues hier soir pompettes, peut-être même soûles, que vous vous êtes couchées pas démaquillées, presque habillées en laissant la porte débarrée. On vit dans un monde de fous, ferme tes portes à clé, maudit !

– Il ne m'est jamais rien arrivé, alors reste calme !

– En fait, elle s'arrange pour qu'un homme sexy en uniforme de pompier puisse entrer en tout temps !

Brian se tourne vers moi.

– Tu penses encore à lui ?

Keyla me coupe l'herbe sous le pied.

– Elle n'a pas le choix, il la suit partout ! lance-t-elle nonchalamment en examinant ses ongles manucurés.

– Tais-toi, Key, il ne me suit pas du tout.

– Quand l'as-tu revu ?

– Hier, au vernissage. Mais c'était par hasard. Et toi, l'envie t'a pris de passer chez le fleuriste un samedi matin ?

– La rose était sur le pas de ta porte.

Je lève un sourcil. Hier soir, cette fleur n'y était pas. Les deux premières roses, je les ai reçues sur mon lieu de travail. Est-ce que monsieur Dubé sait où j'habite ? Évidemment, en tant qu'employeur, il connaît mon adresse.

– C'est sûrement mon patron. Il s'amuse à m'offrir des roses blanches.

– Ton patron ! Tu vas me faire le plaisir de lui dire que ça suffit, d'accord ? Sinon, il va attendre quelque chose de toi en retour. Et comment ça s'est passé avec Dexter ?

– Ce que je peux te dire, Brian, c'est que ça connecte entre ces deux-là. Pas de doute.

– Qu'est-ce que tu en sais ! Tu bécotais ton gars marié !

– C'est ce que tu crois, mais je vous ai bien vus tout au fond de la salle, les doigts enlacés…

Sur ces mots, elle croque joyeusement dans un quartier d'orange en me faisant un clin d'œil.

– Tu vas te taire, Keyla ! ne puis-je m'empêcher d'exiger en haussant le ton.

Je sens que je rougis.

Brian prend place sur un banc à côté de nous. Après s'être servi un café, il pioche directement dans l'assiette pour engloutir une tranche de bacon.

– Becca, je veux juste que tu restes prudente, OK ? Tu ne le connais pas. Et si c'était lui qui était venu rôder en pleine nuit ? Toi qui laisses ta porte ouverte, en plus.

C'est à mon tour de me servir du café. J'en ai besoin.

– Laissez-moi donc tranquille, monsieur le psychiatre. Sans blague, je ne suis pas l'une de tes patientes. À mon âge, j'ai le droit de faire ce que je veux de ma vie.

Ma voix déraille.

– La rose est de mon patron et il me la donne par pure gentillesse. On passe à autre chose.

Je m'attarde à mon déjeuner à peine entamé devant moi. Je n'ai plus faim. Je me sens fragile. Depuis quelque temps, j'oscille constamment entre la crainte et l'excitation. Je ne peux m'empêcher de penser à Dexter, d'être attirée par lui. Même après ce que j'ai entendu hier soir, j'ai l'impression qu'il y a plus qu'un flirt entre nous. Qu'il a vraiment envie de me connaître. D'être avec moi.

Mais je me souviens ensuite de la façon dont je me suis sauvée, et je me dis qu'il a sûrement fini sa soirée avec Nadia. Qu'importe.

– Brian, je me sens prête. Comprends-tu ça ? J'ai le goût de plonger tête première. Malgré mes craintes, mon cœur brisé et ma peine coincée au fond de ma gorge. Alors, que ce soit avec lui ou avec un autre, je ne te demanderai pas la permission avant de faire quoi que ce soit, à moins que tu veuilles me faire subir un procès, maître Dussault…

– Je suis pas avocat comme papa, voyons donc ! Je suis ton grand frère, et c'est encore plus efficace.

– Quoi qu'il en soit, j'ai envie d'essayer. Il me comprend. Je le sens.

– Tu lui as tout dit ? s'étonne Keyla.

– À Dexter ? Non. Rien. Mais il est le premier à me refaire vibrer.

Mon frère se lève et me serre dans ses bras. Ma tête s'abandonne sur son torse, connaissant très bien le chemin. Brian a toujours eu le don de me consoler.

– Eh bien, va le rejoindre. Fais tes expériences. Tu verras bien.

Je lui souris tristement. Keyla s'interpose.

– Crétin, elle ne sait pas où il vit et n'a pas son numéro. En plus, ta sœur refuse que je soudoie Jolianne, sa physio, Tommy ou les secrétaires de l'hôpital pour obtenir ces précieuses informations.

Brian retourne sur son banc en s'emparant d'un *pancake* au centre de l'îlot.

– Mais vous avez une autre une piste, les filles ! Becca, tu me confirmes qu'il est pompier ? Il n'y a pas tant de casernes dans le coin. Et si c'est Jolianne sa physio… Lorsqu'un patient suit un traitement de longue durée, il se fait soigner le plus près possible de chez lui, non ?

– Exact, répond Keyla à ma place. Becca, on part à la chasse au pompier ?

Des papillons s'envolent au creux de mon estomac.

– Pourquoi pas ?

– Keyla, on recommencera demain, OK ?

– Non. On va réussir, je le sens.

Je suis découragée. Nous avons déjà visité une demi-douzaine de casernes. Il en reste trois ou quatre dans notre secteur, mais nous sommes à la chasse depuis 9 heures ce matin, et tout ce que nous avons récolté pour l'instant, ce sont des airs interrogateurs de la part de ceux et celles que nous avons questionnés. Soit ils nous répondent bêtement qu'ils ne connaissent pas un pompier nommé Dexter, soit ils se moquent ouvertement de nous. J'avoue que l'on passe pour deux filles désespérées ou dépendantes affectives. C'est un échec !

Je me mets à grelotter. Même si le soleil brille fort en cette nouvelle journée de février et qu'il ne fait que moins sept degrés, mes membres s'engourdissent. Cette chasse à l'homme m'agace. Ce n'est tellement pas dans mes habitudes, de mener ce genre d'enquête ! Un samedi matin, en plus ! Je n'ai qu'une envie, me terrer chez moi et attendre de voir si Dexter réapparaît.

Je vais faire part de mes réflexions à Keyla qui marche devant moi, son bassin ondulant au rythme de ses pas, lorsque mon téléphone vibre dans la poche de mon manteau.

Brian
Et puis… Vous l'avez trouvé,
l'homme parfait ?

Béatrice
Key est meilleure infirmière
que détective.
Notre suspect reste introuvable…
J'abandonne.

Brian
N'attends plus les coïncidences !
Crée un vrai moment !

Je lève les yeux au ciel. En fait, je ne sais plus si j'en ai envie. Et si j'en sortais plus anéantie que je ne le suis déjà ?

Béatrice
C'est ça, oui !
A+ XX

Brian
Fais donc une dernière caserne.
S'il te plaît…🥺🙏
Anyway, c'est à toi de décider
de la suite.

Que je l'aime, mon frère. Malgré ses craintes, ça y est, il me fait confiance. Lui qui me connaît mieux que moi-même.

Béatrice
OK. Une dernière.

Brian
🙂

Je remets mon téléphone dans mon manteau. Keyla fredonne.

– *Last call*, Key. Après, on rentre à la maison.

– T'es donc bien plate ! On avait du fun ! Et pour une fois que je travaille pas à l'aurore.

– Là, tu parles ! Direction caserne…

– … numéro 16 !

On aboutit devant un bâtiment en pierre brune. Il est modernisé par une longue bande d'aluminium rouge vif faisant office d'auvent et d'élément décoratif architectural. Mademoiselle Miller dirait sûrement que c'est cliché et que ça manque de punch, mais j'estime que l'équilibre entre le côté classique, voire *vintage* de l'édifice existant, et son aspect moderne est réussi. Les nouveaux éléments ajoutés tels que les fenêtres noires et la structure d'aluminium y sont aussi bien intégrés.

Keyla prend les devants en me tenant la porte d'entrée pour me laisser passer la première. Je ne comprends pas pourquoi je deviens si nerveuse. Mes mains sont soudainement moites et ma respiration est saccadée. Nous avons pourtant répété ce manège à plusieurs reprises, ce matin.

– Keyla, je pense qu'on devrait partir. Je me sens bizarre.

– C'est qu'on doit être à la bonne place. Viens, il y a un mec, là-bas.

Comme s'il avait entendu, l'homme en question se retourne. Il est au pied d'un escalier, tout près d'une baie vitrée dévoilant un garage abritant trois ou quatre camions. L'individu longe un vestiaire où l'on peut apercevoir les équipements des pompiers bien rangés, prêts à être utilisés pour une intervention. Un sourire apparaît sur son visage. Il est beau. Grand. La mi-trentaine, je dirais. Totalement au goût de Keyla. Elle replace inutilement ses cheveux et mordille sa lèvre inférieure.

Je lui lance entre mes dents :

– Je savais que c'était ton genre !

– Chut ! Il vient par ici.

Elle détache quelques boutons de son manteau et fait un pas dans la direction de celui qui s'avère également musclé. Il incarne parfaitement le cliché du pompier qui figurerait dans un calendrier coquin.

– Je peux vous aider, charmantes demoiselles ?

Ses yeux bleu clair contrastent avec son teint basané et ses cheveux foncés. En tout cas, il est canon. À le voir aller, il le sait, d'ailleurs. C'est le type d'homme qui fascine Keyla : les séducteurs. Mon amie l'aborde aussitôt d'une voix mielleuse.

– On cherche quelqu'un. Un pompier. Peut-être que vous le connaissez ?

– On peut dire que vous êtes à la bonne place ! Dites-moi le nom du pompier chanceux.

Keyla est immédiatement conquise.

– Il s'appelle Dexter Johnson, dis-je en donnant un coup de coude à ma coéquipière qui a visiblement le cerveau en bouillie.

– C'est votre jour de chance, mes mignonnes. À l'heure qu'il est, il est en pause, précise-t-il en consultant sa montre. Il doit être sur la terrasse. Prenez le corridor ici jusqu'au bout, ce sera la porte rouge vitrée à votre gauche.

– Merci, monsieur... minaude Keyla.

– … Pageau ! Vous êtes si jolies que j'en oublie les bonnes manières !

Keyla roucoule en se présentant à son tour et en se déhanchant exagérément. Une vraie scène de film de série B. Elle me consterne. C'est pourtant si évident que notre interlocuteur enjôle toutes les femmes avec ce genre de commentaires.

– Merci, monsieur Pageau.

Elle lui tend la main sensuellement et pousse le ridicule jusqu'à glisser ses doigts sur le bras du pompier pour en caresser les biceps, aussi solides que le roc. Je porte une main à mon front en secouant la tête. Cette diversion aura au moins permis de faire baisser ma pression.

Je tire sur la manche du manteau de mon amie.

– Bon, allez, Key ! On a une mission à terminer ! Au revoir, monsieur Pageau, conclus-je, le dos déjà tourné.

– Hey ! Relaxe, Becca, tu vas me faire trébucher. On a découvert son lieu de travail, tu peux te calmer les nerfs. Mince ! échappe-t-elle en passant devant une horloge accrochée au mur. OK, on se dépêche, je dois être à l'hôpital dans une heure.

Nous marchons d'un pas énergique jusqu'à la porte en question. En chemin, on croise quelques pompiers en uniforme. Ils nous observent d'un air étonné, mais aucun ne nous adresse la parole.

Keyla sautille, excitée comme une puce, tandis que je suis morte de trouille. Mon amie me devance et appuie sur la poignée. Son rire enfantin s'estompe instantanément, et je sens son corps se raidir. Mon regard suit le chemin tracé par le sien et mes pieds se figent au sol. L'espoir me quitte.

– Je savais que c'était une mauvaise idée, bredouillé-je en repartant en sens inverse.

– Arrête, Becca ! Becca ! crie mon amie, alors que je suis déjà loin dans le corridor.

Je dois absolument sortir d'ici. Maintenant.

LUI

– Becca !

Je lève la tête et je cherche à reconnaître la personne que j'entrevois. De longs cheveux noirs, un visage basané... La porte se referme et j'entends en sourdine les appels de la jeune femme. Je reste immobile quelques instants, puis j'ai un déclic, je comprends tout.

– Merde, c'est Béatrice.

J'abandonne ma sœur et je me précipite dans le couloir à leur suite. Je grimace à la douleur que je ressens toujours au genou. On m'a dispensé de ma canne, mais une tension me tenaille dès que je fais un effort marqué. C'est particulièrement désagréable lors des mouvements brusques ou répétés. J'en fais abstraction, ouvrant toutes les portes sur mon passage. Je ne trouve les filles nulle part.

– Pageau, elles sont parties dans quelle direction ?

– La petite sirène ou la ravissante panthère ? À gauche en sortant. Elles ne semblaient pas contentes. T'as encore merdé, Johnson ? Elles étaient *hot*, pourtant !

– Ta gueule, Pageau !

Je cours dans la direction indiquée, cherche dans tous les sens. Au bout de cinq minutes, il faut me rendre à l'évidence : elles se sont volatilisées.

Je dois me résoudre à revenir sur mes pas.

– Ça va, Dex ? s'informe Eve, dès mon retour sur la terrasse.

– Oui… enfin, non.

– C'était qui ?

– Béatrice, la fille dont je t'ai parlé. Celle qui croise souvent ma route depuis l'accident.

– Et… pourquoi elle s'enfuit ?

– J'en sais rien ! Attends…

Je tire un trait imaginaire avec mon index d'elle à moi.

– Quoi ?

– Elle a sûrement cru que tu étais ma copine ou un truc du genre ! Elle vient ici et te voit dans mes bras. Qu'aurais-tu pensé à sa place ?

– Rien, je suis ta sœur.

Je me tape le front.

– Sauf que ce détail, elle l'ignore !

Je reste là. Impuissant.

– Tu vas la revoir, tente de me rassurer Eve, sur le trottoir devant la caserne, alors qu'elle est sur le point de partir.

– Je ne lui ai jamais dit où je travaillais. Ça veut dire qu'elle et son amie m'ont cherché.

– Et elles t'ont trouvé !

– Ouais… Retour à la case départ on dirait bien…

Aujourd'hui, ma sœur est revenue à la caserne et nous avons pris le temps de discuter. J'ignore si c'est à cause de la fatigue émotive des derniers jours, par besoin de briser ma solitude ou même pour établir une relation paisible avec ma mère, mais j'ai baissé la garde. Le chemin d'Eve vers la sobriété sera long et parsemé d'obstacles, mais elle se dit déterminée et j'ai accepté de l'accompagner.

– Arrête de t'en vouloir. Tu as juste réconforté ta sœur à un moment où elle en avait besoin. Tu n'étais pas tout nu dans un lit avec trois femmes, quand même.

Je repense au regard de Béatrice l'autre soir à l'endroit de Caroline et à sa façon de se braquer lorsqu'elle a croisé Nadia. Oui, j'ai eu des aventures. Est-ce que j'ai préféré ne jamais m'attacher ? En effet ! Mais j'ai toujours été honnête et respectueux avec les femmes.

– Tu sais où elle travaille ?

– Non, je ne sais même pas ce qu'elle fait exactement.

– Où elle habite ?

– Encore moins. Près du parc où je l'ai rencontrée l'autre soir, peut-être ?

– Son numéro de téléphone ?

Je m'esclaffe.

– Non.

– Amis en commun ?

– Aucun. Sauf qu'elle connaît le docteur Simard et Jolianne.

– Jolianne ?

– Ma physio, celle qui a fait un vernissage. La dernière fois que je l'ai vue, c'était là... Keyla !

– Hein ?

– La fille qui était avec elle tout à l'heure, son amie… elle aussi travaille avec le docteur Simard, lui expliqué-je tout en vérifiant si mes clés et mon portefeuille sont bien dans mon manteau. Je te donne des nouvelles, OK ?

Je lui claque un baiser rapide sur le front et je me rue vers ma voiture.

– Bonjour, monsieur. Les visites ne sont pas autorisées avant 18 heures. Il vous faudra revenir un peu plus tard.

Je suis à l'accueil de l'hôpital où j'ai séjourné pendant plusieurs semaines.

– Est-ce que je pourrais voir le docteur Simard ? Tommy Simard. Il exerce ici.

– Attendez…

Le dos droit, elle pianote sur son clavier d'ordinateur.

– Le docteur Simard est en congé, aujourd'hui.

– En fait, je cherche une infirmière de son département. Elle s'appelle Keyla. Vous pouvez m'aider ?

– Keyla qui ?

– Je n'en sais rien ! Elle a le teint foncé, de longs cheveux bouclés et noirs… Ce n'est quand même pas un nom courant…

– Ça ne me dit rien, monsieur. Mais vous devez avoir une idée du nombre d'infirmières qui circulent dans un hôpital…

Devant son visage fermé, ma confiance s'envole. Je me sentais pourtant si près du but ! Alors que je m'apprête à repartir, une silhouette familière fait son entrée par la porte principale.

– Jenny !

Mon ancienne infirmière se tourne vers la voix qui l'interpelle de la sorte. Je lui fais un signe de la main.

– Bonjour, Jenny ! J'ai besoin de votre aide encore. S'il vous plaît !

– Monsieur Dexter, vous ici ! Que se passe-t-il ?

– Je cherche Keyla, une infirmière. Elle travaillerait aussi avec le docteur Simard. Je n'en sais pas plus. Je dois lui parler.

– Explique-moi d'abord pourquoi tu cherches cette Keyla, me demande-t-elle encore, en laissant tomber les formalités.

Son visage se détend au fil de mon histoire.

– Tu ne l'as toujours pas retrouvée !

– Béatrice ? Non… enfin, oui, mais elle m'a encore échappé. Et cette Keyla serait son amie, alors...

– Je comprends. Suis-moi.

Jenny dépose sac et manteau derrière le comptoir de l'accueil et informe la réceptionniste qu'elle revient d'ici quelques minutes.

– Qu'est-ce qui se passe, Jenny ? Béatrice, vous la connaissez ?

Jenny reste muette, un sourire énigmatique sur les lèvres.

– J'ai l'impression que vous en savez plus que moi !

– C'est à toi de faire tes recherches, jeune homme.

Elle repart vers le corridor qui s'étire vers l'est. Nous tournons deux ou trois fois à gauche, une fois à droite. C'est un vrai labyrinthe. Je tente de lui soutirer d'autres informations, mais elle se contente de garder le silence. Quand nous débouchons devant une double porte bleue, elle ouvre enfin la bouche.

– Keyla prend soin des personnes en phase terminale du département. Elle devrait être à son poste cet après-midi. Les visites ne sont pas autorisées à cette heure-ci, mais vas-y et dépêche-toi.

Spontanément, je prends dans mes bras Jenny, qui fige sur place. Je la remercie deux fois plutôt qu'une avant de pousser les portes.

Par chance, Keyla est là. Elle s'affaire dans la première chambre à droite. Le lit est bien fait, la pièce est vide. Je n'ai pas encore dit un mot qu'elle se précipite vers moi en retirant son masque.

– Qu'est-ce que tu fais ici ?

– Parfait, tu me reconnais.

– Ça ne répond pas à ma question.

– Je dois revoir Béatrice. Aujourd'hui.

Elle saisit un dossier bleu, remet son masque et me laisse derrière elle sans plus de cérémonie. Pas question d'abandonner si vite. Je la suis.

– Keyla, écoute-moi. J'ai besoin de la revoir.

– Mauvaise idée. Va donc réchauffer ta petite poulette qui doit t'attendre sagement à ta caserne. Béatrice mérite mieux que ça, lâche-t-elle, du venin dans la voix, en s'emparant d'une chemise cartonnée à proximité de la chambre suivante.

– Elle mérite peut-être mieux que moi, mais je voudrais quand même lui parler. En passant, ma sœur ne m'attend pas, elle est rentrée chez elle.

Keyla lève aussitôt le nez de son dossier.

– Répète.

– La fille que vous avez vue, c'est Eve. Ma sœur. Allez, Keyla. Donne-moi son numéro de téléphone ou dis-moi où elle travaille, où elle habite, n'importe quoi.

Elle reste indéchiffrable. Je ne sais pas si elle va céder, mais je n'ai pas d'autre carte à jouer. Elle me fait languir, levant les yeux au plafond, son index au menton.

J'ai gagné. J'en suis certain.

– Oublie ça, le pompier. C'est trop tard. Elle n'a pas besoin d'un homme volage dans sa vie.

Merde. Keyla repart déjà, ses dossiers sous le bras. Je dois trouver quelque chose. Vite.

– Avec Béatrice, c'est différent, Keyla. Crois-moi. Je me sens vraiment connecté à elle.

Elle continue de m'ignorer. Examine un pilulier.

– Donne-lui au moins l'adresse de son bureau. Pour qu'il aille prendre un chocolat chaud sur un banc en face.

Je me retourne pour découvrir Jenny qui se tient derrière nous. Je ne l'avais pas entendue arriver. Elle nous écoute peut-être depuis le début.

Keyla se fâche :

– Il t'a donné combien pour que tu sois de son côté, Jenny ?

– Rien du tout. Mais je me suis occupée de monsieur Dexter assez longtemps pour savoir qu'il a un bon cœur malgré sa belle gueule de tombeur.

Elle m'adresse ensuite un clin d'œil.

Keyla manque de s'étouffer.

– Tu souris, Jenny ?

Elle se tourne ensuite vers moi.

– Tu l'as droguée, ou quoi ?

Elle revient vers mon ancienne infirmière.

– Pardonne le commentaire, Jenny, mais je te rappelle que tes dents préfèrent habituellement rester cachées.

J'étouffe un rire en entendant la réplique crue de Keyla. Elle a de la *drive*, j'aime ça. Mais j'espère que Jenny ne le prendra pas mal. Par chance, il ne faut qu'une dizaine de secondes pour que mon infirmière éclate de rire. C'est le soulagement immédiat.

– Tu as bien raison, ma noire. Dexter m'a eue à l'usure ! Bon, je retourne à mes patients ; les tiens aussi t'attendent. File-lui donc un indice, quelque chose.

Elle poursuit sur un ton plus bas, comme si elle lui disait un secret :

– C'est un bon gars.

Il n'en faut pas plus pour que le regard de Keyla soit désormais plus doux.

– Jenny t'a sauvé par la peau du cul, monsieur Pompier. Je te laisse, je suis en retard et la vie de mes patients tient souvent à ma présence et à ma ponctualité. Alors, sors et va te promener de temps en temps sur Saint-Jean. Il y a des gens qui y travaillent de huit à cinq en semaine et qui se promènent souvent à pied le midi.

Sur ces mots, elle rejoint un patient dans une chambre.

ELLE

C'est un lundi matin de fin d'hiver qui s'annonce clément et ensoleillé. Mais je déteste les lundis matin. Ils me rappellent qu'il me reste encore cinq jours de travail avant d'avoir deux jours de répit. Cet emploi ne me convient pas. J'y travaille depuis près d'un an et demi maintenant, et je ne me suis toujours pas adaptée à mes nouvelles fonctions. Je n'ai probablement pas l'âme d'une adjointe administrative. Néanmoins, chaque matin, je m'habille d'une tenue que je déteste parce qu'elle est inconfortable, tout en chaussant des escarpins dont j'ai horreur, pour aller faire les quatre volontés de deux architectes abjects.

D'ordinaire, je mets ces chaussures qu'une fois au bureau, mais là, je suis pressée. Je devrais bien pouvoir me rendre de la maison à la voiture, puis de la voiture au bureau avec ces talons sans m'étaler par terre ! Je manifeste encore mon agacement et ravale mon envie de retourner me coucher en attachant mon manteau et en prenant mon sac.

Derrière la porte, je découvre une rose blanche sur le sol enneigé. Une autre ! Elle ira donc rejoindre celle que monsieur Dubé m'a laissée vendredi dernier. Cette histoire commence à être gênante… Je dois absolument trouver l'occasion de lui en parler.

Je fonce mettre la fleur dans l'eau avec les autres, puis je reviens sur mes pas et ferme la porte à clé en tenant mon sac à main entre mes dents. Je chancelle sur mes talons qui ne sont pourtant pas très hauts. La poignée d'une main et ma clé de l'autre, je grogne jusqu'à ce que je parvienne à fermer à double tour.

Je récupère la ganse de mon sac et réajuste ma jupe qui se relève sous mon manteau quand je marche vers ma voiture. Aveuglée par mes cheveux qui me fouettent le visage, il faut maintenant que j'ouvre la portière. Zut ! Elle est barrée. Je ne pensais pas l'avoir verrouillée... Je fouille dans mon sac, mes mains gelées cherchant désespérément ma clé de voiture. Pressée par le temps, je pense laisser tomber pour me rendre au bureau en autobus qui passe tout près, quand je la cueille enfin. Je déverrouille les portières, je m'assois au volant, j'insère ma clé et… silence.

Voyons.

J'essaie encore de démarrer le moteur.

Rien ne se passe.

Je donne un coup sur le volant. Bordel ! J'aurais donc laissé mes phares allumés ? Je replonge dans mon sac pour extirper cette fois mon téléphone, puis je pianote rapidement afin de joindre mon sauveur.

– Tu as de la chance que j'aie été appelé près de chez toi ce matin. Sinon, tu aurais été obligée de demander de l'aide à quelqu'un d'autre.

– N'importe qui aurait pu s'arrêter pour recharger ma batterie, Brian, dis-je en pointant un VUS bleu métallique qui passe au même moment.

– Je pensais plus à un pompier, me nargue-t-il en me faisant un clin d'œil.

Malgré son insistance, je ne lui ai rien raconté de ma mésaventure à la caserne. Je n'ai pas trouvé le courage de le faire encore. Je ne suis pas prête à entendre ses commentaires.

N'empêche, penser à Dexter me fait encore mal. Les images passent en boucle dans ma tête. Lui, tenant cette jolie femme dans ses bras. Je ne sais pas ce qui me blesse le plus : le fait qu'il m'ait menti ou ma jalousie ? Je ne me reconnais pas. Moi qui suis à l'aise et en paix avec ma solitude, je m'en veux. Quelle idiote je suis d'avoir cru pouvoir faire confiance au premier venu ainsi ! D'avoir été aussi naïve.

– Pourquoi t'entêtes-tu à ne pas me parler de Dexter ? me demande-t-il tandis qu'il ouvre le capot de ma voiture.

– Parce qu'il n'y a rien à raconter. Il n'est pas libre, finalement. Et tu le sais probablement déjà.

– *Come on*, tu n'en es pas certaine. Tu abandonnes un peu vite, non ?

– Tu peux bien parler, Brian Dussault, toi qui collectionnes les baises d'un soir.

– Moi, c'est différent, sœurette. J'ai un travail que j'adore, mais qui prend tout mon temps. Tu le sais, mes patients sont ma priorité et ils peuvent être en détresse à toute heure du jour comme de la nuit. Je travaille le soir, la fin de semaine. Aucune femme n'aspire à ce genre de vie, crois-moi. Et surtout, j'aime ma liberté.

– Un jour, tu changeras d'avis. Tu rencontreras une femme qui saura t'apprivoiser et tu deviendras à sa merci, affirmé-je en grelottant à ses côtés.

Mon frère s'esclaffe tout en déposant ses pinces sur les bornes de la batterie.

– Tu peux la démarrer.

Je pose une fesse sur le siège du conducteur, je tourne la clé et le vrombissement se fait entendre.

– C'est parfait ! Laisse ta voiture tourner et ne l'arrête pas jusqu'à ce que tu sois rendue au bureau. Ne te précipite pas sur moi, ça m'a fait plaisir.

Je me lève et lui donne une tape amicale sur l'épaule, puis le remercie en le serrant dans mes bras.

– Laisse-lui donc la chance de s'expliquer, au moins. Alec ne reviendra pas, Becca.

Ça y est, je ne peux retenir mes larmes. Entendre son nom me fait toujours aussi mal.

Moi qui pensais être prête à tourner la page. Je vais devoir réévaluer la situation.

Brian met ses deux mains sur mes épaules.

– Je sais que tu détestes en parler, mais plus tu t'ouvriras, moins ça fera mal.

Il colle un baiser sur mon front :

– Je passe te chercher pour le lunch. Mon patient de cet après-midi habite près de ton bureau. Je fais le service à domicile, aujourd'hui !

– Je ne sais pas si c'est une bonne idée… je suis déjà tellement en retard !

– Il faut quand même bien que tu manges, non ? À midi, sur notre banc habituel.

Je viens d'enfiler mon manteau lorsque mademoiselle Miller avance vers moi, les lèvres pincées.

– Je serai de retour à 13 heures. La boîte vocale est activée. J'écouterai les messages à mon retour s'il y en a.

– Béatrice, il n'est que 11 h 50. En plus, t'as vu l'heure à laquelle t'es arrivée ce matin ? J'attends un appel important. Tu restes à ton poste jusqu'à midi, un point c'est tout. On ne te paie pas pour que tu flânes dans les rues.

Sa voix aiguë me donne la chair de poule. Je dois à tout prix me dénicher un nouvel emploi. Un travail que j'aime. Monsieur Dubé est adorable, mais je ne les supporte plus, monsieur Sirois et elle. Je lâche un soupir.

– Eh bien, tu n'auras qu'à répondre au téléphone quand il sonnera. Sinon, je te l'ai dit, je prendrai les messages en revenant. Au revoir.

– Béatrice ! Il n'est pas l'heure de partir manger ! Et puis, tu dois me vouvoyer ! C'est une marque de respect.

– Le respect ! Chez toi, ça marche juste dans un sens, hein ? Ce matin, j'ai eu un ennui avec ma voiture, mais comme j'arrive habituellement au bureau bien avant l'heure exigée et que ces minutes ne me sont jamais payées, je me donne le droit de sortir quand même.

J'attrape mon sac et je file, mon cœur tambourinant dans ma cage thoracique. Ce n'est pas dans mes habitudes de répondre ainsi à mes employeurs, mais je n'ai jamais considéré mademoiselle Miller comme ma supérieure.

Je dévale l'escalier qui mène dans le hall. Le building de huit étages comprend différents locaux professionnels, le nôtre étant au quatrième étage. Je pousse la porte principale et le vent froid me gifle dès que mes souliers touchent le béton du trottoir. J'aurais dû prendre le temps de mettre mes bottes ! Je repars d'un bon pas pour être à l'heure au point de rencontre. J'y suis presque. Il ne me reste plus qu'à passer derrière l'école primaire, puis devant la crèmerie, et j'atteindrai le parc.

– *Maman, prends-moi dans tes bras. Je me suis* emuïyé *de toi aujourd'hui. Tu retournes à l'*hôtital *demain ?*

Les cris des élèves sortis pour jouer dehors durant leur pause du midi me stoppent net. J'ai le cœur qui bat fort. J'ai beau me dire que c'est normal, que c'est la vie, il y a toujours cette barre qui pèse au creux de mon ventre quand j'entends des voix d'enfants. Je ressens un vide immense qui se remplit de chagrin à la pensée d'être si seule à bientôt trente ans. Il est temps que j'enlève mes œillères. J'ai besoin, mais surtout, j'ai envie de recommencer à zéro.

J'ai la gorge nouée. J'avale difficilement ma peine et reprends ma route vers mon frère qui doit déjà m'attendre. En étirant le cou, je l'aperçois entre les branches recouvertes de neige. Je respire l'air froid à grande goulée.

– Ça va, Becca ? me questionne Brian dès que j'arrive. Tu es toute rouge.

Je m'assois sans répondre. Mon frère prend place à mes côtés. Je ne tarde pas à sentir sa chaleur irradier vers moi, ce qui me fait du bien.

– Je ne sais pas si je laisserai une chance à Dexter, mais c'est vrai que j'aimerais me construire une nouvelle vie.

Mon frère s'émeut.

– Ça me fait plaisir, petite sœur. Tu sais, je suis fier de toi.

Un poids s'enlève de mes épaules.

– Alors, tu commences par quoi ?

– Par un lunch express à notre resto préféré ? Je dois être de retour avant 13 heures. J'ai une faim de loup et j'ai froid ! Tu as vu ce que j'ai aux pieds ?

Brian éclate de rire.

– On y va.

Dès que nous sommes attablés, notre serveur nous apporte le plat du jour sur une assiette fumante. Le général Tao du Gao est juste à tomber. Réconfortant. Que ça fait du bien ! Je remercie la propriétaire d'un sourire.

– Alors, on en était où ?

– Je pense que je vais commencer par laisser mon travail. Je n'y suis pas heureuse. Il est temps que je pense à moi. Le reste suivra, enfin, je crois. Et ce n'est pas comme si j'avais à me soucier de manquer d'argent.

– Eh oui. Papa a toujours fait en sorte que notre vie soit sereine et notre avenir sans tracas… Il n'aura pas travaillé toute sa vie comme un forcené pour rien. Es-tu allée le voir récemment ?

– La semaine dernière, oui. Et Keyla est passée lui dire coucou aussi.

– Elle fait toujours son bénévolat au centre ?

– Affirmatif. On l'a même trouvé plutôt en forme. Mais il ne m'a pas reconnu…

– Pareil pour moi. Que veux-tu… Mais il reçoit de bons soins. Et je suis sûr que notre présence lui fait du bien.

– Oui… Je le pense aussi. Bref, je pourrais me permettre une petite pause. Le temps d'élaborer un plan B. L'atmosphère au bureau est exécrable de toute façon.

– Fais donc ça. Je te soutiens dans ce projet.

– Tu sais quoi ? Je vais leur annoncer mon départ cet après-midi ! Mademoiselle Miller aura une bonne raison cette fois de piquer une colère !

Brian applaudit en riant. Ce moment de légèreté est vivifiant.

– Et cesse de l'appeler « mademoiselle Miller ». C'est comme si tu la mettais sur un piédestal. En plus, elle n'a qu'une ou deux années de plus que toi, non ?

– Tu as bien raison.

Nous payons et sortons du restaurant, bras dessus, bras dessous. Un bruit de pas pressés nous fait tourner la tête. Je m'arrête.

– C'est toi, Brian, qui es derrière ça ?

Mon frère prend une mine abasourdie.

– Pas du tout ! Je n'ai rien à voir là-dedans. *It's a promise.*

– Bonjour à vous deux, s'empresse de dire Dexter en tendant une main à mon frère. Béatrice, on pourrait discuter cinq minutes ? enchaîne-t-il en plongeant les mains dans les poches de son manteau.

Mon frère nous salue.

– On se reparle ce soir, le travail m'appelle !

– Non, reste…

– Des jeunes comptent sur moi !

Je regarde ma montre. Il est presque 13 heures. Mais qu'importe, maintenant. Ma décision est prise.

LUI

Je regarde son frère partir, puis je m'approche. Béatrice semble distante. Incertaine. Je peux m'imaginer à quoi elle pense.

– Béatrice, je suis désolé.

– Désolé de quoi ? D'avoir menti ? D'être avec plusieurs femmes à la fois ? De m'avoir fait croire que tu étais libre, alors que ce n'est pas le cas ?

Elle entrecroise nerveusement ses doigts gantés.

Ça ne sera pas une partie de plaisir…

– Non, je suis désolé que tu ne m'aies pas attendu le soir du vernissage. Et que tu ne sois pas venue me rejoindre sur la terrasse, samedi. J'aurais pu te présenter ma sœur.

Ses doigts s'immobilisent et ses yeux s'éclaircissent légèrement. Il y a encore de l'espoir.

– Eve revient tout juste de New York. Je ne t'avais pas encore parlé d'elle. Il fait froid. Tu as le temps de prendre un café ?

Sans rien dire, elle m'emboîte le pas. Nous entrons dans le bistro. Son téléphone vibre dans sa poche sans qu'elle y prête attention.

Le serveur sourit à Béatrice et nous sert deux allongés. On retire nos manteaux. Il n'y a plus que trois clients dans un coin de la salle.

– Ta sœur, alors ?...

– Oui… Après la mort de mon père, elle s'est éloignée de nous. Disons qu'elle a pris une tout autre direction.

Elle m'écoute avec attention, ce qui m'encourage à continuer.

– Ma mère et moi avons bien essayé de la faire changer d'idée, de l'aider, mais ça n'a rien donné. On a déménagé quelques fois, mais ma mère ne se sentait jamais chez elle et chaque tâche devenait une montagne. Elle se faisait du sang d'encre pour Eve tout en essayant de faire son deuil. Après quelques années, je m'inquiétais sérieusement pour ma mère. Je l'ai emmenée chez le médecin pour y voir plus clair. On lui a diagnostiqué une dépression post-traumatique.

– Elle s'en est sortie ?

– En quelque sorte. Mais elle n'avait pas vraiment le choix. Soit elle allait sombrer encore plus, soit elle pouvait tenter de rebondir dans un nouvel environnement.

Béatrice plombe ses prunelles dans les miennes. Muette.

– Après quelques années, on a fini par quitter la grosse pomme pour venir s'installer à Québec. Ç'a été une décision crève-cœur, parce que ma sœur restait derrière nous. Mais on revenait aux sources, comme on dit. Là où mes parents s'étaient rencontrés. Le frère de mon père nous a hébergés le temps qu'on retombe sur nos pattes. Pour ma mère, c'était plus facile de refaire sa vie ici qu'en Europe, j'imagine. Elle ne mettait pas un océan entre elle et Eve. Et voilà qu'elle débarque avec ses deux enfants.

Je m'avance au-dessus de la table et soulève délicatement son menton avec un doigt. J'ai un mal fou à me retenir de l'embrasser.

– À quoi penses-tu, Béatrice ?

Son silence me rend nerveux.

– Je m'étais promis de rester seule, commence-t-elle enfin. On dirait que la vie en a décidé autrement…

Elle mordille sa lèvre inférieure, mettant en évidence sa dent légèrement tournée sur elle-même.

– Tu es entré dans ma vie par ce terrible accident. Pendant des semaines, je t'ai tenu la main. C'était plus fort que moi, je devais passer te voir. Chaque fois que j'entrais dans ta chambre d'hôpital, j'avais l'impression d'être à la bonne place.

Je ne m'attendais vraiment pas à ces confidences.

– Mais je dois me protéger. Et toutes ces femmes qui tournent autour de toi m'effraient.

Mon sang ne fait qu'un tour. Je décide de jouer franc jeu.

– Béa, c'est vrai que mes fréquentations ont été « sans attaches ». Pour tout te dire, je me suis promis de rester seul. Je ne voulais pas subir ce que ma mère a vécu : l'absence, la séparation, le deuil. Je me suis blindé contre toutes les émotions déchirantes. Mais aujourd'hui, c'est ton absence qui me pèse plus que tout le reste ! J'ai envie de vivre des émotions fortes ! Je veux t'avoir dans ma vie.

Elle me dévisage, stupéfaite. Ses yeux gris scintillent, me donnant le courage qui me manquait jusqu'à maintenant. Je m'approche encore un peu, glisse ma main derrière son cou. Son odeur m'envahit : un soupçon de lavande mélangé à un goût sucré. Je ferme les yeux un instant pour mieux m'imprégner de ce moment que j'espère depuis longtemps. Mon pouce effleure sa peau douce. Je la contemple. Elle rit ! Il n'en faut pas plus pour que ma bouche s'empare de la sienne.

ELLE

Des milliers de papillons se sont envolés en moi. Je retiens mon souffle. Je profite de cet instant magique jusqu'à ce que ses lèvres me quittent. Je bats des paupières à quelques reprises, le temps que je revienne sur terre. Je remarque tout de suite son air préoccupé.

– Que se passe-t-il ? Ça va ? le questionné-je, inquiète.

– Béa, j'ai peur que tu me trouves impulsif… Mais je te jure que je pense à ce baiser depuis longtemps.

Après cette révélation, il me fait le plus beau des sourires. Mon sang se met à bouillir. Dexter s'attarde à mes mains, il joue avec mes doigts. Le soleil à travers les vitres nous enveloppe de ses rayons et fait ressortir la couleur émeraude de ses yeux.

– J'ignore ce que tu vis, mais je ne veux surtout pas te brusquer.

Comme j'aimerais tout lui dire. Pourtant, je reste silencieuse. Il semble lire mon âme, ou du moins, essayer de la comprendre.

Ma langue effleure mes lèvres et je savoure le goût mentholé que Dexter y a laissé. Il n'en faut pas plus pour que je l'embrasse encore.

Reprenant conscience du monde qui nous entoure et des employés qui nous épient en riant, nous payons les cafés et sortons en vitesse.

Enlacés, nous marchons jusqu'au parc et prenons place sur *mon* banc. Lorsque ses mains se déplacent vers mes reins pour m'attirer davantage à lui, je m'enflamme. Ce simple geste me fait frémir tout entière. Ses lèvres se rapprochent de nouveau, se faisant plus audacieuses. Sa langue s'invite et je l'accueille savoureusement. Que c'est bon.

Au bout d'un moment qui m'a paru trop court, Dexter dépose son front contre le mien.

– Tu m'as envoûté, Béatrice.

– Je pourrais dire la même chose de vous, monsieur Johnson.

– On va se revoir ? Ou ce sera encore au destin de décider si je te recroise un jour ?

– Je crois que le destin a assez travaillé sur notre cas. D'ailleurs, je ne suis pas si sûre que ce soit lui qui t'ait conduit jusqu'ici…

Dexter sourit malicieusement. Je me lance.

– On pourrait se voir au restaurant vendredi soir ?

– Très bonne idée, accepte-t-il tout de suite, en replaçant une mèche de cheveux rebelle derrière mon oreille. Au MaZio à 19 heures ?

Je pose une main sur ma poitrine. Je ferme les yeux et me lèche les lèvres. C'est mon restaurant préféré et ils y servent les meilleurs sushis de la province !

– Béatrice, arrête de faire ça ! Mon corps n'arrive plus à bien se tenir !

J'ai le réflexe de baisser les yeux et je ricane. Son excitation semble effectivement à son comble.

– J'adore ton rire.

Le rouge me monte aux joues.

– Tes yeux deviennent bleus quand tu es gênée. Tu le savais ?

Alors que je m'apprête à lui donner une tape sur l'épaule pour le faire taire, Dexter me ramène à lui. Mon bas-ventre s'enflamme à cet autre baiser plus gourmand encore.

– Excusez-moi, savez-vous si la crèmerie est ouverte à ce temps-ci de l'année ?

Nous tournons la tête vers la personne âgée qui s'est arrêtée devant nous : un petit homme frêle au chapeau de feutre, une canne à la main et des lunettes en équilibre sur le bout de son nez.

– Ça m'étonnerait, mais vous pouvez aller vérifier. Elle n'est qu'à un coin de rue, droit devant vous.

– Merci, belle dame. Vous en avez de la chance, jeune homme, de pouvoir lui faire un transfert de bactéries buccales.

Sidérés, Dexter et moi éclatons d'un rire joyeux.

– Je sais bien, mon cher monsieur. C'est ce que je me dis à chaque fois qu'elle m'autorise à la contaminer de mes microbes !

Le vieil homme reprend tranquillement sa route, soulevant son chapeau en guise de salut. Je me lève et replace mon manteau.

– On se voit donc vendredi soir ?

– Tu me quittes déjà ?

– Je suis très en retard et j'ai une démission à remettre.

– Maintenant ?

– Oui.

– Je t'accompagne ?

– Non, pas la peine, c'est juste à côté.

– Je marche avec toi jusqu'à la porte, alors. C'est non négociable. Ma voiture est stationnée tout près.

En chemin, Dexter en profite pour me questionner sur l'emploi que je m'apprête à laisser. Un nœud me tord le ventre. J'ai hâte de me libérer de ce poids, mais je suis aussi consciente de sauter dans l'inconnu.

– Être adjointe administrative n'avait jamais été sur ma *Bucket List*. Ce job s'est présenté à moi au moment où je ne voyais pas d'autres portes ouvertes. Mais j'aurais dû prendre la décision de partir il y a longtemps déjà.

– Ah oui ?

– Depuis que je t'ai rencontré, enfin, depuis l'accident, disons que je vois la vie différemment. Et j'ai envie d'être heureuse.

– Dans ce cas, tu fais le bon choix. Si je devais être autre chose que pompier, je me demande bien ce que je serais... On vit parfois des drames, des tragédies, mais en général, on aide les gens. On vient à leur secours. J'aime me rendre utile dans la communauté.

– J'étais comme toi avant. J'adorais venir en aide aux autres. Les faire rire quand…

Il m'interrompt.

– Avant ? Avant quoi ?

Je m'arrête net. J'en ai trop dit. Je veux bien tenter ma chance avec Dexter, mais pour ce qui est de me confier à lui… je ne sais pas si je suis prête.

– Qu'est-ce que tu fais là, toi ? aboie cette voix que je n'ai plus envie d'entendre.

– C'est bon, j'arrive.

– Non, je te parle pas, petite incompétente. Je te parle, à toi !

« Mademoiselle Miller » pointe Dexter avec hargne.

– Valérie, tu cesses immédiatement ce cirque. Tu ne t'adresses pas à Béatrice sur ce ton.

– Tu la connais ? suffoqué-je.

– Euh, oui. Malheureusement. Mais c'était avant.

Ma patronne éclate d'un rire cynique qui me fait froid dans le dos tout en éteignant sa cigarette du bout de son escarpin.

– « Malheureusement », hein ? Tu disais pas ça quand je te suçais, vêtue de mes jarretelles en cuir et de mes talons hauts, espèce de trou de cul.

Tu me remplaces vraiment par une moins que rien d'adjointe sans cervelle, incapable de faire une paye sans se tromper ? Je savais qu'avec toi, une n'attend pas l'autre, mais quand même !

– Ça suffit ! rugit Dexter. C'était fini entre nous bien avant que je la rencontre. Avale ta pilule et décroche.

Je vois les poings de Dexter se serrer et les muscles de son cou se tendre, tandis que Valérie s'avance pour lui chuchoter quelque chose que je ne comprends pas. Il n'en faut pas plus pour que sa respiration s'accélère davantage.

– Tu n'es qu'une vipère. C'est à cause de toi si j'ai eu mon accident. Tu fais sortir le plus mauvais en moi. Tu n'es qu'une narcissique égoïste, Valérie. Comprends-tu ça ?

Moi qui pensais que nos routes se sépareraient sans faire de vagues sur un dernier baiser, je suis obligée d'admettre que mon début d'après-midi me réservait encore bien des surprises... J'essaie de me faire la plus petite possible. S'ils oubliaient que j'existe, ça serait parfait.

– Tu es tombé bien bas, Dexter. Cette fille n'est bonne à rien. Elle ne peut même pas être à l'heure ! Elle est si déprimante, en plus.

– Toi, tu es ignoble, Valérie.

Cette phrase est sortie toute seule.

– Tu m'appelles « mademoiselle Miller », toi ! Je suis ta supérieure, petite adjointe administrative.

Albert ne peut pas toujours être là pour te couver, alors prépare-toi, je ne te ménagerai pas.

Je n'ai plus qu'une envie, lui faire ravaler son venin.

– Ça suffit. *Tu* vas m'écouter.

J'ai même le réflexe de m'avancer vers elle.

– J'en ai plus qu'assez de toi et de tes caprices. Tu es méchante. Insolente. Tu peux me traiter de tous les noms que tu veux, je m'en balance. J'étais justement venue te donner ma démission. Alors, ce que tu penses de moi, j'en ai rien à foutre. Tu. Ne. Me. Connais. Pas.

– Hey, ça va, ici ?

On se retourne tous les trois pour découvrir un couple venant vers nous.

– Simon, c'est pas le temps de jouer au clown, le prévient Dexter.

C'est l'ami de Dexter. Il se tient près d'une femme qui pourrait être sa conjointe. Un petit brin de femme effacé, qui se tient timidement à ses côtés. Je l'ai déjà vue quelque part...

– Je ne veux pas te déranger, mec. Ingrid et moi, on vient rencontrer Valérie pour valider les plans finaux de la maison. On creuse bientôt, tu te rappelles ?

Dexter hoche la tête tout en faisant la bise à Ingrid.

– Allez, venez avec moi. Je vous attendais, justement.

Valérie pousse déjà la porte vitrée donnant sur le hall de l'édifice. C'est à ce moment que Dex lâche d'une voix hargneuse :

– As-tu porté ton p'tit *kit* de fille facile avec ton monsieur Sirois, aussi ? Pour devenir associée, alors qu'ils ne voulaient pas de toi, tu as dû lui donner la totale !

Le corps de Valérie se crispe. Tout comme le mien, d'ailleurs. Sans rien ajouter, elle fait passer le couple devant elle.

Même si je m'en doutais, ces informations m'attristent. L'épouse de monsieur Sirois vient luncher avec lui trois jours sur cinq…

Valérie, Simon et Ingrid ne tardent pas à disparaître dans un ascenseur.

Seigneur ! Dexter a fréquenté Valérie !

LUI

Je n'en reviens pas. Béatrice, adjointe de Valérie ! En même temps, comment aurais-je pu le savoir ? Je n'avais jamais mis les pieds dans son bureau et on échangeait peu sur notre quotidien.

C'est sur ce malaise que Béatrice et moi nous sommes laissés sur le pas de la porte. Elle avait une démission à officialiser, et moi je devais retourner à la caserne. Malgré ce revirement de situation plutôt gênant, je reconnais ma chance de l'avoir retrouvée juste avant qu'elle n'abandonne son poste.

Il ne me reste plus qu'à tourner la page et à patienter jusqu'à notre rendez-vous de vendredi soir. J'espère en revenir avec son numéro de téléphone ! Pour l'instant, même son nom de famille m'est inconnu.

Malgré toutes les zones d'ombre qui persistent, j'ai l'impression qu'elle me complète. Que l'on pourrait se soutenir l'un l'autre dans le futur.

Le futur ! Un mot qui ne faisait guère partie de mon vocabulaire avant aujourd'hui. Je ne me projetais jamais bien loin. Mais voilà que j'ai envie de voir plus loin que demain.

– Dex !

Alors que je mets le pied dans la caserne, Simon m'aborde.

– Hey, tu n'y as pas été de main morte avec Valérie.

– Te mêle pas de ça, vieux.

– Ça ne te ressemble pas, c'est tout. Dexter, tu l'as traitée de traînée haut et fort dans la rue.

– Simon, elle l'est. Elle m'énerve. Elle a été méprisante avec Béatrice, et c'est venu me chercher. J'ai explosé.

– Tu l'as secouée, en tout cas. Elle a signé nos plans en deux minutes et nous a montré la porte.

– Si ça peut lui remettre un peu de plomb dans la tête et le cœur à la bonne place, tant mieux. As-tu parlé à Béatrice avant de partir ?

– Non, mais je l'ai aperçue dans le bureau d'un des architectes. Celui qui sourit tout le temps.

– Elle présentait sa démission aujourd'hui. Un jour de plus et j'aurais fait les cent pas dans cette rue pour rien !

En chemin vers le vestiaire, j'explique à mon ami comment j'ai pu retrouver Béatrice.

– Tu as été chanceux, Dex ! Si elle n'était pas sortie voir son frère à midi, tu l'aurais peut-être perdue de vue.

– Je sais. Je ne laisserai pas ma chance passer deux fois. On va manger ensemble vendredi.

Simon claque la porte de son casier un peu trop brusquement.

– Vraiment ? Tu sors avec elle vendredi ?

– Exactement. On s'est donné rendez-vous au resto. Je sens que la semaine sera longue !

– Serais-tu déjà amoureux, Johnson ? se moque Simon tout en me donnant une *bean* sur l'épaule.

– T'excite pas, Giguère. Je ne sais rien d'elle, comment veux-tu que je sois amoureux ? lui répliqué-je en le poussant à mon tour.

– Dis-le à ta face, et surtout à ton sourire d'idiot qui est permanent depuis que tu me parles d'elle.

On pouffe de rire.

– T'as raison, elle me fait de l'effet. Je sais pas si c'est parce qu'elle a veillé sur moi quand j'étais dans le coma. Ça semble débile dit comme ça, mais je pense à elle tout le temps.

– Wouah, tu t'entends, là ? T'es intense, Dex ! Fais attention, tu pourrais finir par l'effrayer. Avec une belle femme comme ça, je te conseille d'y aller doucement.

Nous allons d'un bon pas rejoindre nos collègues dont certains s'activent à laver les camions. Je me dirige vers celui dont je m'occupe de faire la vérification mécanique hebdomadaire. Que c'est bon d'avoir enfin réintégré la brigade ! N'empêche que dans ma tête, c'est la pagaille. Est-ce que c'est censé être ça, l'amour ? Ou du moins le coup de foudre ?

– Simon, as-tu ressenti la même chose quand tu as rencontré Ingrid ?

Il réfléchit.

– Eh *boy*, ça fait longtemps ! On est mariés, on a eu deux filles… Mais bon, j'imagine que oui… En même temps, on a appris à se connaître en faisant les travaux de philo et de français au collège. Je l'ai pas rencontrée sur un lit d'hôpital quand tout le monde me croyait mort. Disons que c'est moins romantique que ton histoire avec Becca.

Je m'arrête.

– Becca ? Pourquoi tu l'appelles comme ça ?

– Hein ? Je sais pas, moi. Sûrement parce que je t'ai entendu le dire.

– Pour vrai ? Je ne m'en souviens pas. Son frère l'appelle de cette façon. Keyla aussi…

– Tu vas l'inviter au BBQ d'inauguration, alors ?

– L'idée m'a traversé l'esprit, mais... Tu crois que c'est une bonne idée ?

– Ça serait la moindre des choses de nous la présenter, qu'on apprenne à connaître celle qui t'a rendu fleur bleue !

– Très drôle. OK, je verrai comment ça se passe vendredi. Mais c'est vrai que ça serait le *fun*.

– Elle s'entendrait sûrement bien avec Ingrid.

– Et je pourrais lui prouver qu'Eve est ma sœur. Je l'ai invitée ; elle viendra avec Tess et Eddy.

– *Good !* Je vais avertir les filles qu'elles pourront jouer les *baby-sitters*.

Je m'apprête à monter dans mon camion avec seau et linge pour nettoyer l'intérieur, quand l'alarme se déclenche.

– Vous êtes arrivés juste à temps, nous hèle monsieur Lambert. Giguère, va chercher Pageau. Il doit être encore aux toilettes. Dis-lui de se grouiller. Nous sommes sur le troisième appel, ça doit être un incendie majeur. *GO !*

Tout le monde s'active avec efficacité et entrain. La voix de monsieur Lambert ne tarde pas à s'élever de nouveau.

– Johnson, dépêche. Sois prêt, c'est toi qui conduis.

ELLE

Vendredi ! Je pensais que cette journée n'arriverait jamais.

J'essuie la vapeur qu'a laissée ma douche sur le miroir. J'ai traversé une semaine chargée en émotions. Je revivais constamment le moment passé avec Dexter, lundi midi. Juste avant notre confrontation avec Valérie (plus question de l'appeler « mademoiselle Miller », celle-là). Par chance, la journée s'est plutôt bien conclue grâce à monsieur Dubé. Il a compris ma décision de partir même s'il en était peiné. Il m'a même avoué son étonnement que je sois restée aussi longtemps, dans les circonstances.

Si j'avais prévu partir sur-le-champ, j'ai ensuite consenti à rester jusqu'à la fin de la semaine par respect envers Albert. Pour le remercier de sa gentillesse et de sa compassion à mon égard, aussi. Ça lui donnait le temps de rédiger une offre d'emploi en vue de me remplacer. Valérie s'est montrée particulièrement désagréable avec moi les jours qui ont suivi, néanmoins je m'en suis bien sortie. Il faut dire que je détenais une carte qu'elle n'avait plus : Dexter.

J'ai fait ma chipie à mon tour, je l'avoue. J'ai prétendu que Dexter et moi, on se parlait tous les soirs et qu'on était même très amoureux. Tout cela pour provoquer son air outré et avoir le plaisir de la voir déguerpir dans son bureau. Je crois bien que Dexter va en rire. Je n'ai guère envie que Valérie fasse acte de présence à notre souper, mais je sais d'ores et déjà qu'on devra revenir sur l'incident de lundi. On s'est quittés trop vite pour que le sujet soit clos.

Je me contemple dans le miroir embué. Un frisson me longe l'épine dorsale à la pensée que ce soir, je sors. Avec un homme. Un autre.

La porte d'entrée s'ouvre à grande volée, puis se referme tout aussi bruyamment deux secondes plus tard, faisant vibrer mon reflet.

– J'ai ta robe ! Je te la dépose où ?

J'entends la voix de Keyla à travers la musique d'Alanis Morissette qui égaie la maison.

– Mets-la sur mon lit ! Je sors de la douche, j'arrive !

Je prends tout de même le temps de bien sécher ma peau en dansant. Je m'enduis ensuite de ma crème préférée. Elle sent bon la lavande et la vanille.

Je ferme les yeux pour mieux sentir ce parfum, comme chaque fois que j'applique cette lotion.

J'enfile ma robe de chambre et je rejoins Keyla à la cuisine.

– Ton frère te tuerait s'il savait que tu n'as pas fermé ta porte à clé avant d'aller dans la douche. N'importe qui aurait pu entrer.

– Relaxez donc, Brian et toi. Que voulez-vous qu'il m'arrive ? Et je savais que tu t'en venais. Si un agresseur avait mis le nez ici, tu serais entrée juste à temps pour lui botter les fesses.

Keyla se met à rire.

– T'es nouille.

On s'assoit toutes les deux autour de l'îlot. Mon rendez-vous est dans exactement une heure et demie.

– C'est bien la robe verte que tu m'as apportée ?

Keyla a un placard dans lequel j'ai pris l'habitude de laisser des vêtements en cas de besoin. Je dors parfois chez elle, alors c'est toujours pratique !

– Oui, madame. La robe verte qui dévoile tes genoux, qui te donne un cul d'enfer et une paire de seins à faire damner une nonne.

Nous éclatons de rire. Quelle chance de l'avoir dans ma vie ! Elle est toujours là pour me soutenir. Pour me faire voir la vie en couleur quand elle m'apparaît un dégradé de teintes grisâtres.

– Va te préparer, Cendrillon, je vais te maquiller ensuite. Allez, *up* ! Je t'attends sagement ici avec un bon Aperol Spritz !

Une fois dans ma chambre, je laisse la porte entrebâillée et commence par me sécher les cheveux. Le vendredi soir, Keyla et moi aimons partager des commérages après une semaine mouvementée. Ce soir, je fais une exception à la règle.

Je regarde l'heure : 18 heures. Brian devrait arriver sous peu. Lui aussi tient un rôle dans notre rituel du vendredi. Je finis d'aplatir mes cheveux lorsque j'entends les portes d'armoires claquer.

– Qu'est-ce que tu cherches, Key ?

– Où est ton ouvre-bouteille ?

– À la même place que d'habitude.

– Il n'y est pas.

Bizarre. Je le range toujours au même endroit depuis que j'habite ici.

Je laisse mon fer plat sur mon bureau et, tout en continuant de brosser mes cheveux, je me rends dans la cuisine, simplement habillée de mes sous-vêtements.

– As-tu fouillé au fond du tiroir ?

Le contenu du tiroir en question est déjà sur le comptoir. Pas de trace d'un ouvre-bouteille. Je regarde dans ceux du bas. *Nada*.

– C'est impossible. Et je suis la seule à faire la vaisselle ici… Qu'est-ce que j'en ai fait ?

– Brian l'aurait peut-être posé ailleurs la semaine dernière ?

– Ça me surprendrait. Chez lui, le limonadier est exactement au même endroit.

– Je l'appelle, il passera en acheter un autre. Tu en auras deux si tu retrouves le premier. Va te couvrir, petite exhibitionniste.

Je lui tire la langue et je retourne à mes plaques chauffantes. Keyla ne tarde pas à me rejoindre dans la chambre.

– Hey, Becca, elles sortent d'où ces roses blanches ? Encore ton patron ?

– Eh oui… Monsieur Dubé m'a laissé ces deux-là, cette semaine. Il devait se sentir mal que je parte ou subisse la mauvaise humeur de Valérie. Il m'a prise en pitié, je crois.

– Il est vraiment attentionné…

Je ris.

– Celle-ci était avec mon courrier d'aujourd'hui.

– Tu ne trouves pas ça étrange, toi ?

– Je sais bien que j'aurais dû lui en parler, mais honnêtement, Keyla, ça m'est sorti de la tête. De toute façon, il ne fait rien de mal. *Anyway*, il m'a donné quoi ? Cinq ou six roses en quelques semaines ? N'en fais pas tout un plat, OK ?

Keyla repart vers la cuisine en bougonnant quelques phrases inaudibles. Tant pis. Moi, j'ai confiance en Albert. Il n'aurait jamais d'intentions déplacées.

J'ai presque fini d'arranger mes cheveux lorsque Brian arrive enfin.

– Bonsoir, les filles ! Est-ce que Cendrillon est prête ?

– Toi aussi, tu m'appelles comme ça ? lui lancé-je depuis la chambre. Est-ce que j'ai l'air aussi désespérée qu'elle ? Si je comprends bien, vous souhaitez que ma soirée s'achève à minuit, les fesses dans une citrouille plutôt que le nez dans le vin et les sushis ?

Brian et Keyla s'esclaffent et c'est le moment que je choisis pour les rejoindre, vêtue de cette robe que je n'avais pas portée depuis des lunes.

– Wouaaaah ! lâche mon frère. Tu es ravissante, Becca. Dexter est mieux d'être gentil avec toi, sinon il va avoir affaire à moi.

Il y a longtemps qu'il ne m'a pas regardée de cette façon.

– Tu rayonnes, me complimente Keyla. Je ne me souvenais pas que tu étais aussi sublime dans cette robe. Tu l'avais portée pour le mariage de Karen, c'est ça ?

Je hoche la tête. C'était une autre époque. Une autre vie. Celle où Alec avait un nœud papillon d'un vert similaire. Mon esprit part en vrille, replongeant dans le passé.

– Ta robe fait ressortir la couleur de tes yeux, ma luciole. Mais tes yeux sont plus beaux encore que ta robe. Je t'aime.

Les mots qu'il avait prononcés avant que l'on parte pour cette soirée de mariage me reviennent en tête. J'essaie d'oublier la vague d'émotions qui risque de m'emporter. Alec, je t'en supplie, reste loin de ma tête pour une soirée. Loin de mon cœur.

Keyla a dû me sentir chavirer, car elle me prend dans ses bras. Elle me frotte le dos, puis m'emmène au comptoir où mon frère grignote des croustilles, dans le plat déposé là plus tôt.

– Tu es fantastique, Becca. Je parie que d'ici minuit, Cendrillon aura perdu sa chaussure *et* sa robe ! s'amuse Keyla.

Je rougis. Un malaise me gruge. Je ne suis pas habituée à m'habiller aussi chic pour sortir. Et je ne sors pratiquement jamais.

Avant, c'était autre chose.

Avant, j'étais différente.

Avant qu'Alec me quitte.

LUI

Je frotte mes mains humides sur mon pantalon. J'ai souvent invité une fille au restaurant. Ça n'engage à rien et si le souper est décevant, voire ennuyeux, je paie la note et on repart chacun de notre côté. Mais ce soir, c'est différent. Je suis fébrile. Dans quinze minutes, elle sera là. Je vais enfin mieux la connaître. La découvrir. Je ne suis pas là pour m'amuser.

J'entre au restaurant.

– Voyons, Johnson, ressaisis-toi, me raisonné-je à voix basse.

– Tout va bien, monsieur ? Vous aviez une réservation ? me questionne la jeune hôtesse, probablement une étudiante, d'un air suspicieux.

– Oui, excusez-moi. Je suis un peu nerveux. Disons que j'attends quelqu'un qui me sort de ma zone de confort !

Elle rit. Je la sens plus charmée qu'apeurée.

– Votre nom ?

– Johnson, Dexter Johnson. Pour deux personnes à 19 heures.

Elle me fait signe de la suivre. Je connaissais le restaurant de réputation. Lorsque j'ai téléphoné, j'ai demandé s'ils avaient une section plus propice aux discussions. En gagnant notre table, je comprends que l'homme à qui j'ai parlé ce jour-là s'est effectivement occupé de tout.

La table trône au centre d'un amas de plantes tropicales. Le décor est épatant, mais surtout intime. Des chandelles posées ici et là procurent un côté chaleureux au cocon créé par les plantes – quelques-unes descendent même du plafond. Je distingue des luminaires recouverts d'un abat-jour en osier et une musique douce typique de l'univers asiatique résonne dans la pièce. Je ne suis pas du genre à m'attarder sur le design d'une pièce, encore moins lorsque je vais au restaurant, mais ici, le résultat est impressionnant.

– On vient vous chercher pour accueillir votre invitée ou on la guide jusqu'à vous ?

– Venez me chercher, s'il vous plaît, réponds-je aussitôt à l'hôtesse désormais souriante et avenante.

Elle me fait un signe entendu de la tête avant de repartir vers la réception, me laissant seul dans ce repaire tropical. Je m'approche de la table. La coutellerie est gravée de petits poissons dorés. Les couverts d'un noir mat de forme asymétrique posés sur la nappe vert forêt s'agencent particulièrement bien au rotin ébène des chaises modernes. Tout est de bon goût.

J'en suis encore à contempler mon environnement quand l'hôtesse réapparaît.

– Monsieur, votre invitée est à l'entrée.

– Déjà ? Elle est en avance.

– Je la fais patienter ?

– Pas du tout, je vous suis.

Je réajuste le col de ma chemise avant de me rendre à l'accueil. Je ne tarde pas à remarquer que la salle principale est à son comble. C'est à cet instant que je l'aperçois : Béatrice, vêtue d'une robe verte, ses cheveux roux raidis pour l'occasion effleurant ses reins.

L'hôtesse s'éclipse discrètement.

Béatrice s'avance vers moi et j'ai le réflexe de prendre son bras juste avant qu'elle ne trébuche. Elle se redresse rapidement, réajuste sa robe et ses cheveux en levant une main devant ses yeux, confuse.

– Visiblement, les talons hauts te font la vie dure, blagué-je.

Son sourire se répand jusqu'à ses yeux. Mon corps s'affole déjà.

– Peux-tu croire que je devais mettre de tels souliers tous les jours au bureau ? m'apprend-elle à voix basse. Je suis même venue en taxi de peur de devoir me stationner à l'autre bout du monde !

Son éclat de rire vibre en moi.

– Dexter ?

Mes yeux fixent ses lèvres qui semblent m'inviter à les goûter. Je secoue la tête. Reste concentré, Johnson !

– Tu es vraiment éblouissante.

– Merci. Cette robe, c'est un vieux truc qui traînait. J'ai dû la dépoussiérer avant de l'enfiler.

– Vieille ou non, elle te va parfaitement ! Suis-moi.

Nous marchons l'un derrière l'autre jusqu'à notre table. Béatrice est aussi charmée que moi par le décor. On dirait bien que je vais passer une soirée mémorable…

Notre repas s'éternise, mais je n'ai pas envie qu'il s'achève. Béatrice se révèle être une femme vive d'esprit et enjouée. Elle me surprend à chaque sujet qu'on aborde. Cultivée, elle est aussi curieuse et attachante. Moi, qui suis celui que l'on ne prend pas. Qui se protège. Je suis foutu. Ma carapace ne tient pas le coup.

Son odeur de lavande se faufile jusqu'à moi et je ferme les yeux pour mieux en profiter.

– Tu veux partir ? Tu es fatigué ? s'inquiète-t-elle aussitôt.

Je suis un crétin.

– Non, non, tout va bien.

Son visage se détend.

– Plus de béquilles ni de canne ; je suis rétabli. Enfin, presque ! Ma plus grande chance a été que tu sois là le jour de l'accident et que tu prennes soin de moi ensuite.

Béatrice perd son sourire et ses yeux, leur éclat. Je sens même son corps se raidir.

– Est-ce que j'ai dit quelque chose qu'il ne fallait pas ?

ELLE

Je fixe la cicatrice sur sa joue. Cette marque qui me rappelle sans cesse l'erreur que j'ai commise. S'il a dit quelque chose qu'il ne fallait pas ? Non… Oui… En fait, c'est moi qui aurais dû avouer être la responsable de cet accident qui a chamboulé sa vie, mais je craignais sa réaction. Si j'avais mis cartes sur table dès le début, il m'aurait tourné le dos et je n'aurais pas eu le loisir de me rapprocher de lui. Et si j'ai gardé le silence, c'est que j'étais déterminée à ne plus le revoir. Persuadée que je ne le recroiserais plus.

Je suis perdue. Moi qui apprécie l'honnêteté et la transparence, je ne sais plus quoi faire. Depuis deux ans, je joue un rôle qui me pèse de plus en plus… Lui dire toute la vérité, là, maintenant ? Et risquer de gâcher cette agréable soirée ? Je ne suis pas prête. Être assise ici, avec quelqu'un d'autre qu'Alec, est déjà un pas de géant. Je dois y aller étape par étape. Sinon, j'ai peur de sombrer.

Même s'il est déjà trop tard. J'essaie de prendre une voix rassurante.

– Non, ce n'est pas ça…

Je vais lui dire la vérité.

– As-tu appris d'autres détails sur l'accident ? risqué-je, le regard fuyant.

Mais pas ce soir.

– Non… je me souviens avoir été distrait par un coup de klaxon et c'est ce qui m'aurait fait dévier. À cause de la pluie qui tombait ce jour-là, le dossier a été classé sans enquête. Je reste avec l'impression que la voiture m'a touchée même si l'on m'assure l'inverse…

– Oh…

Je perçois un trémolo dans ma voix.

Il avale une gorgée de vin avant de poursuivre.

– Quand j'y repense, je n'aurais pas dû prendre ma moto, mais Valérie m'avait mis hors de moi. Je voulais rentrer au plus vite.

– Ce jour-là, tu étais avec elle…

– Oui...

Je balaie les images qui me viennent en tête.

– Tu ne cherches plus à savoir qui d'autre était en cause ?

– Pour un coup de klaxon au mauvais moment ? Non. Je suis déjà chanceux que tu te sois arrêtée pour m'aider.

J'ai de nouveau envie de soulager ma conscience, mais je redoute sa réaction. Il a beau reconnaître sa part de responsabilité, s'il savait que la coupable est assise devant lui, son discours changerait forcément.

Mes pensées se bousculent pendant que mes doigts tripotent la serviette de table en tissu devant moi. Sa main large et chaude enveloppe la mienne, ce qui interrompt mon geste.

– Je te rappelle que cet accident a permis de nous rencontrer. Tu as déjà changé ma vie en mieux.

J'ai les émotions à fleur de peau.

J'ai peur qu'il lise en moi. Qu'il décèle la vérité au creux de mes yeux.

D'un coup, Dexter se met à rire. Il passe sa main dans ses cheveux.

– Wouah, désolé, Béa. Je suis vraiment trop intense, ce soir. Je dois te faire flipper avec mes grandes déclarations.

– Mais non, au contraire… Je ressens la même chose… Si notre histoire devait commencer comme ça, alors… pourquoi pas ?

Son sourire fait apparaître sa délicieuse fossette au coin de sa bouche, celle qui fait lever sa cicatrice déjà rosie par le temps. Ce qu'il est beau ! Authentique, je dirais. Je n'ai qu'une envie : goûter chaque parcelle de ce visage. Dexter me fait alors une proposition aussi tentante qu'angoissante.

– On prend le dessert pour emporter ? J'habite tout près.

– Euh…

– Promis, je te raccompagnerai après.

J'accepte.

Il est temps de me jeter dans le vide.

Le souper était excellent. Nous partons du restaurant après que Dexter a eu la gentillesse de payer pour nous deux. Il met son manteau par-dessus sa chemise blanche à l'encolure noire, qui donne un effet raffiné. Il est très élégant ! Il noue son écharpe de laine et prend la boîte contenant notre dessert entre ses mains :

– Nous en avons pour cinq minutes.

– Pas de problème, rouler en voiture me détend.

Tandis que nous marchons en silence, son corps se rapproche du mien. Je cherche à reconnaître son parfum lorsque Dexter me ramène à la réalité avec une question inattendue.

– Tu aimes faire de la moto ?

Alors que je réfléchis à sa question, nos pas s'harmonisent. Sans m'en rendre compte, je prends sa main. Ce contact instinctif me surprend moi-même et je m'éloigne tout aussi vivement.

– Hum, non, en fait, je… je n'en ai jamais fait. Alec n'en faisait pas non plus. Et toi, avec… euh… ce qui t'es arrivé, vas-tu remonter sur une moto ? bafouillé-je tout en essayant de camoufler la tension qui m'habite.

À son tour, il prend le temps de soupeser sa réponse.

– Oui, c'est certain. J'aime trop sentir le vent, les vibrations. Sur une moto, tout est tellement plus fort. Plus réel aussi. On sent mieux les odeurs, on a l'impression de voler. D'être plus vivant. Ma moto, c'est mon remède à tout. Ma source d'évasion. Quand je ne vais pas bien, c'est elle qui est là pour moi. Reste à voir comment je vais réagir lorsque j'en conduirai une nouvelle. J'y pense souvent depuis que la neige commence à fondre.

– Si tu veux, on fera un tour ensemble lorsque tu te sentiras prêt.

Des images osées me passent en tête à l'idée de ce qu'il pourrait me faire sur sa moto si je la chevauchais vêtue de cette robe. Je chasse ces pensées troubles, alors que nous arrivons à sa voiture : une Tesla noir mat. Elle a un look d'enfer. Je ne pourrais dire le modèle exact, car je connais autant les voitures que le mandarin, mais j'ai toujours eu un penchant pour ces engins électriques et leurs courbes aérodynamiques.

Dexter m'ouvre la portière et referme délicatement derrière moi. Il appuie sur le frein en s'assoyant et une musique envahit aussitôt l'habitacle. Patrick Watson. Je l'adore. Mon compagnon me regarde et son sourire illumine ses yeux malgré la noirceur de cette soirée sans lune.

En déposant notre pâtisserie sur le siège arrière, son visage touche presque le mien. Son parfum se faufile encore une fois jusqu'à mes narines et je brûle d'envie qu'il m'embrasse.

Mon cœur bat tellement fort qu'il m'empêche de penser. Je caresse sa barbe naissante. J'adore passer mon doigt sur sa cicatrice. Je la contemple, comme je l'ai fait chaque jour à l'hôpital.

– On y va ?

Sa voix est plus un murmure qu'une question. Il s'avance vers moi, son corps prenant le dessus sur le mien. Son baiser, qui était doux et léger, devient fougueux. Sa langue force mes lèvres et je ne peux qu'en demander davantage. Nos corps se cherchent. Il agrippe fermement ma nuque. Mes mains, devenues malhabiles par des mois d'abstinence, parcourent son corps. Dégourdie, je le plaque contre son siège et j'arrive à me glisser sur lui. Sans quitter sa bouche, mes mains capturent son visage, alors que Dexter s'empare de mes reins, effleurant mes fesses de ses doigts. Mon bassin se compresse contre le sien et je sens son plaisir gonfler entre mes cuisses. Un courant exquis me traverse. Je n'en peux plus. Mes mains se dirigent vers son pantalon…

– Béa…

Je suspends mon élan.

– Pas ici. Pas comme ça. Tu mérites mieux.

Haletante, j'arrête tout. Il a raison. Je retourne sur le siège passager aussi gracieusement que ma robe le permet.

– T'es pas fâchée ?

– Voyons, non... J'ai perdu le tour, je crois.

Je regrette déjà de m'être emportée de la sorte.

– C'était très agréable, au contraire. Mais j'ai envie de plus que ça.

– Alors… on va chez toi ou tu préfères me ramener tout de suite ? m'amusé-je, pince-sans-rire.

– Puisqu'on a encore un dessert à partager… Boucle ta ceinture, on est partis.

LUI

J'entrouvre la fenêtre afin d'essayer de faire descendre ma tension. Cette femme me fait perdre la tête. J'aurais été déçu que notre première fois ait lieu dans une voiture. J'ai envie de la découvrir sous toutes ses courbes, mais pas question d'agir en égoïste avec elle. J'ignore ce que cet Alec lui a fait pour qu'elle ait le cœur brisé de la sorte, mais je voudrais être celui qui recollera les morceaux éparpillés.

Perdu dans mes pensées, je sursaute quand Béatrice saisit ma main près de l'écran central.

– Tu sembles loin…

On s'arrête à un feu rouge.

– Je revivais notre soirée. Je m'excuse de m'être jeté sur toi.

Elle secoue la tête.

– Personne ne m'a forcée à te chevaucher derrière ton volant, tu le sais ? C'est plutôt moi qui me suis emballée.

Je repars et j'amorce bientôt le virage qui me conduit à mon domicile. Nous y sommes. Je détache ma ceinture. Nous demeurons tous deux statiques. Ses yeux sont dans le vague et les miens admirent son profil. Je ne sais pas si je dois parler, attendre qu'elle dise quelque chose ou descendre du véhicule.

– Dex…

Elle inspire profondément, puis s'élance.

– Je ne suis pas prête à te parler de mon passé. En particulier si ça concerne Alec ou quoi que ce soit lié à mon ancienne vie. C'est trop douloureux.

Ces mots me font peur. Dans un mouvement de recul, je m'adosse à la portière.

– Mais ta présence guérit mes blessures. À présent, dès que je mets le pied dans un endroit public, je cherche un grand gaillard aux cheveux noirs et au sourire ravageur.

Un rire quitte ses lèvres, me redonnant confiance.

– Béa, j'irai à ton rythme. On va prendre le temps qu'il faut.

Elle saisit la poignée et je me précipite hors du véhicule pour l'accueillir de son côté. Maintenant devant moi, elle monte sur le bout des pieds pour m'offrir un doux baiser à saveur de lavande.

– J'ai faim, me dit-elle, l'air coquine.

Je prends la boîte à dessert et l'invite à entrer dans la maison.

– Wow ! C'est magnifique, Dexter. C'est moderne et astucieusement divisé, spacieux sans être trop grand. On se sent à l'aise tout de suite. L'extérieur est aussi contemporain et lumineux. J'aime que la pierre s'harmonise ainsi au bois. C'est invitant. Chaleureux. Tout à ton image.

– C'est Valérie qui a fait les plans.

Le visage de Béatrice se rembrunit, mettant en évidence son teint laiteux.

– Mais le résultat était trop froid. Trop design et moderne pour moi. J'y ai apporté plusieurs changements. Je voulais une belle maison, oui, mais pas comme toutes ces demeures d'architectes qui manquent d'âme et de vie.

– Pourquoi tu l'as engagée, elle ? Albert est tellement plus aimable et humain…

– À la base, le contrat revenait à monsieur Sirois, puisque c'est le beau-père d'une de mes collègues. Il m'a pris en charge pour ensuite reléguer mon projet à Valérie, qui était en fin de maîtrise. On est allés prendre un verre ensemble, et…

– Elle a combien d'années, ta maison ? me coupe Béa, qui préfère probablement que je n'entre pas dans les détails.

– Bientôt deux ans. J'avais décidé de m'installer définitivement à Québec au moment de la construction.

On dirait que Béatrice pense à quelque chose. Je ne peux m'empêcher de suivre sa respiration et mon attention dévie vers sa poitrine. Ce buste bien galbé qui paraît ferme. Un chatouillement me parcourt l'entrejambe.

– Tu l'as fréquentée pendant deux ans ?

Maudit, que je suis bête d'avoir abordé ce sujet ! J'espère ne pas avoir tout gâché.

– Pas vraiment. Elle me faisait de l'œil et elle m'a eu à l'usure. On se voyait de temps en temps, mais je la soupçonnais de me cacher des choses depuis le début. Chaque fois que j'ai voulu en finir avec cette histoire, elle a disjoncté. C'est terrible ce qu'elle peut faire lorsqu'elle est en colère.

– Je sais…

J'ai le sentiment qu'elle respire mieux.

On se dirige vers le canapé en continuant de discuter. Avec elle, c'est simple. Sans pression. Je prends la vague et me laisse glisser.

Je lui tends une fourchette en plastique qui accompagnait le dessert. Songeuse, Béatrice la tourne entre ses doigts quand son téléphone sonne dans son sac qu'elle a déposé à l'entrée.

– Excuse-moi, je dois le prendre.

Je la regarde marcher pieds nus, espérant voir cette scène se reproduire souvent chez moi.

– Quoi ?

À son ton, je devine tout de suite que c'est son frère.

– Non, Brian. Je suis chez lui.

Bingo ! Ils sont drôles à voir tous les deux. Inséparables.

– Promis. Oui, tout va bien. Oui, il va me reconduire. On mange notre dessert, puis Cendrillon retournera au château et rappellera son affreux demi-frère.

Elle rit.

– Non, je sais… Mais je t'aime qu'à moitié lorsque tu agis comme ça.

Elle se tourne vers moi et lève les yeux au ciel en continuant de répondre à son interlocuteur par monosyllabes. Toujours suspendue à son téléphone, elle revient à mes côtés. Sa main se pose sur ma cuisse qu'elle caresse de ses doigts en effectuant de petits ronds, ce qui semble naturel, mais j'ai soudain très chaud. Nos yeux se rencontrent. Elle interrompt son geste, salue son frère et dépose le téléphone sur la table devant nous.

– Désolée, je ne sais pas pourquoi j'ai fait ça.

– C'était loin d'être désagréable.

Du rouge teinte alors ses joues.

– Béa, je dois t'avouer quelque chose.

– Que tu es fan de Ted Bundy et que tu as l'intention de me cacher avec d'autres filles dans une chambre froide de ton sous-sol ? rétorque-t-elle avec de grands yeux ronds.

– Exactement, Valérie meurt d'envie que tu ailles la rejoindre.

Nous pouffons de rire.

– Je t'écoute, enchaîne-t-elle en piquant enfin sa fourchette dans le gâteau au chocolat.

– J'ai effectivement forcé un peu le destin quand…

Je l'entends pousser un petit cri de plaisir en dégustant sa bouchée. Elle me fait mourir à petit feu en agissant ainsi.

– C'est exquis, Dex, goûte !

Fourchette en main, je me lance et me régale à mon tour.

– Succulent, en effet. Je disais donc que j'ai eu un petit coup de pouce pour te retrouver…

Elle me fixe sans mot dire.

– On ne m'a pas dit où tu serais exactement, mais on m'a indiqué le nom d'une rue…

– Qui ça, « on » ? Qui t'a dit sur quelle rue je travaillais ?

– Béa, la seule chose que je savais, c'est que j'avais une chance de te croiser là.

– Dexter…

– Promets-moi que tu ne seras pas fâchée. Elle a accepté de m'aider après beaucoup d'insistance de ma part.

Béatrice pose les mains sur ses hanches.

– C'est Keyla.

– Keyla ? Ma Keyla ?

J'acquiesce silencieusement.

– Et comment l'as-tu retrouvée, elle ?

Je lui raconte ma visite à l'hôpital, notre discussion houleuse et l'intervention de Jenny.

– La traîtresse ! Dire qu'elle a joué la fille stupéfaite qu'on se recroise ! Elle a évoqué le destin et bla-bla-bla… La vilaine ! Elle ne perd rien pour attendre, s'exclame-t-elle en replongeant la fourchette dans le dessert.

– Que veux-tu, personne ne résiste à mon charme, répliqué-je sur le même ton.

Elle me pousse d'une main, oubliant sa fourchette et le morceau de gâteau en équilibre précaire dans l'autre. Résultat, sa bouchée vient s'écraser sur sa poitrine, salissant sa robe. Par réflexe, je m'empresse de retirer le morceau, effleurant le haut de son sein au passage, et le dévore en un instant. Il est encore meilleur lorsqu'il goûte la lavande vanillée.

Amusée, Béa essuie de son doigt la mousse chocolatée au coin de ma bouche.

Je n'ai qu'une envie, céder à ce désir qui devient incontrôlable.

ELLE

J'ai un mal fou à me contenir et Dexter semble avoir autant de difficulté que moi. Il me déshabille du regard. Ce que j'aurais donné pour qu'il capture ce morceau avec sa bouche…

– Béa…

Sa phrase meurt entre mes lèvres. Lui aussi goûte la praline. Je me rapproche encore et il n'en faut pas plus pour qu'il me soulève et me dépose sur lui. Ses mains viriles pressent sensuellement mon galbe fessier. Son contact m'affole jusqu'au plus profond de mon être. Pendant qu'il se régale fiévreusement, Dexter déclenche un tsunami de plaisir en moi. Sentant ma féminité s'humidifier par son exploration, mes doigts entrent dans la danse pour toucher son sexe gonflé contre mon bassin.

– Béa, tu es certaine ? me susurre-t-il en embrassant mes joues, mon nez, mon front.

Comme seule réponse, je lui retourne ses baisers avec plus d'ardeur encore. Ma langue accueille la sienne et notre souffle se synchronise, alors que je le libère de sa chemise. Partant de son cou, je fais mon chemin en savourant chaque parcelle de son torse. Bouton par bouton, j'arrive enfin à celui de son pantalon. J'enlève sa ceinture. Dexter me ramène à lui. Ses yeux brillent d'excitation.

– Lève-toi, Béa.

Haletante, le corps en feu, je me lève sans réfléchir davantage. Dexter me rejoint, maintenant torse nu. Ses mains effleurent mes hanches et caressent mes seins. Un spasme de désir me secoue.

– Je veux te faire vivre ma rencontre avec toi. Dans cette chambre 3424.

Je le dévisage, incertaine.

– Me fais-tu confiance ?

– Oui, murmuré-je

– Ferme les yeux.

Mes paupières closes, je sens Dexter tout près de moi. Sa chaleur m'enveloppe. Ma respiration s'accélère.

– Dans tout ce brouillard, chuchote-t-il, j'entendais ta voix. Douce. Apaisante. Tout ce que je pouvais faire, c'était t'écouter. Jusqu'au moment où – il fait remonter ses mains le long de mes bras jusqu'à ma joue – sentir tes doigts m'a ramené à la réalité.

Son souffle chaud près de ma bouche, ses mains explorent mon corps.

– Tes mots me berçaient. Inconsciemment, je t'attendais.

Son nez effleure le mien.

– Oui, je ne savais pas qui tu étais et je t'attendais. Je me sentais bien avec toi. Ouvre les yeux.

J'obéis.

– Et je t'ai vue. Au départ, tu n'étais qu'une silhouette orangée. Mais je t'ai vite reconnue.

Émue, je suis sans mot. Dexter me retourne. Il embrasse tendrement ma nuque en descendant la fermeture éclair de ma robe. Il revient devant moi, saisit mes bretelles, les fait glisser de mes épaules. Ma respiration s'intensifie. Ma robe tombe au sol. Dexter s'éloigne d'un pas ; il n'en faut pas plus pour que j'aie froid.

– Laisse-moi te découvrir, Béatrice.

Je franchis le pas qui me sépare de lui et retire son *boxer*. Dexter détache du même coup mon soutien-gorge de dentelle et il enlève mon string assorti. Me tenir nue devant lui, au milieu de son salon, m'embarrasse affreusement. Dexter fait fuir mes doutes en m'embrassant de nouveau ; sa langue titille la mienne. Puis ses bras me soulèvent et j'échappe un petit cri de surprise lorsque mes pieds quittent le plancher. Mes jambes enlacent son bassin.

Dexter me monte à l'étage et m'emmène vers sa chambre. Il me dépose sur son lit et se positionne au-dessus de mon corps qui se consume de désir. Je saisis sa mâchoire carrée.

– Dex, prends-moi. Maintenant.

– Chut ! Profite du moment.

Je me délecte de sa main qui me caresse tout en descendant vers mon ventre pour s'immiscer entre mes cuisses. Lentement, il introduit son doigt dans ma féminité humide et sensible. Continuant de m'embrasser passionnément, son doigt chatouille ma perle gonflée. Imprégnée de cette soif charnelle, j'empoigne son sexe bandé. Sentant notre plaisir mutuel augmenter, Dexter s'installe entre mes cuisses.

– Tu es certaine d'être prête ?

– Je le suis depuis longtemps.

Il sourit contre ma bouche. C'est à ce moment que Dexter me pénètre jusqu'à mon cœur. Je pousse un gémissement lascif et me tends sous l'impulsion du plaisir qui s'accentue à chaque va-et-vient. Mes ongles s'accrochent à son dos et notre respiration devient plus saccadée à chaque poussée. Alors que je me contracte, que mon bassin se lève pour ne faire qu'un avec son corps, Dexter mordille mon oreille.

– C'est si bon, Béa.

Dexter grogne tout en accélérant la cadence qui me fait monter au septième ciel.

LUI

Je devais la raccompagner chez elle juste après le dessert. La vie nous réservait une autre fin de soirée. Un dénouement auquel je n'osais rêver. Mon corps peut-il être à la fois vidé de ses forces et chargé à bloc ?

Je l'observe dormir. Travaillant le soir pour une semaine encore, je vis dans un fuseau horaire différent. Je n'arrive pas à fermer l'œil. Je profite donc du spectacle inspirant devant moi : Béatrice nue, collée à mon corps. Son souffle sur ma poitrine. Sa chevelure rousse qui couvre une partie de son visage. Elle est magnifique !

Je tente de rejoindre les bras de Morphée lorsque la respiration jusqu'alors paisible de Béatrice se fait soudainement irrégulière. Son corps tremble.

– Ne nous abandonne pas.

Elle gémit et j'ai le réflexe de la serrer dans mes bras. Tout en lui caressant les cheveux, je lui murmure quelques mots rassurants à l'oreille en espérant l'apaiser. Ma jolie rousse se calme aussi rapidement qu'elle s'est agitée.

Quelques minutes passent avant que j'aie la certitude qu'elle a bel et bien replongé dans un sommeil profond. Néanmoins, je pense à ce qu'elle vient de dire… Je me répète ses mots de peur de les oublier au petit matin : « Ne nous abandonne pas. » Qui est ce « nous » ?

Ding-dong ! Ding-dong !

Le carillon de l'entrée annonce une visite impromptue en ce samedi matin. C'est la bouche pâteuse et le bras engourdi que j'émerge brusquement de mes rêves. Je regarde l'heure. Merde. Déjà 11 heures ! Peu importe, le visiteur repassera plus tard.

Les images de toutes les fois où nous avons uni nos corps, elle et moi, durant cette nuit trop courte, défilent dans ma tête.

– Bonjour, belle flamme, chuchoté-je pour réveiller Béatrice le plus doucement possible.

Elle réagit à peine. Je caresse sa peau laiteuse. Quand je m'attarde près de ses reins, sa chair devient poule, ce qui fait gonfler mon désir.

Ding-dong ! Ding-dong !

La personne à ma porte ne semble pas vouloir lâcher le morceau.

– Béa, je vais répondre. Je reviens.

Elle grommelle et se retourne sur le côté. J'enfile un chandail en vitesse et je dévale les marches. Je déverrouille la porte et je ne suis qu'à moitié étonné à la vue de celui qui se tient devant moi.

– Alors, t'es prêt ?

– Pour quoi, au juste ?

– Eh bien, on travaille tantôt ! Je suis passé te chercher.

– Simon, on travaille à 2 heures. Qu'est-ce que tu fous ici ?

– J'ai un peu d'avance, et puis ? Ça ne te dérange pas d'habitude.

Sans attendre ma permission, il entre en me poussant du coude. Mais qu'est-ce qu'il a en tête ? Je le rattrape.

– Attends un peu, tu ne viens jamais me chercher ! Et tu as trois heures d'avance, pas dix minutes. Simon, je ne suis pas seul. Alors sois tu pars ou sois tu pars. Tu choisis quoi ?

– T'es nul, Dex. Ingrid et moi, on s'est engueulés. En plus, les filles se sont mises contre moi. Résultat, je comptais sur mon chum pour m'offrir une bière froide et jaser.

– On ne peut pas boire avant de travailler, Simon. C'est le règlement.

Il soupire.

– Une limonade fraîche fera l'affaire, alors.

Merde. Merde. Merde. Je ne peux pas laisser tomber mon vieil ami parce que la femme de mes rêves est dans mon lit.

– Simon, Béatrice dort en haut.

Malgré tout, il enlève ses chaussures.

– Pas grave, Dex, je parlerai pas fort.

Il continue jusque dans ma cuisine. La limonade oubliée, il se prend une bière dans le frigo, la décapsule et s'enfile une longue gorgée. Au passage, je jette un coup d'œil en haut de l'escalier. On dirait que j'ai un feu à éteindre avant de pouvoir rejoindre Béatrice.

– Dépose cette bière et raconte-moi ce qui se passe.

Simon s'accoude au comptoir et je vais de l'autre côté pour être en face de lui. Il s'acharne à décoller l'étiquette de sa bière, le regard dans le vide.

– *Go*, parle.

– Ingrid pense que je la trompe.

J'écarquille les yeux.

– Ben voyons ! Pourquoi ?

Il prend de longues minutes à m'expliquer qu'elle le juge distant. Perdu dans ses pensées. Elle lui reproche de rentrer plus tard qu'à l'habitude de la caserne. Je suis abasourdi, car je connais bien Simon. Malgré ses commentaires parfois déplacés et son humour grivois, c'est un gars fidèle. Il aime Ingrid. Il ne la tromperait pas. Du moins, je crois…

– Qu'est-ce que tu vas faire pour la convaincre qu'elle fait erreur ?

– Rien.

– T'es bête ou quoi ?

– Si elle me soupçonne, c'est que la confiance n'est plus là. Pas de confiance, pas de couple.

– Voyons, vous commencez la construction de votre maison de rêve ! Qu'est-ce qui te prend ? T'as perdu la tête ?

– Je sais pas.

– Sérieux ? Tu te battras pas pour elle ?

– Je devrais ?

– Tu fais exprès de faire le con ? Réveille, c'est ta femme. Tu l'aimes, non ?

– Toi, l'aimes-tu, Béatrice ?

ELLE

J'hésite à remonter les marches lorsque j'entends la question que Simon pose de but en blanc à Dexter. Ai-je envie de connaître la réponse ?

– *Maman, tu vas m'*amourer *toute* le *vie ?*

– *Mon soleil, bien sûr que je vais t'aimer toute la vie.*

Mon cœur cesse de battre. Je repousse tant bien que mal cette petite voix de ma tête. Je ne peux pas m'effondrer ici. Je dois retourner dans la chambre. En voulant regagner l'étage, le bois grince sous mes pieds. Bravo, Becca !

– Béatrice ? Viens, on est dans la cuisine.

Prise au piège, je ne vois qu'une option, celle de les rejoindre, même si je déteste me promener aussi peu vêtue. J'ai tout de même enfilé la chemise de Dexter…

– Bien dormi ? m'accueille-t-il en déposant un baiser sur mon front.

J'opine du chef, esquisse un sourire timide. Habillée de cette simple chemise, j'ai l'impression d'être nue. L'ami de Dexter me scanne sans gêne de bas en haut tout en me saluant d'un signe de tête.

– Un café ? me propose Dexter. À moins que tu préfères une bière comme cet intrus ici présent ?

Un rayon de soleil entre par la fenêtre, illuminant son visage. Sa cicatrice ajoute à son charme, lui donnant une allure de *bad boy*.

– Un café sera parfait, merci.

Je m'installe sur le tabouret au bout de l'îlot. Je ne sais pas pourquoi, mais la présence de Simon me trouble. Je suis mal à l'aise. J'ai l'impression qu'il s'incruste toujours dans notre intimité… Il est plutôt aimable, parfois drôle, mais bien égoïstement, j'aurais préféré être seule avec Dexter. Là, je ne sais pas quoi dire.

Percevant probablement mon embarras, Dexter fixe Simon tout en buvant une gorgée de café. Il ne semble pas s'apercevoir qu'il est de trop.

– As-tu autre chose à me dire, mon vieux ? lance Dexter après un silence inconfortable.

Simon hausse les épaules et continue de téter sa bière. Dexter se montre donc plus direct.

– Simon partait, justement. Hein, Sim ?

Le pompier pose sa bouteille vide et se lève.

– C'est ça, oui… Je venais juste faire un tour avant d'aller au travail. On se voit tantôt, alors…

Son air renfrogné me perturbe.

– Exact ! À plus tard, Simon.

Dexter l'accompagne jusqu'à la porte d'entrée, lui fait une accolade et lui dit quelques mots que je ne saisis pas à cette distance.

– On se revoit au BBQ, Béatrice ! me crie Simon en refermant la porte.

Mon nouvel amant revient à la cuisine. Il se met derrière moi et repousse mes cheveux pour dégager mon cou. Sa bouche effleure ma nuque, la parsemant de tendresse.

– Navré pour ce matin gâché.

Ses mains sur mes hanches, il réveille en moi une soif que je croyais rassasiée. Mon corps frémit. On échange un baiser au goût de café.

– J'ai une petite idée de la manière dont tu pourrais te faire pardonner.

Il sourit, m'invitant à plus d'audace. Il me prend dans ses bras et nous retournons au point de départ.

– Tu vas bientôt travailler ? le questionné-je en passant mes doigts dans ses cheveux.

– Oui, mais on se revoit après ?

Il cajole mes lèvres de son pouce.

– Impossible.

– Pourquoi ?

– Je passe la soirée avec Brian et Keyla. On regarde *Les deux pieds dans le pré* en trio. C'est ringard, mais qui n'aime pas voir de beaux agriculteurs tomber en amour et fonder une famille ?

– Tu veux des enfants ?

Je cesse de respirer. Pourquoi me pose-t-il cette question ? Je me redresse pour chasser le chagrin qui m'envahit. Je dois tout de suite penser à autre chose et trouver une échappatoire.

– J'y pense, Simon n'a pas mentionné un BBQ tout à l'heure ?

Le tremblement dans ma voix trahit sans aucun doute l'émotion qui m'habite.

Dexter me fixe quelques secondes. Il cherche à comprendre ce changement de sujet. Au froncement de ses sourcils, je vois qu'il s'interroge. Malgré tout, il joue le jeu et me répond.

– Excuse-moi, j'ai oublié de t'en parler. Je fais un « BBQ d'ouverture » au début du printemps. Je sors des chaises et on mange dans la cour. C'est une tradition depuis que je travaille dans cette caserne. C'est toujours moi qui reçois ! Si tu viens, je te présenterai à mes collègues. À ma sœur aussi.

Devant ma réticence à accepter, il ajoute que Keyla et Brian seront les bienvenus également.

Allez, Becca, tu es capable…

– OK, oui. Ça me fera plaisir.

– Super.

Je sais que la grasse matinée a assez duré, mais nous ne parvenons pas à abandonner ce lit.

– Béa…

Son ton se fait plus sérieux. J'attends qu'il poursuive.

– Je ne sais pas ce qui te rend si triste, là, dit-il en touchant ma poitrine au niveau du cœur.

– Je…

Il me fait taire par un baiser.

– J'ai très envie que tu fasses partie de ma vie, Béa. Mais je te l'ai dit, rien ne presse. Allons-y à ton rythme.

Il est merveilleux pour moi et mon cœur brisé. J'oublie mes doutes et je me blottis dans ses bras.

Quand il se lève enfin, ma peine s'est dissipée. Il dépose un baiser sur mes cheveux et file vers la salle de bain.

LUI

Béatrice fait désormais partie de mon quotidien : on apprend à s'ouvrir l'un à l'autre. Je vois bien qu'elle demeure réticente à se laisser aller. À sourire pleinement. Mais il y a du progrès. Les dernières semaines passées avec elle ont été magiques. Sans tension. Elle se confie davantage au sujet de son père qui vit dans une résidence pour personnes atteintes de la maladie d'Alzheimer. À propos de sa mère aussi, cette femme qu'elle n'a pas eu le temps de connaître.

La neige a presque entièrement fondu. Mon BBQ a lieu cet après-midi. J'attends tout le monde afin de leur présenter officiellement Béatrice.

Je fredonne une chanson de Bob Marley en coupant les légumes pour la trempette. Les steaks et les accompagnements sont prêts. J'ai pris congé aujourd'hui pour avoir le temps de tout préparer. Simon me remplace. Chaque année, c'est le même rituel.

– Coucou, Dex !

Pile à l'heure.

– Salut, Béa ! Je termine de cou… aïe !

Un juron quitte mes lèvres et du sang s'étend sur ma planche à découper.

Merde. C'est profond !

– Qu'est-ce qui se passe ? Oh, Seigneur ! Laisse-moi faire. Où est ta trousse de premiers soins ?

– À l'étage, dans la salle de bain de ma chambre. Dans le placard, derrière…

– Trop compliqué, je reviens.

Béatrice repart au pas de course, faisant virevolter sa robe d'été dans tous les sens. Je ne sens plus mon doigt, mais je m'en fiche un peu, heureux qu'elle s'occupe de moi. Elle revient une poignée de secondes plus tard.

– Voilà ! Assois-toi ici, me dicte-t-elle en déposant un tabouret près de l'évier.

Elle ouvre sa propre trousse qui s'avère remplie de tout ce qu'il faut pour effectuer une opération à cœur ouvert. J'exagère à peine. Aboutit devant moi un lot d'objets que je ne saurais identifier, bien que j'aie quelques connaissances en matière de premiers soins en tant que pompier et premier répondant sur les lieux d'un accident.

– C'est une vilaine coupure, Dex. Je vais te faire des points de suture.

Ciseaux, pince, enfileur, fils, tout y est. Elle passe mon doigt sous le jet du robinet avant de désinfecter méticuleusement ma plaie avec ses lingettes aseptisées. D'un bond, elle s'élance vers le congélateur sous le frigo.

– De la glace ! C'est parfait, se réjouit-elle comme si elle tenait un trophée dans ses mains. Tu auras moins mal si je te fais une compresse glacée quelques minutes avant de te piquer.

Elle s'agenouille devant moi et presse le sac de glace sur mon doigt.

– T'es prêt ? me questionne-t-elle, aiguille à la main, sa langue s'appuyant sur sa dent inclinée.

Concentrée, elle n'attend pas ma réponse pour commencer son ouvrage. Elle s'applique. Sa dextérité m'impressionne. Son sang-froid devant ma blessure, encore plus. En quelques minutes, l'affaire est réglée. Je n'ai pratiquement rien senti.

– Et voilà. Quatre petits points de suture. Ton doigt risque d'être moins flexible dans les prochains jours. Attends un peu avant de l'utiliser normalement ; il faut d'abord s'assurer que les points tiennent la route. Ensuite, ce sera important de vérifier que ton doigt se plie correctement. Que coupais-tu ?

– Des concombres sur la longueur… Pas ma meilleure idée, j'imagine.

Elle rit et m'embrasse. Son parfum me chatouille le nez.

– Merci, docteure. Sans blague, d'où tu sors cette trousse ? Tu la traînes avec ta brosse à dents et tes bas ?

Elle rit de plus belle.

– On dirait que tu as fait ça toute ta vie ! Tu es très douée.

D'un coup, son regard s'embrume. Qu'est-ce que j'ai dit ?

– Béa, c'était un compliment…

Elle prend un tabouret près du comptoir et s'assoit devant moi. Elle glisse ses jambes entre mes cuisses, ses mains sur mes genoux. Son air solennel m'inquiète.

– Tu me fais peur, là.

Elle m'adresse un petit sourire, mais ses yeux virent au gris.

– Dex, je suis infirmière.

Je lève les sourcils.

– Tu as commencé un cours à distance ?

– Non, je suis infirmière depuis mes vingt ans. J'ai arrêté de pratiquer il y a quelques années.

– Tu es sérieuse ?

– Eh oui. J'ai eu besoin de changer de vie. C'est à ce moment-là que j'ai troqué mon uniforme pour des ensembles chics, mais inconfortables, et mes espadrilles pour des talons hauts qui me faisaient souffrir le martyre !

– Moi qui croyais que tu avais toujours travaillé dans un bureau...

– En fait, je suis beaucoup plus dans mon élément dans une salle d'urgence à gérer des plaies ouvertes qu'avec des chiffres et un téléphone qui sonne !

Elle regarde ses doigts. Elle semble hésiter à poursuivre.

– Je n'arrivais pas à t'en parler…

– Hey, t'en fais pas avec ça. Je comprends. On a même encore plus d'atomes crochus que je le pensais… Et pourquoi tu ne recommencerais pas, alors ?

– Keyla me pose souvent la question, mais j'hésite encore.

– Keyla ? Est-ce que vous étiez collègues ?

Ses doigts pianotent sur mes genoux. Je prends ses mains pour qu'elle cesse de bouger.

– On n'était pas dans le même département, mais on a étudié ensemble. En revanche, je travaillais parfois aussi avec Tommy, euh, le docteur Simard.

J'assimile tant bien que mal ce que Béatrice m'apprend. Des liens se font dans ma tête, une nouvelle lumière éclaire aussi certains souvenirs.

– Tu as donc exercé dans ce même hôpital… Le docteur Simard pouvait bien affirmer que j'étais entre de bonnes mains le jour de l'accident !

– Tu sais, les ambulanciers ont vite repris le flambeau…

Je peine à croire qu'elle se soit confiée à moi. Et surtout qu'elle parle de son passé sans avoir les yeux inondés de chagrin.

Étrangement, le fait qu'elle soit infirmière me la rend encore plus séduisante.

– Tu pourrais peut-être changer simplement d'hôpital, non ?...

Voyant l'heure tourner, je me lève et elle suit mon mouvement pour se serrer contre moi. Je ne peux que me sentir bien, malgré mon index qui élance de plus en plus.

– Dex, je voulais aussi te dire que…

Une porte claque.

– Salut, frérot ! J'arrive avec du renfort, lance Eve depuis l'entrée.

Il ne faut qu'une demi-seconde avant que ne débarquent en courant Eddy et Tess. Deux mignonnes bouilles de trois ans qui hurlent leur joie de vivre à tout moment. Je regarde ma sœur qui les suit de près, et ça me fait un bien fou que nous ayons enterré la hache de guerre.

– Les cocos, allez dans la cour. Il fait beau !

Les jumeaux ne se font pas prier ; ils foncent jouer dans le carré de sable que je leur ai installé. J'ai laissé traîner quelques ballons pour qu'ils puissent s'amuser sur l'herbe avec les autres enfants.

Eve est resplendissante dans sa robe orangée, ses lunettes de soleil au bout du nez. Elle a bien meilleure mine qu'à son arrivée au pays. Elle dépose des bouteilles d'alcool sur le comptoir.

– Où est ton limonadier ? On commence par une sangria, ça te va ?

Je tousse dans mon poing pour qu'elle se rende compte que je ne suis pas seul.

– Oups, *Sorry*. Vraiment, Dexter, je m'excuse.

Elle s'avance aussitôt vers Béatrice et les présentations officielles ont enfin lieu. Eve se montre chaleureuse, elle raconte même à ma nouvelle flamme que je parle d'elle à tout bout de champ.

Je lui chatouille les côtes pour l'empêcher de s'étendre sur le sujet.

– C'est bon, Eve, on a compris ! Pour le limonadier, regarde dans le premier tiroir. Près des couteaux.

– En parlant de couteaux, ça va, toi ? Tu t'es ouvert la main ou quoi ? remarque-t-elle d'un air distrait tout en fouillant dans le tiroir.

– Rien de grave, oublie ça.

– Dex, il n'est pas là. J'ai tout vidé. *Nothing.*

– Regarde en haut du frigo à droite.

– C'est bon, je l'ai ! Bizarre de le ranger là.

– Je sais, c'est…

Je suis interrompu par le carillon. Cette fois, c'est Brian qui est à la porte, d'autres bouteilles à la main. Nous retrouvons les filles et je constate que Béatrice s'active déjà en cuisine. Elle a pris le relais, puisque ma blessure m'handicape. Elle nettoie la surface souillée et enchaîne avec la préparation des bouchées.

Pendant qu'Eve et Béatrice cuisinent tout en bavardant tranquillement, j'accueille les invités, une bière froide à la main, en compagnie d'un Brian vêtu d'un short et d'une chemise hawaïenne kitch malgré les huit petits degrés qui figurent au thermomètre.

Pour l'instant, le courant passe bien. Il fait beau. La vie est belle. Seuls les yeux doux qu'Eve lance sans cesse à Brian ont le don de m'irriter…

ELLE

La soirée passe à vive allure ! Je fais la connaissance de plusieurs personnes. Monsieur Lambert, le chef pompier de Dexter, s'avère être un bon conteur d'histoires. Il me présente l'ensemble de sa brigade avec les conjoints et conjointes. Les enfants jouent entre eux : ils ont même monté un terrain de badminton de fortune. Ils sont adorables et surtout débordants d'énergie ! Brian et Keyla passent également du bon temps. Nous sommes près d'une vingtaine d'adultes et l'atmosphère est détendue. Il n'y a que Simon qui s'agite un peu. Et Ingrid qui est perdue dans ses pensées. J'ai voulu discuter avec elle, mais ses filles nous dérangeaient sans cesse.

De loin, je vois ma meilleure amie qui abuse de ses charmes tout près du foyer extérieur pour plaire à l'un des collègues de Dex. Alors que je viens de rentrer avec quelques verres, mon pompier préféré me suit muni d'une pince dégoulinante de gras et d'une assiette remplie de restants de burgers.

– Dex, quel est le nom de ton ami déjà ? Celui qui parle avec Keyla ?

Par la fenêtre, je lui montre l'homme qui la fait rire à gorge déployée.

– Lui, c'est Pageau. Alexis Pageau. Ils vont bien s'entendre, lui aussi préfère les histoires d'un soir.

– J'avais bien remarqué que ça cliquait entre eux, l'autre jour, quand nous sommes passées à la caserne…

Je lui fais un clin d'œil. Je regrette beaucoup d'avoir réagi aussi fortement, ce jour-là.

– Il est gentil au moins ?

– Certainement. C'est un farceur. Du genre à lâcher une blague stupide même en plein moment de crise. Quand j'ai commencé à travailler avec lui, j'ai cru qu'il n'avait aucune compassion. Mais c'est son moyen de dédramatiser ce qui le touche.

Dexter dépose son butin sur le comptoir et s'approche de moi, m'obligeant à reculer contre la surface de granite. Il saisit mon visage entre ses mains. Cessera-t-il un jour de me faire autant d'effet ? Des mots que je n'ai pas le droit de dire se bousculent contre mes lèvres.

– Dexter, je t'…

– « Du rhum, des femmes et d'la bière, nom de Dieu ! »

Simon arrive en chantant. Complètement ivre. Je retourne à mes tâches. L'ami de Dex est tombé dans la fontaine de bière. Lui qui est généralement drôle dépasse maintenant les bornes. Il parle trop fort, coupe tout le monde. C'est déplaisant. Il se sert dans le frigo, tire une mèche de mes cheveux au passage, puis il lâche un rot sonore avant de s'excuser en pouffant. Il repart à l'extérieur en titubant.

– Ne fais pas attention… Je ne sais pas quelle mouche l'a piqué. Même Ingrid se demande s'il s'est passé quelque chose à la caserne aujourd'hui. La pauvre, elle ne sait plus où se mettre. Elle a juste hâte de partir.

– Il ne se comporte pas ainsi d'habitude ?

– Non. Il a toujours eu la langue bien pendue, mais je ne me rappelle pas de l'avoir vu aussi soûl. Il dérape… Je vais dire à Ingrid d'aller chercher les enfants. Je vais les raccompagner et m'assurer que Simon se couche en rentrant.

J'acquiesce d'un signe de la tête et je le laisse filer. Encore une fois, Simon a surgi au mauvais moment.

Mon téléphone vibre. Le nom de Brian apparaît sur l'écran.

Brian
Pas trop mal à la tête, Becca ?

Béatrice
Fraîche comme une tulipe au printemps !

Toi ? Est-ce que j'hallucine
ou tu es reparti
avec la sœur de Dexter ?

Brian
Je ne vois pas de quoi tu parles.

Béatrice
C'est ça, oui !
T'oublies que je te connais
comme si je t'avais tricoté.

Brian
Simon, l'ami de Dexter,
est bizarre.
Tu trouves pas ?

Béatrice
Joli changement de sujet.
Anyway, on se reparle.
Une surprise m'attend. 🙂 XXX

Je dépose mon téléphone sur la table de chevet. Je revois le regard irrité que Dexter lançait à mon frère. Il est protecteur aussi, monsieur Johnson ! Je souris à cette pensée. Encore blottie dans le lit, je me sens soulagée. Je suis heureuse que la soirée BBQ soit derrière moi. L'ambiance a été plus relaxe après le départ de Simon, et la soirée s'est achevée autour du feu, tard dans la nuit.

Je contemple Dexter qui entre dans la chambre, une serviette nouée à la taille.

Dès qu'il s'étend près de moi, je ne peux m'empêcher de lui susurrer quelques mots à l'oreille.

– Tu sens tellement bon !

Il me couvre aussitôt de baisers. Je décèle sur sa bouche un léger goût de savon. Le contraste entre la chaleur de ses lèvres et les miennes qui sont froides est délectable. Ses mains me cherchent entre les draps. Il ne m'en faut pas plus pour l'enlacer passionnément.

Malgré ma peur, mon cœur s'est trouvé un nouveau refuge. Je pense avoir enfin réussi à tomber amoureuse. De lui.

– Béa…

Il scrute mon regard.

– Je…

N'en pouvant plus d'attendre qu'il trouve ses mots, je me penche vers lui. Notre baiser devient vite fougueux. On se dévore l'un l'autre de façon primale, presque sauvage. Je me laisse aller sous ses caresses, je suis leur mouvement et je profite du moment comme si c'était le dernier.

– Tu es prête ?

Je cherche dans mon sac, sans succès. C'est bien ma chance. J'étais certaine d'avoir apporté ce qu'il fallait...

– Dex, j'ai oublié mon maillot. On peut repasser à la maison le chercher ?

– Pas de problème, c'est sur notre route.

Une fois à l'extérieur, Dexter m'ouvre la portière de la voiture avec une révérence exagérée. Je pouffe de rire. C'est un vrai gentleman ! Tandis qu'il contourne le véhicule, je repense aux dernières heures. Elles ont été fantastiques.

Notre histoire peut-elle être si simple ? Si facile ? J'en doute encore. Aussi longtemps que je ne lui aurai pas tout avoué, je trimballerai une part d'ombre avec moi. Et je ne serai pas tout à fait moi-même.

Je dois être honnête sur mon passé et sur les origines de notre rencontre. Quitte à vivre avec les conséquences, si cette vérité le perturbe. Après sa générosité à mon égard, je lui dois au moins ça.

Il s'installe à mes côtés et boucle sa ceinture.

Oui, je vais lui dire.

Mais pas maintenant.

Bientôt.

Nous prenons la route en cette journée de printemps qui s'annonce chaude et radieuse. Il ne faut qu'une quinzaine de minutes avant qu'il immobilise son véhicule devant ma maison.

– Attends-moi, je reviens.

Je sors et m'éloigne vers le porche. Aussitôt entrée, je cours dans ma chambre. Mon maillot était bel et bien resté sur le lit. Je l'attrape et redescends les marches deux par deux. En franchissant la porte, je vois Dexter fouiller dans les bacs de fines herbes que j'ai sortis cette semaine. Que fait-il ?

– Tu te magasines des ingrédients pour une nouvelle vinaigrette ? plaisanté-je en fermant à clé.

Il se redresse aussitôt. Une rose blanche à la main.

– Et toi, tu ranges des roses sous tes plantes comestibles ?

J'ai un mouvement de recul.

– Quoi ?

Dexter me tend la jolie rose blanche à peine ouverte.

– Où était-elle ?

– Juste là. Dans le bac.

– Bizarre. Je suis sûre qu'elle n'y était pas hier, quand je suis partie chez toi. Quelqu'un a dû passer ce matin.

Je saisis la fleur et vais la déposer sur le meuble de l'entrée. Je la mettrai dans l'eau plus tard. Je referme à double tour. Dexter me dévisage, des questions plein les yeux. Je préfère changer de sujet.

– Et que cherchais-tu, au juste ?

– Argh, j'ai oublié de me brosser les dents avant de partir et je n'ai plus de chewing-gum. Je me disais qu'avec un peu de menthe sauvage…

Il est trop craquant. Je l'embrasse.

– Coriandre.

– Pardon ?

– Va falloir que tu revoies tes bases en cuisine. Tu goûtes la coriandre, pas la menthe !

J'extirpe un morceau de verdure qui s'est logé entre deux de ses dents.

– Je trouvais qu'elle avait un goût bizarre, aussi ! Bon, tu es prête pour ta surprise ?

– On y va, chantonné-je en exhibant mon maillot.

Hâte de savoir où il veut m'emmener.

Nous repartons. Je tente de nouveau de lui tirer les vers du nez, sans succès. Il prend une sortie. Celle-ci, je la connais très bien. Du coup, je suis encore plus intriguée.

– Allez, Dex, crache le morceau ! On va faire quoi dans ce coin avec nos maillots ? Il n'y a pas de spa, par ici.

– Avant, j'aimerais te montrer quelque chose. Un endroit qui m'a marqué à vie. Un exemple de ce qui me fait haïr mon métier, quelquefois.

– Tu me fais peur.

– T'inquiète pas, on en a seulement pour quelques minutes.

Il tourne vers la gauche, puis à droite à la lumière. Il entre dans un quartier résidentiel. Mes mains deviennent moites et ma tête se met à tourner.

– Je suis pompier depuis une dizaine d'années. Jusqu'à présent, je n'ai échoué qu'une seule fois.

Il prend encore à droite à l'intersection. Sa voix résonne dans l'habitacle. Du sang commence à tambouriner violemment contre mes tempes.

– La maison a été reconstruite, mais je viens souvent ici pour me rappeler les limites du métier. Parce qu'on peut toujours faire mieux. Mais on ne peut pas toujours gagner contre le feu.

Je sais exactement où il va. Mon corps est pris en otage, je suis terrifiée. Mes poings se pressent contre mes cuisses. J'essaie de respirer, mais j'ai oublié comment faire. Il ne peut pas m'amener ici. Pas lui. Pas aujourd'hui.

– Je n'oublierai jamais cette soirée. J'aurais tellement voulu qu'on arrive à sauver cette famille…

Il se gare devant une maison neuve. Une maison que je ne connais pas. Parce que c'est une autre. Une nouvelle.

Dexter arrête le moteur. Il pivote vers moi et perçoit tout de suite ma panique.

– Béa, qu'est-ce qui se passe ? Tu es blême et en sueur.

Je sens à peine sa main toucher ma joue. Je voudrais me détendre, mais c'est impossible. J'ai l'impression que mon cerveau s'est égaré entre deux réalités. Qu'il est parti à la dérive.

J'ai réussi à tenir le coup jusqu'à présent, mais là, c'est trop. Trop douloureux. Trop déchirant.

Parce que mon cœur est encore une plaie ouverte.

Je pensais parvenir à repousser ce moment, mais il m'a rattrapée et m'a percutée de plein fouet. J'essaie de désamorcer la bombe qui menace d'éclater dans mon ventre. Celle que je retiens depuis deux ans.

Déjà deux ans que je n'ai pas remis les pieds ici.

LUI

Elle éclate en pleurs. Son corps tremble si fort. Je détache ma ceinture en vitesse et j'essaie de l'attirer vers moi. De la prendre dans mes bras. Mais elle résiste.

– Béa, s'il te plaît, parle-moi. Qu'est-ce qui se passe ?

Je dégage ses cheveux de son visage à la recherche de ses yeux. Ainsi rougis par le désespoir, ils me donnent froid dans le dos.

– Dex, c'était chez moi...

Je me fige. Elle profite du silence provoqué par sa révélation-choc pour m'en dire plus d'un seul souffle.

– J'ai tout perdu ce soir-là. Ma maison, oui, mais ça... Si tu savais comment je m'en fous, Dex. Mais cette maudite nuit-là m'a aussi enlevé mon mari… et mon fils. Les deux personnes que j'aimais le plus au monde.

J'ose poser une main sur son épaule.

– La vie me les a arrachés, tu comprends ? Volés.

Je suis incapable de prononcer une parole.

– Je me suis réveillée des semaines après, couchée dans un lit d'hôpital, sur mon lieu de travail ! Bordel, je travaillais dans cette chambre avant que…

Elle s'interrompt dans un cri qui me crève le cœur.

– À mon réveil, je les cherchais partout. Mon mari. Mon fils. Je n'ai eu qu'à regarder l'infirmière pour comprendre. Et tu sais ce que j'ai fait ?

Comme j'aimerais lui arracher cette peine ! La délivrer de cette réalité atroce avec laquelle elle vit depuis deux ans. Tout effacer. Je serais prêt à tout pour qu'elle soit heureuse.

Je ne peux pas croire que c'est moi qui la replonge dans ce drame terrible aujourd'hui ! Comment ai-je pu ne pas me souvenir d'elle ?

– J'ai hurlé. De toutes mes forces. Tu n'as pas idée à quel point je me suis sentie abandonnée. Depuis, chaque jour de ma putain de vie, je me demande pourquoi je suis encore là, alors qu'eux sont partis. Malcom n'avait que quatre ans ! Il avait toute la vie devant lui !

Je l'entraîne vers moi et la serre dans mes bras en lui caressant les cheveux. Puis elle m'échappe.

– Mon cœur est brisé, Dex. Je voudrais tant savoir pourquoi on ne s'est pas réveillés ! Le feu était partout !

Rageusement, elle donne un coup sur mon volant avec une force surprenante.

– Pourquoi ils m'ont laissée seule ici ? rugit-elle du fond de ses tripes. Pourquoi ? Tu le sais, toi ?

Comment pourrais-je la consoler ? C'est impossible. Mais elle parle. Enfin.

– Le tonnerre gronde constamment en moi. J'ai mal. Si mal. Je n'ai pas de mots pour décrire cette douleur-là. J'entends leurs rires, leurs voix en écho, dans chaque silence. Tout m'oppresse. Ça fait deux ans que je vois du noir partout, même en plein jour. Que je rame à contre-courant. Que j'essaie de me convaincre que la vie vaut quand même la peine d'être vécue. Une part de moi veut passer à autre chose, mais une autre vient écraser ma volonté en me rappelant que la vie sans mon mari et mon fils n'est plus possible.

Ses poings sont serrés, sa poitrine monte et descend au rythme de sa respiration rapide.

– Leurs fantômes me suivent, me rappelant que moi, je suis toujours en chair et en os. Avant de te rencontrer, je vivais comme une coquille vide et craquelée.

– Tu n'es plus seule, OK ? Je suis là.

Plusieurs minutes passent. J'attends qu'elle se calme. Après un long moment, elle articule :

– Tout est ma faute.

– Voyons, Béa. Rien de tout cela n'est ta faute.

– Je ne me suis pas réveillée. Alec et Malcom sont morts à cause de moi.

– Tu ne peux pas dire ça.

Elle ne m'écoute pas.

– Comment pourrais-je vivre de nouveau le sourire aux lèvres alors que j'ai perdu mon enfant ? Comment pourrais-je recommencer à zéro alors que je suis terrorisée à l'idée de perdre encore ceux que j'aime ?

– Ma belle flamme… Si tu savais comme je te comprends. Nos malheurs ne sont pas comparables, mais après la perte de mon père dans des circonstances, disons… tragiques, je suis bien placé pour te soutenir...

Je me tais, étourdi par la situation.

Je comprends que ses questions n'attendaient aucune réponse. Aucun mot ne pourra adoucir ce qu'elle vit. Seul le passage du temps pansera ses blessures.

Son regard devient dur.

– Je commençais à peine à apprivoiser ma solitude quand tu es arrivé, à vive allure en plus ! Seigneur ! J'ai eu tellement peur, Dex. Peur d'avoir enlevé la vie à quelqu'un d'autre. J'étais paniquée à l'idée que tu ne survives pas.

– Attends… Je ne comprends pas…

– C'est moi ! C'est moi qui ai klaxonné. C'est ma faute si tu as perdu le contrôle de ta moto.

Je me braque. Il me faut quelques secondes pour assimiler l'information. Béatrice hésite. Puis elle se remet à parler très vite.

– Ton accident, c'est ma faute. La pluie tombait, j'étais déprimée et mes larmes m'aveuglaient autant que les gouttelettes sur mon pare-brise. Ma tête était ailleurs. C'est là que tu es arrivé vite, trop vite ; je n'ai rien vu. Sur un coup de tête, j'ai klaxonné, tu as regardé derrière toi et le reste a déboulé. Je t'ai évité par miracle.

Je n'ai aucune idée de comment je dois réagir. Elle m'a menti… encore. En même temps, j'ai juste envie de lui rappeler que tout est arrivé pour le mieux. Mes pensées et mes sentiments se mélangent, s'opposent. Et je suis préoccupé par autre chose.

– Béa, je dois aussi te faire un aveu.

Ses yeux gris me scrutent entre ses larmes.

– C'est moi qui t'ai sortie de la maison en flammes, qui t'ai portée jusqu'à l'échelle pour qu'on te transporte à l'hôpital.

– Pardon ?

– Avant aujourd'hui, je te jure que je n'avais jamais fait le lien. Pageau était avec moi. Lui s'occupait d'Alec. Ton garçon était déjà en route pour l'hôpital. J'espérais tellement qu'on soit arrivés à temps, mais vos signes vitaux étaient très faibles. Monsieur Lambert, mon chef pompier, avait même sous-entendu que…

– Pourquoi je me suis pas réveillée ? me coupe-t-elle. Avant qu'il soit trop tard ?

– Béa, c'était un accident… Le rapport d'incendie rapportait une anomalie au niveau électrique, il me semble…

– Oui… Mais je ne comprends toujours pas…

Elle laisse tomber sa tête sur mon épaule. Je l'enlace et nous restons silencieux pendant longtemps. Comme si chacun de nous avait besoin de digérer ses aveux.

Je pense soudain à tout ce qui nous lie et j'ai peur. Peur de la perdre de nouveau.

ELLE

Les bras de Dexter m'enveloppent et m'apaisent. Je me sens enfin libérée d'un poids énorme. Je n'ai plus de secret pour lui.

J'ai encore du mal à croire que cet endroit, c'était chez moi. Je fixe la nouvelle demeure jusqu'à voir trouble. Elle est si différente. Moderne. Épurée. Sur ce terrain se fabriquent désormais de nouveaux souvenirs. J'agrippe fermement la main de Dexter. Malgré tout, il reste là. Avec moi.

– J'ai peur, Dex.

D'oublier leurs visages. Ma façon d'aimer Alec. Ma manière de border mon fils. Mon petit Malcom…

– J'ai peur de m'attacher à toi.

Voilà, c'est dit.

– Béatrice, on vit quelque chose d'unique toi et moi.

Il saisit mon menton, puis il touche mon nez de son index. Cela me fait rire un peu. Je m'en veux aussitôt.

Mon changement d'attitude ne passe pas inaperçu. Dexter se replace sur son siège et attend, patiemment.

Je suis constamment tiraillée entre ce qui est bien ou mal. Une partie de moi a envie de passer à une autre étape. D'être heureuse. Et l'autre est terrifiée à l'idée de vivre sans eux.

– Béa, tu as le droit d'être en vie… Tu as le droit de profiter de l'existence, de t'épanouir, d'être heureuse aussi. C'est ce qu'Alec et ton fils espèrent, j'en suis certain.

Mes larmes coulent sur mes joues. Dexter aussi paraît tourmenté.

– Je ne te demanderai jamais de renier ton passé. Il fait partie de toi. Donnons-nous du temps, d'accord ? Je pense qu'on a besoin d'un peu de recul.

Que vient-il de dire là ? Mon cœur explose. Il détourne même le regard. Est-il en colère ? Déçu ? Probablement les deux. Reste forte, Becca.

– Prenons le temps de décanter. C'est un peu fou tout ce qui s'est dit ce soir… tout ce qu'on a appris.

Je suis incapable d'ouvrir la bouche.

– Allez, je te ramène chez toi…

Ces mots me déchirent.

Dexter fait démarrer sa voiture et me raccompagne. Le trajet se déroule dans un silence pesant.

Lorsque je franchis le pas de ma porte, je suis vidée de toute énergie. Je le comprends de vouloir faire le point. D'ailleurs, je dois le faire aussi.

Je dépose mon sac sur le banc de l'entrée, près de la rose toujours intacte, le cœur encore coincé dans un étau. Alors que je retire l'une de mes chaussures, je suspends mon geste. La porte n'était pas fermée à clé ! Pourtant, je suis certaine de l'avoir verrouillée en partant.

Mon rythme cardiaque s'accélère et je me jette sur l'interrupteur pour y voir plus clair. En allumant, j'entends des sons provenant de la cuisine. J'en oublie de respirer. Je pense m'enfuir, sortir pour appeler Dexter qui ne doit pas être loin, mais mon corps ne répond pas. Un nouveau bruit me fait sursauter.

– Aïe, maudit, qu'est-ce que c'est ça ?

Je pousse un soupir de soulagement. Je saisis la rose au passage et j'avance à pas discrets. Je découvre Brian juché sur un tabouret, qui fouille dans l'armoire au-dessus du frigo, une main palpant la tablette supérieure.

– Je peux savoir ce que tu cherches comme ça ?

Il se retourne.

– Becca, tu m'as fait peur. Qu'est-ce que tu fais ici ?

– Es-tu sérieux ? Dois-je te rappeler que tu es chez moi ? C'est plutôt à moi de te poser cette question. Qu'est-ce que tu fous ici, dans le noir, en plus ! J'ai failli faire une crise cardiaque.

Brian prend un air songeur.

– Dex ne t'emmenait pas au spa pour la soirée ?

Comment peut-il savoir ça, lui ? Je le dévisage toujours, les bras croisés.

– Je cherche ton plat à fondue. Il me semble que tu le rangeais ici, non ?

– Brian, descends.

Mon ton est direct. Sec. Il s'exécute.

– Pendant une minute, j'ai pensé que je surprenais un voleur en pleine action !

Je ne peux me retenir de lui donner une claque derrière la tête.

– Je prépare un souper-fondue et je ne trouve plus le câble pour connecter mon chaudron. Tu étais ma solution la plus rapide ! Excuse-moi, je ne pensais pas que tu pouvais revenir si tôt. Je ne voulais pas te déranger pour ça.

– Comment as-tu su ? Pour la soirée spa ?

Il m'étudie, un sourire niais sur le visage.

– Je soupe avec Eve.

– Tu revois la sœur de Dex !

– C'est bon, Becca. Dexter a déjà joué au petit soldat avec moi.

– Qu'est-ce que ça signifie ?

– Eh bien, il s'est aperçu qu'Eve ne me lâchait pas du regard au BBQ. Disons qu'il m'a clairement fait savoir que ça ne l'amusait pas du tout.

– Tu sais qu'elle a deux enfants ? Qu'elle ne l'a pas eu facile dans le passé et qu'elle n'en a pas terminé avec tout ça ? Tu le sais, hein ?

– Mais oui, je suis au courant. Qu'est-ce qui te dérange ?

– Que tu ne sois pas du genre à vouloir une relation stable, peut-être ? Ça ne me plaît pas trop que Dexter te voie comme un chasseur de femmes qui vise sa sœur.

– T'inquiète, j'ai été honnête avec elle et la dernière chose qu'elle veut en ce moment, c'est une histoire à long terme.

J'éclate d'un rire glacial.

– Pourquoi tu ris ? On est dans un pays libre, non ? Elle veut se changer les idées. On profite de la vie. C'est cool.

– Cool ? Dis-moi que tu me niaises. Bri, je t'aime. Mais tu ne penses pas assez aux conséquences de tes actes.

– Tu voulais quoi ? Que je lui dise non ? Une jolie femme qui ne demande qu'un peu d'attention…

Je secoue la tête. C'est peine perdue. De toute façon, ça n'a plus d'importance maintenant. Dexter ne risque pas de m'en reparler de sitôt…

Je monte sur le tabouret et tends le bras pour m'emparer du plat à fondue chinoise.

– Tiens.

Je lui remets l'objet en le glissant sur le comptoir.

Mes yeux tombent alors sur le limonadier que l'on cherchait il y a quelques semaines.

– Il était caché où celui-là ?

– Il m'est tombé sur la tête quand j'ai ouvert la porte de l'armoire au-dessus du frigo. Range-le donc dans le tiroir à ustensiles, comme tout le monde, se moque mon frère en prenant ce qu'il était venu chercher. Merci pour ça ! Tu sauves ma soirée.

Comme à son habitude, il dépose un baiser sur mon front.

– Je ne sais pas pourquoi tes plans ont changé, mais tu as de la chance, Eve m'attend. Sinon, tu aurais subi un interrogatoire en règle. Je repasse demain matin à la première heure et là, tu n'y échapperas pas.

Je souris en regardant Brian s'éloigner.

– Ferme à double tour derrière moi.

– Oui, papa.

Juste avant de franchir la porte, il m'avertit :

– Et je viendrai avec Keyla ! Sois prête !

Je lève les yeux au ciel et ne tarde pas à prendre la direction de ma chambre. Je ne peux plus rien encaisser, aujourd'hui.

– Réveille-toi, vieille branche !

Je repousse mon amie pour qu'elle me laisse tranquille.

– Le café est en préparation et Brian nous cuisine des cocos-bacon. *Go !* Hors du lit ! ordonne-t-elle en se levant d'un bond.

J'ai du mal à ouvrir les yeux. Je tire la couette sur ma tête.

– Referme mes rideaux tout de suite !

Je soulève un coin du tissu pour vérifier l'heure sur mon cadran.

– Vous êtes malades, tous les deux ? Il n'est même pas 8 heures. Sortez de chez moi !

– Debout, il faut qu'on parle.

Keyla redescend l'escalier. L'odeur du café me chatouille les narines et celle du bacon fait gargouiller mon estomac. Je me résigne à obéir. J'enfile une veste capuchon par-dessus mon pyjama et des bas de laine, puis je vais les rejoindre.

Brian est devant la cuisinière, spatule à la main. Keyla est assise derrière l'îlot.

– Votre double de clé ne doit servir que pour les urgences.

Je me laisse choir sur le tabouret près de Keyla, encore sous le choc de ce réveil brutal.

– C'en est une, justement ! affirme Brian. Tu penses qu'on va te laisser ruminer seule dans ta chambre ?

– Et toi, tu aurais dû profiter de ta matinée pour batifoler avec ta dulcinée !

Keyla se tourne vers Brian, la bouche en « o ».

– Tu avais une *date* hier ? Ça devait être nul pour que tu sois ici à l'aurore ! ricane-t-elle. En passant, je peux vous affirmer que les pompiers savent s'y prendre avec leur boyau. Doux Jésus ! C'était chaud après ce BBQ !

– Key ! Franchement ! On parle quand même du collègue de Dexter.

Je continue de fixer Brian, qui s'empresse de se justifier.

– Quoi ? Eve aussi a compris qu'il y avait urgence. Dexter l'a appelée de toute façon…

Eh bien, les nouvelles vont vite… J'ai un nœud à l'estomac.

– Tu as passé la nuit avec Eve ? relève Keyla. Je me doutais bien que tu avais fini avec elle après le BBQ, mais de là à la revoir…

– Tu es jalouse ou quoi ? On est ici pour Becca, tu te souviens ?

– Vrai.

Je coupe court à ce débat qui ne mène nulle part.

– Vous savez que vous auriez pu débarquer cet après-midi et que ça aurait fait pareil ? J'aurais pu dormir et toi aussi, dis-je en pointant Keyla.

– Tu dormiras demain, intervient Brian. C'est pas comme si t'étais vraiment occupée ces temps-ci, non ? Et sachez que je n'ai pas couché avec Eve.

– Menteur ! lâchons-nous en même temps, Keyla et moi.

– Tu ne résisterais jamais à une belle grande brune comme Eve ! soutient mon amie.

Brian secoue la tête, dépose ses œufs dans trois assiettes qui contiennent déjà le bacon. Ça sent bon ! Il nous sert notre déjeuner et vient s'asseoir à nos côtés.

– Alors, que s'est-il passé ?

– Rien, répliqué-je, fermée à l'idée d'en parler.

– Arrête ton cirque. J'ai fait semblant de rien hier, mais j'ai remarqué tes joues rouges et tes yeux vitreux.

– Il t'a fait de la peine ? demande plus doucement Keyla. Il ne t'a quand même pas laissée !

Mon appétit a pris la fuite. Avouer toute la vérité sous le coup de l'émotion ne nous a pas rapprochés. Et je me sens toujours aussi coupable de ressentir quelque chose d'aussi fort pour lui. Quoi que je fasse, je suis fautive.

Au fond, pourquoi me torturer de la sorte ? Dexter ne veut peut-être plus de moi. Lui qui pensait vivre pour la première fois une relation durable basée sur la confiance ; j'ai tout gâché à grands coups de non-dits.

Quelle imbécile je suis !

Déboussolée, je ne me rends pas compte que des larmes coulent sur mes joues. Brian pose une main réconfortante dans mon dos.

– Hey, Becca, tu nous expliques ?

J'essaie donc de leur raconter ma journée d'hier. Je déballe mon sac. Je prends à peine le temps de respirer. Je leur dis tout ce qui me relie à cet homme… et ce qui m'en éloigne. J'ai encore du mal à concevoir que ce soit lui qui m'ait sortie du feu ! C'était quoi les chances qu'une autre tragédie nous réunisse de nouveau deux ans plus tard ?

– J'en reviens pas ! s'exclame Keyla.

– Moi non plus, renchérit Brian.

– En fait, je lui en veux. Je sais qu'il a fait son travail ce soir-là, mais bordel ! Pourquoi il m'a sortie de là ? S'il avait attendu quelques minutes de plus, je serais partie avec ma famille.

J'éclate en sanglots. Je perds complètement la carte.

Keyla et Brian se précipitent pour m'enlacer. Je laisse sortir toute ma peine. Ma colère aussi. Une fois vidée, je me libère de leur étreinte, mais Keyla continue de caresser mon dos.

– Becca, c'est triste, mais c'est beau aussi ! Au contraire, cet homme a été mis sur ta route. Je le sens ! Tu n'as pas à lui en vouloir. Tu mérites tellement de vivre.

Malgré le petit côté ésotérique de ses paroles, j'espère qu'elle ait raison. S'il est vraiment là pour moi, je le retrouverai de nouveau sur mon chemin. Et il me pardonnera. Inévitablement.

– La vie continue.

– Hein ? s'étonnent Brian et Keyla.

Oups.

– Rien… Je me parlais…

– Même si tu crois que ton cœur restera meurtri à jamais, tu progresses. Monsieur Mystère reviendra. Il comprendra. Tu vas accepter de le revoir ? insiste Keyla.

– Oui, mais c'est à mon tour de lui laisser du temps. Tu comprends, je lui ai caché la vérité sur l'accident. Je m'en veux, mais je ne peux pas revenir en arrière.

LUI

Le réveil me confirme que j'ai dormi longtemps, mais je me sens toujours aussi amorphe. J'ai encore de la difficulté à croire à tout ce qui s'est passé hier soir. Béatrice fait donc partie de ma vie depuis cet incendie meurtrier... Nous sommes liés d'une manière quasi invraisemblable.

J'essaie de remettre mes idées en place. De poser des mots sur les sentiments qui me bousculent.

Qu'elle ne m'ait pas parlé de l'incendie, je le comprends. Qu'elle ne m'ait pas révélé son véritable métier, ça passe encore. Mais pourquoi avoir attendu tout ce temps pour m'avouer qu'elle était impliquée dans mon accident ? Pourquoi ne pas avoir été transparente envers moi dès le départ ? En réalité, c'est la culpabilité qui l'a fait rester à mes côtés. Peut-être même la pitié.

Tout ça n'a peut-être rien à voir avec l'amour.

Et si je ne l'avais pas emmenée à cet endroit hier, ne m'aurait-elle jamais dit la vérité ?

Mon téléphone bipe pour m'annoncer l'arrivée d'un texto.

Simon
J'arrive avec des steaks.
Un p'tit BBQ avant notre quart
de travail ?

Je laisse tomber ma tête sur l'oreiller. J'ai simplement envie de rester allongé dans mon lit.

Dexter
Beurk, je suis encore couché !
On se reprend !

Simon
Trop tard, mec. Je

Je n'ai pas le temps de terminer de lire son message que ça sonne à la porte. Bon, il est déjà ici. Je me lève à contrecœur.

– Tu te feras des toasts sur le grill, c'est tout ! rigole Simon en me montrant ses morceaux de viande.

– Tu es pas mal de bonne humeur pour un matin…

– Il est midi, Dexter. Grosse nuit ?

– Oui.

Simon me toise, les sourcils en accents circonflexes. Il attend clairement des détails. Que je n'ai pas envie de lui donner. Du moins, pas maintenant. Voyant que j'ignore son langage non verbal, il va droit au but.

– T’as couché avec Béatrice ? Elle est là ?

Son ton est sec, à la limite accusateur.

– Tu te prends pour qui ? C’est quoi ce ton autoritaire ? Je me réveille, là.

Malgré tout, je le laisse entrer.

– S’cuse-moi, Dex. Je suis un peu à cran. Tu m’offres un café ?

– C’est bon…

– Ingrid et moi, on s’est encore disputés. Mais bon, on s’en fout. Comment c’était alors, avec Becca ?

Je prépare la cafetière tandis que Simon s’installe à table.

– Arrête de l’appeler comme ça. Et je ne te dirai rien, mis à part que mes plans sont tombés à l’eau.

– Comment ça ? Elle était malade ?

– Tu lâches pas le morceau, toi ! Non, non… J’ai voulu faire un détour avant de l’emmener au spa et... Tu ne voulais pas te faire cuire un steak ?

– Pas tout de suite. Vas-tu finir par arrêter de tourner autour du pot ? C’est lourd, ton affaire.

Au son du café qui coule goutte à goutte, je lui raconte ce qui s’est passé. Lorsque je finis de me faire un sandwich aux tomates, je lui ai dévoilé toute l’histoire à quelques détails près. Simon est tout aussi stupéfait que je l’ai été. On prend même quelques minutes pour revenir sur cet incendie qui nous a marqués tous les deux.

– Après ça, tu l’as ramenée et tu es parti ! Wow ! Tu vas la revoir quand ?

– Sim… laisse-moi le temps de digérer tout ça. Tu sais que la confiance, c'est super important pour moi et…

Il me coupe.

– Tu te répètes.

– T'es intense ce matin, Sim. Tu veux m'expliquer ce qui accroche avec Ingrid ? Ou tu vas cuire ta viande ?

– On n'est pas le matin, je te dis. Il est passé midi.

– Bon. Ta gueule ou pars.

Il lève les bras dans les airs en signe de paix.

– OK, *man*. Je m'excuse.

Je me détends un peu.

– En fait, je me sens con. Parce que malgré ses mensonges, je dois me rendre à l'évidence... Je pense que je l'aime.

Mon ami me dévisage. Je m'attendais à ce qu'il soit heureux pour moi, qu'il tempère mes angoisses, au pire qu'il se moque de moi en me traitant d'homme rose. Mais il reste de marbre.

– Ça va ? T'es bizarre.

Il secoue la tête et saisit enfin son plateau de styromousse contenant les steaks pour se diriger vers le BBQ. J'abandonne mon sandwich pour le suivre.

– Tu m'inquiètes, là !

– C'est sérieux avec elle ?

Je reste stoïque. Ses questions sont personnelles. Intrusives. Ce n'est pas son genre.

– Sim, à quoi tu joues ? Qu'est-ce qui se passe, merde ?

Sa viande sur le grill, il tire une chaise tout près du BBQ et se laisse choir dessus. Sa tête tombe entre ses deux mains, ses doigts empoignant rudement ses cheveux.

– Je suis nul !

Il me perd. J'attends qu'il parle.

– Je gâche tout avec Ingrid. Je me suis replongé dans le passé et c'est en train de me rendre fou. Qu'est-ce que j'ai, tu peux me le dire, toi ?

Son poing s'abat sur la table à ses côtés.

Je m'approche pour lui serrer l'épaule. Je ne comprends pas grand-chose à ce qu'il vient de confesser, mais je veux qu'il sache que je suis là pour lui.

– Hey, ça va aller… Tu es dans une mauvaise passe avec Ingrid. Tu l'aimes, tu l'as toujours aimée. Vous êtes le couple le plus solide que je connaisse ! Peu importe la raison de votre conflit, ça va s'arranger. Parlez-vous.

À peine ai-je fini ma phrase que mon téléphone vibre dans ma poche. Je le prends pour savoir qui m'écrit et Simon se lève pour vérifier la cuisson de sa viande.

Béatrice
Salut,
Est-ce qu'on peut se voir
lorsque tu auras terminé ta journée ?
Pas de problème
si tu as besoin de temps.
XX

Je ne peux m'empêcher de sourire. Je remets mon téléphone dans ma poche ; je lui répondrai plus tard. De toute manière, je finis à minuit…

– Je mange et je pars. J'ai un truc à faire avant d'aller à la caserne, m'annonce Simon en sortant des limbes.

Il dépose les steaks dans son assiette et retourne à l'intérieur. Je cours derrière lui.

– Tu vas retrouver Ingrid après manger ?

Il s'arrête, scrutant sa nourriture.

– C'est ça.

– Johnson, quelqu'un te demande.

Je dépose les tuyaux que j'étais en train d'enrouler sur le côté du camion-citerne et me dirige vers l'entrée lorsque j'aperçois une femme à la crinière ondulée noire qui fait les yeux doux à Pageau. Que fait-elle ici ?

– Que puis-je faire pour toi ?

Keyla se tourne vers moi. Malgré sa peau basanée, je devine qu'elle a rougi aux belles paroles d'Alexis.

– Toi ! Il faut que je te parle.

Elle saisit mon bras et m'emmène d'un pas décidé dans le hall d'entrée. Je sens que je vais passer un mauvais quart d'heure. Elle pointe l'un des fauteuils d'accueil tout près de la porte principale.

– Tu t'assois là et tu m'écoutes, monsieur Mystère !

– Monsieur Mystère ?

– Silence, j'ai dit !

Keyla s'assoit en face de moi. Je l'ai rarement vue aussi sérieuse.

– Tu sais qu'elle regrette, non ?

– Keyla…

– Ne fais pas l'innocent. Becca est fragile. Elle t'a menti, je sais, ce n'est pas bien, mais c'est simplement parce qu'elle craignait ta réaction. Tu devines bien qu'elle n'a jamais souhaité que tu perdes la maîtrise de ta moto ! Elle voulait tout te dire dès le départ, mais de fil en aiguille, le fil en question s'est emmêlé et elle ne savait plus comment faire.

Je patiente, presque amusé.

– Je suis certaine qu'au fond de toi, tu la comprends. En plus, elle pensait ne plus jamais te revoir après sa dernière visite à l'hôpital. Elle ne voulait pas s'attacher. Tu connais son passé, maintenant. Tu sais pourquoi elle avait la trouille…

Je n'ouvre pas la bouche.

– Dis quelque chose !

– Tu m'as dit de me taire !

Elle se lève.

– Très drôle. Je n'ai pas besoin d'en rajouter de toute manière. Y a un truc flippant entre vous deux. Mais c'est beau. Vous faites chier, là ! Alors, appelle-là ou écris-lui. Mais ne la laisse pas penser qu'elle n'est rien pour toi. Elle a assez souffert, Dexter.

Elle tourne les talons et repart en se déhanchant de manière théâtrale. Je ne peux m'empêcher de rire. Quelle femme !

– Bonne nuit, Sim. T'as l'air d'aller mieux. S'il y a quoi que ce soit, tu m'appelles, OK ?

Mon acolyte se contente de hocher la tête et prend la direction opposée à la mienne pour retourner à sa voiture. Par chance, on n'a pas été appelés sur un incendie ; il n'aurait pas été d'une grande aide, ce soir.

Je prends le volant et mets le cap vers une maison coquette et chaleureuse. Je n'y suis pas allé souvent, mais je m'y suis toujours senti bien. Une demeure qui sent bon la lavande, tout comme sa propriétaire…

Je veux aller de l'avant.

Je me gare devant chez elle. Une faible lumière émane de la fenêtre du salon. Je me sens fébrile. La retrouver aujourd'hui me donne l'impression que je vais la redécouvrir. C'est une occasion de repartir sur de nouvelles bases, alors que tout est dit. Enfin, je crois.

Les mains moites, je lis de nouveau son message qui me confirme que je peux passer après mon quart de travail, même s'il est très tard. Debout devant sa porte, je frappe pour annoncer ma présence.

Il est minuit quinze.

– C'est ouvert !

Au son de sa voix, je retiens mon souffle.

– Tu penses rester dans l'entrée ? Je t'ai préparé une collation à la cuisine, m'invite-t-elle.

Je retire mes chaussures et la rejoins. Tout simplement craquante dans son jeans et son pull ample rose, elle s'affaire à couper de la laitue. À voir les ingrédients pêle-mêle sur le comptoir, je devine qu'elle me prépare un *wrap*.

– Merci, je meurs de faim. Ça semble délicieux !

Elle sourit, tout en restant attentive à sa tâche, ses dents grignotant sa lèvre inférieure. C'est si bon de la revoir. J'essaie tant bien que mal de camoufler l'effet qu'elle me fait…

Ce n'est pas le moment, Johnson.

– Et voilà pour le plus beau des pompiers !

Elle me tend l'assiette et vient près de moi.

Je tourne la tête vers elle et, tout naturellement, nos lèvres s'unissent. D'abord réservée, Béatrice laisse vite tomber toute retenue. Sa langue est douce, sucrée. Je caresse son visage. Elle échappe un gémissement.

Assoiffé, je la saisis aussitôt par les hanches pour la déposer sur la surface en quartz de l'îlot. Ses jambes s'ouvrent et m'enlacent : mon corps la couvre déjà et mon souffle se mêle au sien. Béatrice glisse ses doigts sous ma chemise, continuant son exploration jusqu'à mon pantalon. J'interromps son geste et retire son chandail. Je savoure son cou, puis descends vers le galbe rebondi de ses seins. Sa chair frémit sous son soutien-gorge de dentelle noire. Elle penche la tête vers l'arrière, s'accrochant à mes cheveux. Un hoquet de plaisir quitte sa bouche alors que la mienne délaisse ses seins pour caresser son ventre. Je la soulève tout en retirant son jeans, puis sa culotte.

Ma belle flamme me ramène à elle et ne tarde pas à faire tomber mon pantalon. Elle effleure mon sexe désormais gonflé. Je la contemple quelques secondes avant de reprendre ma route vers l'extase. Ma langue se faufile vers sa douce féminité. Son corps émet un léger soubresaut lorsque je frôle sa perle, amplifiant l'envie que j'éprouve pour elle. Son souffle s'accélère au mouvement de ma langue sur son sexe émoustillé.

– C'est tellement bon.

Encouragé, je pénètre un doigt pour accroître son vertige. Elle se contracte et ses mains tirent mes cheveux. Mon va-et-vient dans son antre humide crée des ondes de choc partout dans son corps. Mon sang bout d'excitation dans mes veines. Je veux poursuivre jusqu'à ce qu'elle atteigne l'orgasme tant attendu. Son corps se tend, sa respiration devient saccadée et elle lâche une longue plainte de plaisir.

– Oui, Dex. Continue.

Ses jambes serrent ma nuque, faisant monter mon désir. Je poursuis ma dégustation sensuelle jusqu'à ce qu'elle explose de jouissance. Elle s'exprime d'abord discrètement, pour ensuite se laisser aller librement. Je m'attarde au visage de Béatrice. À ses yeux fermés. Elle s'agrippe à moi pendant que tout son être vibre sous ces contacts charnels. Lorsque je suis certain qu'elle a atteint le sommet de son orgasme, je me relève en la couvrant de baisers.

– Viens en moi.

Il ne m'en faut pas plus pour que mon membre s'enfle davantage et que je lui obéisse. D'abord doucement. Pour ensuite suivre son rythme. On se rend ainsi ensemble au summum du bonheur.

Le cœur battant et l'esprit enfin léger, je redescends délicatement Béatrice du comptoir. Elle m'enlace et murmure :

– Pardonne-moi.

ELLE

Nous remettons nos vêtements dans un silence agréable et teinté d'allégresse. On se sourit.

Avec lui, je suis…

– … différente.

Ma main se colle immédiatement sur ma bouche. J'ai encore parlé trop vite. C'est perturbant.

Dexter s'amuse du spectacle.

– Tu m'expliques ce qui se trame dans ta tête ou on parle de la pluie et du beau temps ? C'est vrai qu'il a fait soleil aujourd'hui.

J'adore sa manière de suivre mon rythme. C'est si plaisant de communiquer d'une manière naturelle. Ainsi, tout devient plus simple.

– Dex, tu sais que tu m'as changée ? Avant toi, la vie sans Alec et Malcom me semblait… impossible.

Il m'entraîne au salon. La douceur qui se dégage de ses yeux m'incite à m'ouvrir davantage.

– Depuis que je te connais, ma vie reprend des couleurs. Comme le soleil après la pluie. Je suis vraiment désolée de t'avoir menti. Je te promets que tu peux me faire confiance.

Ma voix se casse. Dexter m'embrasse tendrement.

– J'ai bien compris tout ça. Ne t'en fais pas.

Je hoche la tête, soulagée. Je repense soudainement à l'assiette qui l'attend toujours.

– Ton repas ! On l'oubliait !

– Et moi qui avais une faim de loup ! Hâte de voir si ce *wrap* sera aussi bon que l'entrée à laquelle j'ai eu droit…

Alors que je me lève pour me rendre à la cuisine, il me suit et effleure mes fesses au passage. Ce petit geste électrise mon corps en entier.

– Tu collectionnes les roses blanches ou tu étudies les stades de décomposition des fleurs ? me demande-t-il en avalant une bouchée.

Je jette un coup d'œil à mon vase en verre posé près de la cuisinière. Je ne sais pas pourquoi je les conserve toutes…

– C'est mon ancien patron qui m'en offre une, à l'occasion. Elles me rappellent qu'il y a des gens au grand cœur et soucieux de mon bonheur.

Dexter m'observe, perplexe.

– Monsieur Dubé, tu vois qui c'est ? Sa femme n'aime pas les roses blanches. Alors quand il commande un bouquet et qu'il y en a une dans le lot, il me la donne. Juste pour être gentil.

– Il les fait livrer ?

– Aucune idée. La première, il me l'a offerte en mains propres. Ensuite, on les a laissées ici et là.

– Ici et là ?

– Sur mon pare-brise de voiture, dans ma boîte aux lettres, sur le pas de ma porte, sur ma balançoire, dans le bac de fines herbes – tu te rappelles ? La dernière, je l'ai découverte cet après-midi sur le panier de mon vélo que j'avais laissé près du cabanon.

Dexter se braque.

– Voyons, Béa ! Pourquoi il ne te les remet pas en personne ?

– Il est discret. Il ne veut pas déranger. Tu n'es pas jaloux, au moins ?

– Là n'est pas la question, ma belle. C'est juste que ça me paraît un peu louche… Il doit bien attendre quelque chose en retour.

– Tu as le même discours que Brian et Keyla. Pour moi, c'est plutôt mignon.

– Tu es certaine que ça vient de monsieur Dubé ? Il t'a laissé un mot, quelque chose ?

J'hésite.

– Non, mais il est le seul à avoir ce genre d'attention.

– Tu as peut-être raison. À moins que quelqu'un d'autre brûle d'amour pour toi…

J'éclate de rire.

– C'est ridicule !

– Mais même si c'est ton ancien patron, il devrait arrêter ce petit jeu, non ? À ta place, je voudrais pas qu'il se crée des attentes…

– C'est qu'il est vraiment jaloux, mon beau pompier… Sans blague, vous faites des films d'horreur avec de simples roses.

– Honnêtement, tu trouves ça normal ?

– Je dis seulement qu'il a toujours été attentionné et qu'il sait très bien que je l'aime comme on aime un père, ou même un grand-père ! Il y a aucune ambiguïté. Promis.

– Hum, si ton monsieur Dubé est bien l'homme que tu décris, il me semble qu'il prendrait aussi de tes nouvelles. Il s'informerait de tes fines herbes ou s'assurerait que tu ailles bien.

– Arrête, Dex. Vous allez finir par me flanquer la frousse.

Je sors des tasses et nous prépare un chocolat chaud.

– Ça dure depuis combien de temps ? recommence-t-il, la mine préoccupée.

– Je ne sais pas, moi… J'ai reçu la première après notre rencontre au bar. Tu avais tes béquilles… Je dirais donc depuis…

Je calcule rapidement.

– … quatre ou cinq mois. C'est pas grave, d'accord ? On passe à autre chose. Tu en veux ? Ce n'est pas pour me vanter, mais je fais le meilleur chocolat chaud en ville.

– Avec plaisir, merci. Mais… tu vas vérifier, s'il te plaît ?

– Vérifier quoi ?

– Que ces roses viennent bel et bien de ton ancien patron !

– C'est bon. Promis.

Dexter a semé un doute dans mon esprit. Pour la première fois depuis longtemps, je me suis assurée à deux reprises que les portes de ma maison étaient verrouillées avant d'aller dormir. J'ai aussi promis de passer voir Albert dès mon réveil.

Je reste persuadée que Brian, Keyla et Dexter s'en font pour rien. N'empêche, j'ai de la difficulté à trouver le sommeil après notre discussion, même si on a abordé d'autres sujets pour détendre l'atmosphère, comme sa vie à New York, celle de ses parents et de sa sœur… Dexter s'est finalement endormi alors que je regardais par la fenêtre, à la recherche d'une étoile. Celle qui parviendrait à éclairer mon chemin…

Je crains encore que ce bonheur ne soit éphémère. Après ce que j'ai enduré, vais-je vraiment pouvoir vivre pleinement ? Une boule d'amertume monte du fond de ma gorge.

Je tourne la tête pour contempler Dexter dans son sommeil. Il est beau. Un phare dans la nuit.

J'aimerais tellement lui dire ce que je ressens. Que je l'aime. Mais j'en suis toujours incapable. Son bras se resserre autour de moi. Sa chaleur m'apaise jusqu'à ce que des rêves défilent enfin sous mes paupières closes.

– Bonjour, belle flamme.

Ses lèvres glissent sur mon visage, me sortant de ma léthargie d'une exquise manière.

– Je commence mon *shift* plus tôt ce matin. Un de mes collègues est malade, je le remplace. On se reparle ce soir ? Je termine à la même heure qu'hier.

Je m'empare de sa chevelure ébène pour l'attirer vers moi. Je lui vole un baiser à saveur mentholée dans l'espoir de me rassasier jusqu'à la nuit prochaine.

– Je t'écris après ma visite.

– Parfait, rendors-toi.

Il replace la douillette de façon à me couvrir les épaules et s'éclipse en fermant la porte derrière lui. Je regarde l'heure et je décide plutôt de me lever. Je vais me préparer tranquillement pour arriver juste avant l'ouverture de la firme. Albert sera probablement déjà au poste, et mes chances de croiser Valérie seront moindres.

Une trentaine de minutes se sont écoulées lorsque je me regarde dans la glace qui trône à l'entrée. J'enfile une veste de jeans et mes ballerines argentées, tout en vérifiant que mes cheveux sont impeccables. Satisfaite du reflet que me renvoie le miroir, je quitte mon domicile pour aller éclaircir cette affaire.

Lorsque mes pieds foulent le sol de la réception, je prends conscience que démissionner était vraiment la bonne décision. Revenir ici me donne un haut-le-cœur.

– Charmante Béatrice, que me vaut l'honneur de votre visite ?

Albert s'est empressé de venir m'ouvrir. Il est effectivement encore seul à cette heure. Il s'approche de moi, dépose deux baisers sur mes joues tout en saisissant mes épaules de ses larges mains.

– Vous êtes radieuse. Vous semblez en pleine forme. Je vous sers un café ?

– Volontiers. Oui, je vais bien, merci. Je venais vous voir, justement.

Il m'invite dans son bureau, puis disparaît quelques minutes pour revenir avec deux tasses bien remplies. Il referme derrière lui à l'aide de son pied.

L'odeur du café m'apaise et je me sens tout de suite confiante.

– Vous me manquez beaucoup, monsieur Dubé.

Il dépose une tasse fumante devant moi et prend place dans son fauteuil.

– Vous nous manquez aussi ; à moi tout particulièrement. Après votre départ, mademoiselle Miller a embauché une adjointe qui est totalement à son image. Le bonheur ! précise-t-il, d'une voix teintée de sarcasme.

Je souris tout en prenant une gorgée. La chaleur du café irradie dans mon corps.

– Je ne veux pas m'éterniser... Je suis d'ailleurs venue plus tôt dans l'espoir de ne pas la croiser.

– Je comprends. Allez, je suis tout ouïe.

– Je tenais à vous remercier pour toutes les roses que vous m'avez offertes. C'est très aimable à vous, mais je vais mieux, maintenant. Ma vie a repris un rythme normal, lui dis-je en tâchant d'être délicate.

– De quelles roses parlez-vous ?

Il semble ébahi et à mille lieues de me faire une blague.

– Les roses blanches que vous me donnez… de temps à autre.

Notre discussion prend une tournure inquiétante.

– Je crois que vous faites erreur. Je vous ai bel et bien remis une rose, mais c'était il y a plusieurs mois, non ? Je ne me serais jamais permis de vous importuner, vous savez bien.

Mon cœur s'emballe. Je ne sais pas quoi dire.

– Vous allez bien, Béatrice ? Vous êtes toute pâle.

– Vous êtes certain, monsieur Dubé ? Vous ne m'avez donné aucune rose depuis ?

– Absolument. J'en achète seulement pour l'anniversaire de ma femme.

Que se passe-t-il, alors ? Une personne m'aimerait-elle en secret depuis tout ce temps ? Ma vie sociale ne se résume pourtant qu'à des soirées avec Keyla et Brian…

– Béatrice ?

Un peu déstabilisée, je lui raconte l'essentiel. Et moi qui étais persuadée que c'était lui…

– Vous avez visiblement un admirateur dont vous ignorez tout. Il va falloir que vous gardiez l'œil ouvert. Que vous questionniez votre entourage également.

– Je n'ai pratiquement personne autour de moi, vous savez… sauf ma meilleure amie, mon frère, et maintenant Dexter. Je passe aussi voir mon père de temps en temps, mais je ne parle qu'aux préposés qui me connaissent depuis des années… Qu'importe ! Je suis désolée de vous avoir embêté avec cette histoire.

Je me lève et remercie mon ancien patron pour cette discussion.

– J'ai l'impression que je ne vous ai guère aidée… Mais c'est avec grand plaisir que je vous ai revue. Je vous raccompagne ?

– Pas la peine. Je connais le chemin. À bientôt.

En sortant, j'ai le malheur de tomber sur Valérie.

– Hey, une revenante qui se pointe le bout du nez. Moi qui espérais ne plus jamais te voir de ma vie, dommage que nos rêves ne deviennent pas tous réalité !

Son rire cristallin me fait grincer des dents. Comment peut-on être aussi méchante ? Valérie se dresse devant moi, toujours tirée à quatre épingles, les cheveux bien lissés vers l'arrière et attachés en queue de cheval, les yeux cerclés de noir. Elle me toise, les bras croisés.

– Moi qui espérais que tu finisses par devenir quelqu'un de bien, dommage que nos rêves ne deviennent pas tous réalité !

– C'est ça, petite pleurnicharde, retourne coucher avec mes restes.

– Tant qu'ils n'incluent pas monsieur Sirois, ça me va.

Je lève le menton et la pousse du coude en continuant mon chemin. Elle ne mérite pas que je lui accorde une seconde de plus. Je me hâte de partir de cet endroit. J'ai d'autres chats à fouetter et j'ai surtout un admirateur secret à identifier.

Les nerfs en boule, je file directement à la caserne. Tant pis si je dérange, je serai brève. J'ai besoin de réconfort et d'un avis franc sur toute cette affaire. Je me ronge les ongles jusqu'à ce que je franchisse la porte de garage restée ouverte par ce beau temps de mai. Il fait soleil et l'odeur du gazon fraîchement coupé embaume l'antre de la caserne.

– Où puis-je trouver Dexter ? demandé-je à la première pompière que je croise.

– Monte au deuxième. Il doit faire son entraînement au gymnase. C'est la première porte à droite.

Je la remercie et continue mon chemin. Je repère Dexter avant même d'avoir poussé la porte vitrée menant à la salle d'entraînement. Il est avec deux hommes et une femme que je ne connais pas. Leur corps est recouvert de sueur, ils font face à un parcours d'obstacles ressemblant au CrossFit. Dès que Dexter me voit, je lis l'inquiétude dans son regard.

– Béa ! Qu'est-ce que tu fais là ?

LUI

Elle a un moment d'hésitation, alors je cours vers elle. Un pincement au genou me gêne après chaque exercice. Je grince des dents.

– Je te dérange ?

Je l'entraîne dans le corridor dont les fenêtres donnent sur la cour.

– Pas du tout, mais ta visite me surprend. Attends, ne bouge pas ! Dans le soleil comme ça, tu es trop jolie.

– Bon, Don Juan, je ne suis pas venue ici pour recevoir des fleurs, mais pour te parler d'elles.

Il ne me faut qu'une fraction de seconde pour comprendre l'allusion.

– Il t'a dit quoi ?

Je comprends à son air que son ancien patron n'a rien à voir avec les roses. Béatrice comme Valérie m'avaient dépeint un type poli, droit et honnête.

Je n'imaginais pas un tel homme faire ce genre de cachotteries.

– Il ne savait pas du tout de quoi je parlais. Me pointer là en le remerciant des fleurs laissées au pied de ma porte ! J'ai eu l'air folle.

– Pas du tout. On a écarté une piste. Là, nous devons découvrir qui te laisse ces fleurs sans se montrer. Tu as vraiment aucune idée de qui ça pourrait être ?

– Aucune ! Dex, depuis l'incendie, tu es le premier…

– Et si tu allais chez ton frère ? Tu pourrais appeler Keyla et on se réunirait là-bas. Je vais demander à un collègue de me remplacer pour le quart du soir. Je préfère que tu ne restes pas seule à la maison, d'accord ? Tant qu'on n'aura pas élucidé tout ça.

– Oui, oui. Compris. J'ai déjà contacté Brian, il m'attend. Je ne suis pas rassurée de rentrer chez moi toute seule, en fait.

– Parfait. J'arrive dès que possible. Ça va aller ?

Elle hoche la tête, me donne un dernier baiser et retourne au rez-de-chaussée. Dans l'escalier, je l'entends saluer Simon.

– Qu'est-ce qu'elle fait ici ? veut-il savoir avant d'entrer avec moi dans la salle de sports.

– À moi de te poser la même question. Tu commences que dans trois heures, Simon…

– J'avais besoin de prendre l'air. Alors, me voilà !

Je retourne à mes échauffements. Simon me relance.

– Hey, ça va ? Ça ne tourne pas rond avec ta mignonne demoiselle ?

– Je réfléchis.

– À quoi ? À ta demande en mariage ?

– T'es con pour vrai ou tu fais exprès ?

– Un peu d'humour, Dex. J'essaie de détendre l'atmosphère.

– Ouin, eh bien, au même moment, y a un inconnu qui envoie des roses à Béa et ça m'inquiète, OK ?

– De quoi tu parles ?

Une fois mis au courant des détails, Simon admet que la situation est préoccupante.

– Qu'est-ce que vous allez faire ?

– Je sais pas. Je vais la rejoindre chez son frère tantôt pour en parler. Je pensais poser des caméras de surveillance.

– Drastique comme idée, mais ce n'est pas bête. Est-ce que cet inconnu passe toujours aux mêmes heures ? A-t-il un *modus operandi* ?

– Simon, on n'a pas affaire à un tueur en série, mais seulement à un admirateur anonyme un peu trop excessif. Et on n'a aucune preuve que c'est un homme.

– Tu devrais la questionner quand même. Si vous pouviez déterminer les habitudes du suspect, ça vous permettrait de surveiller les allées et venues plus facilement.

– Oui, on en discutera ce weekend. J'ai pensé l'emmener dans Charlevoix. La météo nous promet du soleil et je pense que ça lui ferait du bien.

– Bonne idée, vous partiriez quand ?

– Sûrement samedi matin.

– Elle sera contente. Dis, tu l'aimes pour vrai, Becca ?

– Pourquoi cette grande question, encore ? Et arrête de l'appeler comme ça. Ça m'énerve.

– C'est bon, c'est bon. Alors, c'est oui ?

Notre chef pousse la porte de la salle de sports.

– Johnson ! Giguère ! On n'est pas dans un salon de thé. Chacun à vos postes. Giguère, tu veux faire du bénévolat? Les plans d'intervention et d'évacuation des écoles secondaires sont achevés ? Et vérifie les bombonnes et les masques. Johnson, on a besoin de toi dans le garage. Votre entraînement est terminé.

Simon lâche avant de sortir :

– Sauvé par la cloche, Dex.

Les cheveux encore humides, je vérifie une seconde fois le message texte contenant l'adresse de Brian et une photo de sa maison : une résidence de plain-pied récemment rénovée sur la rive sud de Québec dans un quartier prisé, mais paisible. Je frappe à la porte. Béatrice l'ouvre, les yeux pétillants, une coupe de vin rouge à la main. À en juger par son visage empourpré et ses dents tirant sur le mauve, j'en déduis qu'elle passe une agréable soirée bien arrosée.

– Mon beau pompier, viens ici que je t'accueille comme il se doit.

Elle m'agrippe la nuque et m'embrasse. Sa langue se fait insistante, et je ne peux que répondre à son appel sensuel. Béatrice colle son corps sur le mien et éveille mon excitation. Ses mains descendent lascivement vers mes fesses. Elle me pousse contre le mur. Quand ma tête heurte la paroi, je reviens à la raison.

– Béa, s'il te plaît ! On est chez ton frère. Arrête tout de suite avant que je succombe au milieu de l'entrée.

– C'est exactement ce que je désire.

Pressé de me changer les idées, je me dégage doucement.

– Plus tard.

Sa moue me fait sourire.

– Tu vas me le payer cher, Johnson !

Sitôt dit, elle me tourne le dos et s'éloigne en faisant rouler ses hanches à la manière de son amie Keyla, l'air faussement fâchée. Je la suis pour retrouver le reste de la troupe à la cuisine.

– Dexter ! Du rouge, du blanc ou de la bière ? Sinon, j'ai du fort ! s'exclame Brian.

– Une bière, ça ira, merci.

La cuisine est chaleureuse tout en étant moderne. Un large comptoir en marbre blanc s'harmonise avec les armoires en bois véritable. Des œuvres d'art apportent une touche de couleur intéressante. C'est raffiné. Je tire le tabouret à côté de Keyla, flamboyante dans sa robe à motifs avec sa crinière remontée. Béatrice reste debout près de Brian, qui lui a ses cheveux blond-roux en pagaille et la chemise partiellement déboutonnée.

Au centre du comptoir s'étalent des papiers et des crayons de toutes les couleurs entre les bols d'olives et de fromages. Un vrai champ de bataille.

– On élabore un plan pour tuer quelqu'un ou pour voler une banque ? lancé-je à la blague. Les taches de vin, c'est les endroits où l'on prévoit les bains de sang ?

– Ha ! Becca est tellement gaffeuse ! Elle renverse une gorgée sur cinq, voilà pourquoi on lui refile de la piquette. Ça nous coûterait trop cher de la faire boire, sinon !

Keyla échappe un rire sonore. Je crois qu'elle a rivalisé avec Béatrice sur la levée du coude !

– Taisez-vous, les clowns. Dex, on a mis sur papier tous les faits qui m'ont paru étranges au cours des derniers mois et j'ai établi une liste de suspects.

Je saisis les feuilles salies et chiffonnées.

– Si je comprends bien, on ne sait pas trop combien de roses Béa a reçues et la liste de suspects se résume… au concierge du bureau ? T'es sérieuse, là ?

Les trois acolytes pouffent en chœur. Ils se dilatent littéralement la rate à cette simple phrase.

– Je crois qu'on n'arrivera à rien ce soir avec vos trois cerveaux dans le Jell–O, déclaré-je en posant les papiers sur le comptoir.

Béa se faufile près de moi.

– Chhhut, on a pensé à tout. On s'en fait vraiment pour rien.

– Tu te soûles pour le plaisir ou parce que t'es effrayée ?

Elle se braque à ma question qui est sortie plus sèchement que je ne l'aurais voulu. Je m'en veux à peine le dernier mot sorti. Elle a presque trente ans, qui suis-je pour lui faire la morale ? Ce n'est pas comme si je la retrouvais ivre tous les soirs depuis qu'on sort ensemble. D'ailleurs, est-ce qu'on sort vraiment ensemble ? Peu importe, je me sens mal.

– Excuse-moi, Béa. J'ai parlé sans réfléchir. Je ne pensais pas que tu serais dans cet état, c'est tout. Mais ce n'est pas grave. Je vous laisse continuer à faire la fête et je passe te voir demain, d'accord ?

– Non… se lamente-t-elle. J'ai besoin de te sentir près de moi… Tu me ramènes à la maison ?

– Bien sûr.

Je ramasse les feuilles en un paquet que je glisse dans ma poche arrière après les avoir pliées en deux.

– Vous deux, on vous attend demain ? Sobres ? Et profitez-en pour ramener la voiture de Béa.

– Oui, chef ! répondent-ils en faisant un salut militaire.

Sur des exclamations et des bruits de verres qui s'entrechoquent, je repars, Béatrice à mon bras.

Pendant le trajet jusqu'à chez elle, Béa est une vraie pipelette. Autant elle était réservée auparavant, maintenant, rien ne l'arrête. Elle me raconte des anecdotes que lui rappellent les endroits devant lesquels nous passons. Tel dépanneur dans lequel Alec et elle achetaient une bière spéciale que lui seul vendait. Cette crèmerie qui était la préférée de Malcom, où Brian venait souvent les rejoindre. L'aquarium qui était leur sortie de prédilection familiale. Malcom adorait les morses. Des confessions sans filtre qui sortent l'une après l'autre. Aucun voile de chagrin n'assombrit son regard. Elle bavarde, le cœur joyeux. Mais quand nous nous stationnons dans l'entrée, elle se frappe la tête de sa paume.

– Je n'aurais pas dû te parler de ma famille comme ça. Tout ça doit te sembler lugubre et déprimant.

Je lui prends les mains. Elles sont froides. Je les réchauffe avec de petits gestes circulaires.

– Écoute-moi bien. C'est ce que je souhaite, plutôt. Découvrir ton passé. Je veux te connaître, ma belle flamme, et Alec et Malcom font partie de toi pour toujours. Alors, non, ce n'est ni lugubre ni déprimant. Au contraire, ça me fait plaisir que tu en parles de cette façon.

Elle garde le silence, mais elle sourit. J'espère qu'elle se souviendra de ce que je viens de lui dire à son réveil demain matin.

– On rentre ?

Elle opine, prend son sac et on se dirige tout droit vers la chambre.

– Alors, on fait quoi ?

C'est Brian qui a posé la question, café noir à la main.

– J'ai l'impression que la personne passe toujours quand Béatrice est absente ou très tard le soir. J'ai pensé qu'on pourrait installer un système d'alarme avec des caméras de surveillance, avance Keyla très sérieusement.

– Je ne suis pas sûre… Ça va m'effrayer encore plus si quelque chose de suspect passe devant la caméra, alors que je suis seule à la maison. Qu'est-ce que t'en penses, Dex ?

– Je pense aussi qu'on devrait mettre des caméras.

– Je ne connais personne qui pourrait me vouloir du mal. Ça fait des années que ma vie se résume à vraiment pas grand-chose. Et si un admirateur de Keyla s'était trompé d'adresse ?

Pour toute réponse, Béatrice ne récolte qu'une grimace de la part de sa meilleure amie.

– OK, c'est une mauvaise blague. Mais toute cette histoire commence à m'énerver sérieusement.

– Justement… J'en ai parlé tantôt avec Brian et je t'emmènerais bien dans Charlevoix pour le weekend. J'ai obtenu un congé demain et dimanche. J'ai réservé une chambre dans un gîte. Je pense que ça te ferait du bien de décrocher un peu, non ? Pendant notre absence, Brian installerait les caméras, et jusqu'à ce qu'on en ait le cœur net, il y aura quelqu'un avec toi en permanence.

Le visage de Béatrice s'illumine. Ce projet lui plaît.

– Oh ! Bon voyage, les amoureux ! s'emballe Keyla en sautillant sur place.

– On n'est pas des amoureux.

Béatrice a parlé sans retenue. Son regard croise le mien ; elle doit y lire ma déception.

– Oui ? me questionne-t-elle.

– Bon, Keyla, il ne reste plus de lait. Tu viens avec moi en acheter au supermarché ?

– Hein ? As-tu bien regardé dans le frigo ?

– Keyla, je te dis qu'il ne reste plus de lait. Bouge tes fesses !

Brian lui fait les gros yeux, puis nous pointe du regard. Keyla comprend enfin et s'éloigne avec lui, nous laissant seuls.

– Alors ? me demande Béatrice, d'une petite voix.

Je fais glisser sa chevelure aux reflets cuivrés entre mes doigts. Deux mots me viennent aux lèvres. Tant pis, je plonge.

– Je t'aime, Béa.

Ses yeux bleus s'arrondissent. Elle retient son souffle.

– Je n'espère pas un tel aveu de ta part. La balle est dans ton camp. Je te le répète, rien ne presse.

Si ça t'arrange, on peut jouer les amis qui vont prendre du bon temps cette fin de semaine. Tant que l'amie en question, c'est toi, ça me va.

Son étreinte est pleine de promesses.

– Je suis partante pour la fin de semaine en *amimoureux*.

– C'est parfait ! Le terme nous va comme un gant.

Brian et Keyla ne tardent pas à revenir, pinte de lait à la main.

– Bon, je suis en poste, ce soir. Et il faut que j'aille chez moi préparer mes bagages. Qui restera avec Béa ?

– Moi, j'ai une *date*.

– C'est bon, Brian, je m'en doutais. Allez va, chaud lapin ! Key ? Tu es dispo ?

– Je n'ai pas de plan cul au programme, moi, dit-elle en tirant la langue à Brian.

– Béa, je viendrai te chercher demain matin. Vers 8 h 30 ?

– C'est parfait. Je serai prête et impatiente !

ELLE

J'ai appliqué un masque d'argile sur mon visage, mes cheveux sont enrubannés dans une serviette humide et je me pavane vêtue d'une robe de chambre en molleton et de mes pantoufles assorties. Keyla m'a concocté une soirée de filles parfaite pour me changer les idées. On visionne des films romantiques en dégustant des bonbons et des chocolats. On se met du vernis à ongles en attendant que notre masque de beauté craque sur la peau.

– C'est sérieux, Dexter et toi, je me trompe ? se renseigne mon amie, alors qu'on se nettoie le visage.

Je lève les yeux vers elle. Je la vois rarement aussi posée.

– Je crois que oui. Il m'a dit qu'il m'aimait. J'ai l'impression que la panique sort par tous les pores de ma peau.

– En tout cas, moi, je suis contente de vous voir ensemble !

Keyla s'éponge le visage et prend un chocolat. Soudain, son regard s'illumine. Elle lance sa serviette et va fouiller dans le placard du couloir. Celui où je range mes souvenirs et mes articles de bricolage.

– Qu'est-ce que tu cherches, Key ?

– Laisse-moi deux minutes. Tu verras.

Le tapage qu'elle génère me donne une idée de l'état dans lequel je vais retrouver ce placard et le couloir…

Keyla revient, les bras chargés, la chevelure ébouriffée et la robe de chambre de travers.

– Tu m'aides ou tu attends que j'échappe tout ?

– Deuxième option ! que je lui réponds, amusée.

Elle se rend au salon et dépose sa cargaison de matériel sur la table basse. Prépare-t-elle une activité de scrapbooking ? Elle éparpille ciseaux, colle, ruban décoratif, carton et une boîte. *La* boîte.

– Qu'est-ce que tu comptes faire de ça ?

– On va te fabriquer un album de vie.

Devant mon absence de réaction, mon amie déclare, tout en poussant vers moi ma boîte de Pandore :

– Tu dois les faire vivre, Becca. Ils doivent encore appartenir à ton présent et à ton futur. Ils ne sont plus avec nous physiquement, mais ils existent toujours. D'une autre façon.

Mon corps tremble et mes yeux s'emplissent de larmes. Cette boîte, je l'ai composée quelque temps après l'incendie. Ce sont des trésors qui ont survécu aux flammes, à la fumée et au travail des pompiers, et que j'ai rassemblés. Ma vie d'avant se résume à son contenu. Des photos, des notes, quelques vêtements et certains objets y sont conservés.

– Je n'ai jamais pu la rouvrir.

– Il est maintenant temps de le faire. Tu es forte et tu renais enfin de tes cendres. Ils sont si fiers de toi, crois-moi. Rends-leur hommage. Fais-le pour eux. Et pour toi.

Elle me serre dans ses bras. Ma langue glisse sur ma lèvre inférieure et je goûte l'eau salée de mes larmes. Je pleure sans bruit.

Alors, je soulève la boîte et m'assois en indien sur le sol pour la déposer entre mes jambes. J'inspire profondément et j'ôte le couvercle. L'odeur qui s'envole me rappelle la nuit du drame, mais aussi celle d'Alec, car j'y avais déposé son flacon de parfum. Seul le bouchon était cassé. Je ferme les yeux tandis que je hume profondément, laissant mes souvenirs revivre. Keyla se rapproche de moi :

– Tu peux le faire. Il est temps que tu revives, Becca. Et tu sais quoi ? Chaque soir, je remercie l'univers de t'avoir amené Dexter en renfort. Brian et moi ne suffisions pas.

Je serre sa main et lui répond d'un petit sourire, mais celui-ci s'efface aussitôt dès que mes yeux se posent de nouveau sur le contenu de la boîte. C'est si dur ! La première photo est celle de ma famille. Malcom trône au centre tel un petit prince heureux, avec ses bouclettes dorées, et ses yeux bleus rieurs. D'un côté se tient Alec, beau comme toujours avec ses cheveux châtains mi-longs et ses yeux clairs rieurs. Moi, je suis de l'autre côté, rayonnante. Je ressens un pincement, mais contre toute attente, la douleur reste supportable. Je peux les regarder sans me briser en deux.

Oui, je m'ennuie d'eux. Mais je devrais réussir à me reconstruire une vie en les portant dans mon cœur.

Mon corps se dégourdit peu à peu, et je prends en alternance colle et ciseau. Je m'attelle à la tâche, liant mon passé à mon présent pour que mon futur devienne une riche combinaison des deux. Les larmes qui dansent sur mes joues sont libératrices.

Keyla m'observe en silence, me tendant au besoin du papier collant ou un morceau de carton. Elle est spectatrice de mon activité de création. Ce n'est qu'après plusieurs minutes, devenues des heures, que je m'attarde au résultat final. Le salon est en désordre, des papiers sont éparpillés à la grandeur de la pièce, mais qu'importe.

– Wow, Becca ! C'est magnifique ! Tu as fait du bon boulot.

– Tu trouves ?

– Vas-tu le montrer à Dex ?

– C'est surtout pour lui que je l'ai fait. En entrant dans ma vie, il devra composer avec eux.

– Je crois qu'il en sera ravi.

C'est en discutant de tout et de rien, et le cœur plus léger, que l'on termine la soirée en s'endormant sur le divan.

La sonnerie du téléphone de Keyla retentit : on émerge brusquement d'un sommeil profond.

– Réponds, Key, râlé-je, d'une voix endormie.

– Je cherche ce fichu téléphone.

– Dans ta poche de robe de chambre.

Elle atteint enfin l'objet et répond, les yeux encore fermés.

– Oui ? Qu'est-ce qui se passe ?

Je n'entends pas ce qui se dit à l'autre bout de la ligne, mais Keyla se redresse, le corps raide et les yeux désormais grands ouverts.

– Maintenant ?... Ses signes vitaux ?... Mince ! J'arrive tout de suite.

Keyla raccroche, en alerte. Elle se lève et fonce dans la salle de bain. À peine trente secondes plus tard, elle en sort vêtue d'un jeans et d'un chandail à l'envers.

– Je dois me rendre à l'hôpital. Un de mes patients ne répond plus aux signes vitaux. Il faut que j'aille le voir.

Elle empoigne son sac et fouille frénétiquement pour en extirper ses clés.

– Pas de problème, tiens-moi au courant.

– Je m'excuse de te laisser seule. Appelle Dexter, OK ?

Elle franchit la porte. Deux minutes plus tard, ses phares se sont déjà dissipés dans la nuit.

Je verrouille derrière elle et monte me coucher dans mon lit.

Mes bagages sont prêts. Dex devrait arriver d'ici une trentaine de minutes, alors j'en profite pour nettoyer le salon. Je range soigneusement mon collage dans le premier tiroir près du frigo, puis retourne sur mes pas, un balai et le bac à recyclage en main. En saisissant le premier morceau de carton qui traîne, j'entends une voiture se garer. Déjà ! Je dresse en deux temps, trois mouvements un petit mont de tout ce qui traîne au milieu de la pièce, avant de courir ranger mon balai. Des pas résonnent sur la galerie. Il est là !

En courant vers l'entrée, je remarque un VUS bleu métallique stationné dans la cour. Ce n'est pas la voiture de Dexter. Ni celle de Brian. À moins que Dexter n'ait loué un véhicule ? Oui, c'est sûrement ça, il a dû me faire la surprise pour qu'on puisse emporter nos vélos.

Les coups contre la porte sont secs. J'hésite. Dexter n'a pas l'habitude de frapper ainsi. Mes jambes s'amollissent et je maudis soudainement Keyla de ne pas être avec moi. Si ce n'est pas

Dexter, qui peut bien être ici à 8 heures, un samedi matin ? Craintive, je pousse le loquet et j'entrouvre la porte.

– Bonjour, Becca. Dexter a un pépin avec sa voiture ; il m'envoie te chercher.

LUI

Mes bagages sont dans le coffre et je me suis même arrêté au service au volant d'un Starbucks afin d'acheter des grignotines et deux cafés pour la route. Je suis fébrile comme un adolescent qui se prépare pour sa première *date.* Je ne me reconnais plus, mais j'aime bien le nouveau Dexter.

Brian vient de m'avertir que les caméras seront livrées durant la journée et qu'il passera les installer dimanche matin. Une partie de moi espère que l'on s'alarme pour rien. Mais une autre s'imagine toujours le pire scénario. Merde, qui peut bien faire une chose pareille ?

En arrivant devant chez elle, mes ruminations laissent la place à la joie en imaginant ce qui nous attend. Comme prévu, la météo nous est favorable. Nous avons de la chance.

Je me gare et sonne par principe, mais dès que j'entends le carillon, je tourne la poignée. Je sais que Béa m'attend.

Je me bute toutefois à la porte verrouillée.

C'est normal, on lui a répété sans cesse de fermer à clé.

J'attends un peu, en vain. Je sonne de nouveau, cette fois avec plus d'insistance. Peut-être dort-elle encore ou est-elle dans la salle de bain ?

Keyla devait rester avec elle, hier soir. Pourtant, sa voiture n'est pas dans le stationnement.

Je commence à m'impatienter. Béatrice devrait déjà être à la porte. Cette fois-ci, je frappe. Mais rien ne se passe.

Je n'aime pas ça du tout.

Je cours chercher mon téléphone resté dans le porte-gobelet de la Tesla. J'appelle Béatrice.

« Bonjour, vous avez bien rejoint la boîte vocale de Béatrice Dussault, laissez votre... »

Je raccroche et j'essaie de nouveau. Même résultat.

Bon sang ! Je cherche Keyla dans mes contacts.

« Hey ! Tu veux me parler ? Eh bien, j'suis pas là. Laisse ton num... »

Je coupe la communication. Je donne un coup de pied sur un pneu. Sous le coup de la douleur qui irradie dans mon genou, je lâche un juron et je téléphone à Brian.

– Salut, Dex, ça va ? Vous êtes en route ?

– Je cherche Béa ! Elle n'est pas avec toi ?

– Non ! Je viens juste d'arriver chez moi. C'est Keyla qui devait passer la nuit chez elle.

– Je sais ! J'y suis, mais elle ne répond pas à la porte. C'est fermé et je ne vois pas la voiture de Keyla.

– Appelle…

Je l'interromps.

– … j'ai déjà appelé Keyla, son répondeur se déclenche tout de suite. Celui de Béa aussi.

– J'ai un double de clé, j'arrive. Je suis là dans dix minutes max.

– Merci, je t'attends.

Ma cage thoracique m'oppresse. *Focus*, Johnson. Ne t'imagine pas encore le pire. Tu te fais sûrement du souci pour rien.

J'arpente la galerie de long en large, en retournant frapper toutes les deux minutes. Je cherche des indices ou un voisin qui aurait pu remarquer quelque chose d'anormal, mais la cour est encerclée d'une haie qui dépasse le toit des maisons voisines. J'essaie encore de joindre les filles, sans résultat. Une éternité plus tard, Brian apparaît enfin.

– Dépêche-toi !

Brian s'empresse d'ouvrir la porte. Nous entrons précipitamment et la première chose que l'on remarque, ce sont les papiers par terre dans le salon. D'abord, je pense à un cambriolage. Je crains de découvrir Béatrice ligotée quelque part. Je grimpe l'escalier à grandes enjambées. La chambre est en ordre, le lit bien fait.

– Vois-tu un bagage à l’étage ? me crie Brian depuis le rez-de-chaussée.

Je vérifie partout : la salle de bain, la chambre d’amis, les placards. Tout y passe. Rien n’est anormal. Tout porte à croire qu’elle est partie de son plein gré. La brosse à dents n’est plus dans son verre, son pot de crème, son peigne et sa trousse à maquillage ont disparu. Je redescends.

– J’ai rien trouvé de spécial en bas, Dex. Pas de sac, pas de mot. Mais je vois pas sa veste en jeans dans l’entrée et il manque des chaussures. Pas de trace de son téléphone ni de son sac à main non plus. Et dans la cuisine, la vaisselle est faite. C’est comme si elle était déjà partie avec toi.

– Et ce bordel, tu l’expliques comment ?

– C’est juste un tas de papiers et de cartons mêlés à des ciseaux et de la colle. Les filles semblent avoir fait du bricolage cette nuit.

Brian continue de réfléchir à voix haute.

– Mais c’est pas normal que Becca parte comme ça. T’es certain qu’elle devait t’attendre ici ?

– Brian, sa voiture est dans la cour.

– Hum. Mais celle de Key n’est pas là. Les filles sont peut-être allées chercher à déjeuner ?

– Tu crois ça ? Non, ça ne colle pas, elles seraient déjà de retour. Béa savait que je serais là à 8 h 30.

De plus en plus angoissé, je recompose le numéro de Keyla. S’il est arrivé un malheur à Béa, je ne me le pardonnerais pas.

– Son répondeur, encore.

– J'appelle à l'hôpital, on ne sait jamais. Keyla reste toujours de garde : ses patients sont comme ses enfants.

Brian exécute des allers-retours dans la cuisine. L'atmosphère est lourde. Il parle quelques minutes avec une infirmière qui le transfère à une autre, qui lui passe finalement…

– Tommy, c'est Brian, le frère de Béatrice, est-ce que t'as vu Keyla ?

Je n'entends pas ce qu'il répond.

– Et Becca, tu l'as croisée ?... T'es certain ?... Oui, si Keyla pouvait me rappeler dès que possible… Merci.

Il raccroche et se passe une main sur le visage.

– Keyla est à l'hôpital, un de ses patients est décédé cette nuit. Elle est arrivée vers 3 h 30 ce matin. Seule.

– *Fuck !* ne puis-je m'empêcher de jurer en cognant mon poing sur le comptoir. On s'était promis de ne pas la laisser sans surveillance !

– Je ne peux pas croire qu'elle était en danger à ce point-là !

– Mais là, elle a disparu. On fait quoi, maintenant ?

– Aucune idée. Je ne vois pas vers qui me tourner.

– Je peux essayer de joindre son ancien patron, monsieur Dubé. Il sait peut-être quelque chose.

– Ne l'inquiète pas pour rien. Il est aussi trop tôt pour appeler la police. Elle est peut-être allée se chercher un café au resto du coin... D'abord, on va ratisser les rues du quartier. On demande un coup de main à ta sœur ?

– Bonne idée, appelle-la et je vais contacter Simon. Il est en congé ce matin. À quatre, on aura plus de chance d'être efficaces.

On s'éloigne l'un de l'autre pour passer nos coups de fil.

« Simon Giguère, absent pour le moment... »

Voyons ! Encore un autre dont le téléphone est éteint ! Je compose le numéro de sa maison.

– Oui ?

– Ingrid, c'est Dex. Tu pourrais me passer Simon ?

– Il n'est pas là.

– Il est 9 heures du matin ! Il est où ?

– Il m'a juste dit qu'il partait rendre visite à un vieil ami du secondaire et de ne pas l'attendre pour dîner.

– Ah oui ? Qui ça ? Je croyais qu'il devait commencer à rénover le sous-sol pour la vente de votre maison !

J'entends Ingrid renifler au bout du fil.

– Simon ? Tu l'as déjà vu tenir un marteau ? Dex, il est vraiment difficile à suivre depuis quelque temps.

– Pourquoi ?

– Il part sans m'avertir, il revient et s'enferme dans son bureau pendant des heures. Il ne répond à aucune de mes questions. Il te parle, à toi ? Crois-tu que le projet de la maison le stresse ?

– Pas que je sache… Vous vous disputez encore souvent ?

– Nous disputer ? Pour ça, il faudrait qu'il me parle. Il ne s'approche même plus des filles. Elles en pleurent…

Ce que raconte Ingrid ne colle pas avec les confidences de Simon. Clairement, quelqu'un ment. Mais c'est une autre histoire.

Je demande à Ingrid de m'avertir dès qu'elle a des nouvelles de son mari et je raccroche en lui promettant la même chose. Brian revient.

– Eve s'en vient.

– On oublie Simon. Il n'est pas chez lui.

– Tu lui fais vraiment confiance, à lui ? Je l'ai trouvé étrange, l'autre soir.

– Il avait trop bu. C'est vrai aussi que son humour est particulier…

– Bon, respirons un peu ! On s'assoit dehors en attendant Eve ?

J'ai le cerveau en ébullition. Voyant que je ne bouge pas, Brian pose une main sur mon épaule.

– Eve sera là dans une quinzaine de minutes. Viens prendre l'air. On va jaser.

Une fois sur la galerie, assis sur la première marche, Brian tente de détendre l'atmosphère tout en tripotant ses doigts. Au fond, il est aussi nerveux que moi.

– Simon, tu le connais depuis longtemps ?

– Depuis le collège. C'est un bon gars, mais il est fragile.

– Fragile ? Pourquoi ça ?

– Il a déjà traversé des dépressions et c'est compliqué avec sa femme, ces temps-ci. Je ne comprends pas trop pourquoi.

– Est-il sous médication ?

– Je n'en sais rien, mais il l'a été plus jeune. On dirait pas comme ça, mais il ne l'a pas eu facile… Imagine, il se faisait appeler « gros nez ». Il se l'est fait opérer depuis, il a maigri aussi, mais…

– Gros Pif ? me coupe Brian.

– Oui, c'est ça. Tu le connais ?

– T'es pas sérieux. Attends.

Brian se précipite à l'intérieur. Je cours derrière lui jusque dans la chambre d'ami où il ouvre la garde-robe. Il déplace des boîtes.

– Maudit ! grogne-t-il. Il est où ?

Il extirpe finalement un bac de rangement en plastique rempli de livres. Il s'agenouille et en sort les ouvrages qu'il contient. Très vite, il brandit un cahier bleu foncé.

– Le voilà !

Il feuillette ce qui semble être un album de finissants.

– J'ai décroché mon diplôme deux ans avant ma sœur, mais la réputation de Gros Pif était déjà bien ancrée avant mon départ. Il est de la même année que Becca. C'est quoi son nom de famille ? Je ne me souviens pas qu'on l'ait appelé autrement que par son surnom…

– Simon Giguère.

Brian tourne les pages et s'arrête sur l'une d'entre elles. Ses yeux balaient le texte, puis s'immobilisent sur une photo.

Il relève la tête, les yeux ronds.

– Quoi ?

Il se met à lire à voix haute.

– « Simon est un garçon réservé, mais attachant. Drôle et sympathique. Ce dont il rêve : sortir avec la plus belle fille de l'école. Ce qu'il veut faire plus tard : vivre avec elle. »

Certains liens s'effectuent sur-le-champ dans ma tête, ce qui m'effraie déjà. Une seule question me vient.

– Et qui était la plus belle fille de son école ?

– Becca.

ELLE

Je me réveille en sursaut. Il fait chaud et ça sent la lavande. Je bats des paupières pour mieux voir dans la pénombre. Mes membres sont ankylosés. Que s'est-il passé ?

J'essaie de reconnaître le lieu, mais je suis désorientée. Autour de moi, je discerne des ballons, des cerceaux, des cônes. Je distingue même des buts de soccer, plus loin. On dirait un espace de rangement annexé à un gymnase d'école. Mon Dieu, où suis-je ?

Ma tête est lourde, mais j'active mes doigts autour de moi, pour savoir sur quoi je suis couchée. C'est humide et doux à la fois. Je me redresse tant bien que mal. Je ne me sens pas bien. Lorsque ma vue s'est enfin un peu adaptée, j'ai le vertige. Je recroqueville mes jambes et je repousse énergiquement ce qui recouvre le matelas.

– Calme-toi, Becca, lâche une voix familière.

Il ouvre la porte de la pièce dans un effrayant bruit métallique.

– Je veux simplement qu'on discute.

Qu'on discute ? Je l'observe venir à pas lents jusqu'à mon lit de fortune, une pile de plusieurs matelas d'exercices. Comment ai-je abouti ici ? Pourquoi je ne me souviens de rien ? Son regard me paralyse.

– Tu aimes l'accueil que je t'ai préparé ?

J'examine le décor. Je remarque alors les bouquets de lavande suspendus aux échafaudages, les chandelles allumées sur les étagères et bien sûr, les matelas sur lesquels je repose qui sont couverts de pétales de roses blanches. Tout mon corps frissonne.

– Je vais prendre ton silence pour un oui.

Il s'assoit à mes côtés et attrape un pétale. Sa chemise est fripée, la peau de son visage est luisante et ses cheveux châtains paraissent enduits de pommade.

– Je devrais remercier monsieur Dubé pour l'idée qu'il a eue. Tu n'as pas remarqué que c'est moi qui suis arrivé en retard au rendez-vous avec Valérie, ce jour-là ? Tu étais vraiment contente de recevoir cette rose, pas vrai ? Eh bien, ça m'a inspiré.

– Inspiré ? Inspiré quoi ?

– Je cherchais le moyen de te montrer mon amour.

– De quoi tu parles, Simon ? On ne se connaît même pas !

Son rire résonne en écho et me donne froid dans le dos.

– Ce que tu es nouille. Tu ne me replaces toujours pas. Pas vrai ?

Qu'est-ce qu'il dit, là ? Je cherche un indice sur son visage, mais ma réflexion se bute à une seule crainte : celle de ne jamais ressortir d'ici.

– Cet endroit, tu ne t'en souviens pas non plus ? Et ça, ça ne te dit rien ?

Il me tend un papier plié, froissé, jauni et aux bouts arrondis.

– Ouvre-le ! gueule-t-il.

Je sursaute. J'obéis.

– Lis-le, ordonne-t-il sur un ton tranchant. Fort !

Je m'exécute, les doigts tremblants.

– « À toi, que je regarde de loin, qui me regarde aussi, voudrais-tu m'accompagner au bal des finissants ? On ne s'est jamais parlé, mais j'ai senti une connexion entre nous deux à la bibliothèque la semaine dernière. Le jour du bal, je t'attendrai devant le grand chêne dans le parc devant chez toi, à 16 h 30, vêtue de ma robe couleur soleil.

XXX

Becca »

Je peine à lire les dernières phrases. La vérité s'insinue dans mon esprit. Est-il réellement…

Les mots se bousculent dans ma bouche pour expliquer cet horrible malentendu.

– Simon, ça fait tellement longtemps ! Je n'y suis pour rien ! J'ai même jamais lu ce message ! On m'a mise au courant de cette histoire après le bal.

C'était l'idée de Charles, qui se trouvait bien drôle. Un parfait abruti. Simon, je t'aurais pas fait ça.

– Menteuse !

Il se jette sur moi et j'ai le réflexe idiot de fermer les yeux. Il reprend brusquement le papier, le chiffonne et le balance par terre.

– Tu faisais ta belle et tu riais de moi dans mon dos.

– Mais…

– Tout le monde t'aimait, t'admirait ! Et moi, j'étais quoi ? Gros Pif ! Tu m'as fait poireauter pendant deux heures sous la pluie en plein milieu de ce fichu parc ! *Shit !*

Il se lève et fait les cent pas.

– Je suis arrivé à l'école trempé comme un canard. Tout le monde s'est bien foutu de ma gueule à cause de toi ! Vous étiez tous attroupés à me dévisager. À rire comme si je n'entendais rien !

Simon flanque un coup de pied dans un carton rempli de quilles en bois qui valsent sur le plancher de linoléum. Le vacarme me pétrifie.

– Tu me rends fou !

Il se met à frapper tout ce qui l'entoure. Les ballons rebondissent et les chandelles tombent au sol. J'arrête de respirer le temps de repérer une éventuelle matière inflammable à proximité. Il ne faut surtout pas que cette pièce s'embrase. Je fixe avec anxiété les petites flammes qui se sont échappées de leur socle. Simon s'en aperçoit et prend un tapis pour les étouffer.

Je voudrais profiter de sa distraction pour fuir, mais la seule porte de sortie est derrière lui. Une fois le feu éteint, il revient s'asseoir près de moi. Trop près. Sa main caresse mon genou. La bile me monte à la gorge. J'ai la nausée.

– Excuse-moi, Becca. Je vais me ressaisir. Tu m'obsèdes depuis trop longtemps. La nuit, le jour. Je deviens nerveux.

Il replace le col de sa chemise et glisse ses yeux sur moi.

– J'ai essayé de t'oublier. Si tu savais. Pendant tout le secondaire, tu ne m'as jamais approché parce que tu faisais partie de l'élite, hein ? *Miss* parfaite. La seule fois qu'on s'est parlé, c'est quand tu m'es venu en aide pour ramasser mes cahiers que ton copain débile avait jetés par terre.

J'essaie de me souvenir de ce qu'il raconte, mais c'est si loin.

– Tu t'excusais pour lui ! Moi, je voulais juste passer mes doigts dans tes cheveux. Je t'observais tout le temps. Je te suivais ! Tu étais tellement belle quand tu riais. J'aurais tout donné pour voir disparaître Charles, et tous ceux qui réussissaient à te séduire.

Il parle comme s'il s'adressait à lui-même. J'hésite entre essayer de m'enfuir ou le laisser finir son monologue angoissant. Ça remonte à trop longtemps, tout ça. C'est presque surréaliste.

Je commence à avoir froid. L'endroit est bien trop climatisé. Ma veste en jeans ne suffit pas à me réchauffer. Le local n'a pas de fenêtre, et la porte doit mener à un gymnase. Celui d'une école ?

– Becca, tu m'écoutes ?

J'acquiesce en silence, incapable de coordonner mes paroles à ma voix.

– J'ai bien essayé de te pardonner cette humiliation. De passer à autre chose. Je suis allé au collège, j'ai rencontré Ingrid. Elle te ressemblait un peu. Des yeux bleus, des cheveux roux. Bon, elle n'avait pas le même éclat, mais je me suis dit qu'une réplique fade de toi, c'était mieux que rien du tout.

À cette phrase, mon estomac se tord. Ma langue se délie.

– Comment peux-tu parler ainsi de ta femme ?

– C'est toi que je voulais, OK ? Juste toi.

Il plaque maintenant ses mains sur mon visage. Son souffle se mêle au mien.

– Et comme si c'était pas assez, tu tombes amoureuse de mon seul vrai ami. Il fait le con en moto et POUF ! tu te mets à l'aimer comme l'adolescente naïve qui s'est éprise de Charles-le-beau-*skater* ! Fallait vraiment que tu le choisisses, lui ? Tu l'as fait exprès ?

Sa voix monte encore.

– Pas de danger que tu me renverses, moi, hein ? Et que tu veilles sur moi à l'hôpital ensuite.

Ses doigts s'emparent de mes cheveux. Il renifle leur pointe à pleins poumons.

Simon sent ma frayeur. Ça le fait rire.

– Chut, beauté. Je ne te ferai pas mal. Au contraire.

Ses lèvres frôlent les miennes. Son haleine me prend à la gorge.

– Pendant que je t'ai pour moi seul, je compte bien en profiter. J'ai mérité une petite récompense pour ma patience, tu ne penses pas ? J'attends ce moment depuis si longtemps.

– Arrête, Simon.

J'essaie de détourner la tête, mais il me tient fermement.

Il me fait mal et des visions d'horreur défilent dans ma tête.

LUI

– Tu es certaine de ne pas savoir où il se trouve ?

Ingrid n'y comprend rien. Tout comme moi, d'ailleurs. Nous sommes tous assis autour de la table, Ingrid près d'Eve, et Brian à mes côtés.

– C'est important, l'implore Brian. On est sûrs de rien, on veut juste confirmer que Becca n'est pas avec lui.

– Je ne sais vraiment pas où il peut être. Il m'a seulement parlé de cet ami… sans le nommer.

Elle dépose son téléphone sur la table.

– Je n'arrive pas à le joindre ! Dites-moi quoi faire ! Je ne vois pas pourquoi il m'aurait menti… Vous pensez vraiment qu'il peut être avec elle ?

– A-t-il l'habitude de te cacher des choses ? la questionne ma sœur.

Ingrid hausse les épaules, hésitante. Elle passe une main nerveuse dans ses cheveux cuivrés. Ses yeux bleus sont rougis de larmes. Depuis quinze minutes, on tourne en rond.

– J'y pense… hier soir, je faisais du lavage et j'ai trouvé un vieux papier dans la poche de son pantalon. Avant de le jeter, j'ai voulu savoir si c'était important…

– Il disait quoi, ce papier ? s'impatiente Brian.

– C'était un long texte. Tout ce que j'ai eu le temps de lire ce sont les mots « bal des finissants »… Le dernier endroit où il a croisé cet ami, peut-être ? Je sais pas. Simon a surgi dans mon dos et m'a arraché la feuille des mains.

– Il t'a rien dit d'autre ?

– Seulement qu'il y avait noté les coordonnées de son ami.

Un silence s'installe.

– Est-ce qu'on doit avertir la police ? demande Ingrid, mouchoir au nez.

– On doit d'abord réfléchir, suggère Eve. On n'a aucune preuve de rien ! Avez-vous parlé à Keyla ?

– Oui, confirme Brian, mais elle ne sait rien de plus que nous. Elle est partie de chez Becca dans la nuit, et tout allait bien. Elle s'en vient.

– Et si Simon était parti avec elle, il ferait quoi, selon vous ?

Je réfléchis à voix haute.

– Il irait où ? Dans une chambre d'hôtel ? Un Airbnb ?

– Son *shack* ?...

– Quel *shack*, Ingrid ? Simon ne m'a jamais parlé d'un chalet.

– Il appartient à ses parents, mais ils n'y vont plus. C'est un tout petit chalet près d'un lac, avec le strict minimum. Le père de Simon y allait pour chasser ou pour pêcher.

– OK et c'est où ? s'impatiente Brian.

– À une heure d'ici. Je monte chercher mon carnet d'adresses, je ne la connais pas par cœur. Simon y va parfois pour « décanter », qu'il dit. Moi, jamais, nous apprend-elle en se levant.

– On ne peut pas appeler, d'abord ? propose Eve en haussant la voix.

– Non… Y a pas le téléphone.

J'ai soudainement très chaud. Si l'on doit faire une heure de route et qu'ils ne sont pas là…

– Bri, on peut pas…

– J'irai, m'interrompt-il.

– Je viens avec toi, s'impose Eve. Toi, Dex, continue à chercher aux alentours avec Keyla.

Ingrid revient avec le carnet et un flacon en plastique.

– Ça va pas… La bouteille est encore pleine et elle devrait être aux trois quarts vide à cette date. Simon ne prend plus ses médicaments.

Eve et Brian me fixent, indécis.

– Simon prend des antidépresseurs. Il est sous traitement depuis des années, explique clairement Ingrid.

– Ce qui veut dire… commence Eve.

– Qu'il est psychologiquement instable, finit Brian. Sans sa médication, il peut avoir des sautes d'humeur, devenir incontrôlable. Plusieurs de mes patients changent drastiquement s'ils cessent leur médication.

– C'est exact… approuve Ingrid. Ça lui est arrivé quelques fois déjà. Je ne le reconnaissais plus.

– Bon, Eve on y va, tranche Brian. On n'a pas une minute à perdre. Dex, rappelle Keyla pour vérifier qu'elle est en route. Parle à tes collègues aussi, ratissez la ville ; il faut retrouver Simon. Ingrid, tu restes ici et tu nous préviens dès qu'il y a du nouveau.

Il quitte la maison d'un pas alerte suivi de ma sœur. À mon tour, je tourne les talons quand Ingrid m'arrête.

– Je suis désolée, Dex. Je t'assure que je n'ai rien vu venir.

ELLE

Simon ne cesse de m'observer. Son regard me tétanise à un point que j'en oublie de respirer normalement. Plus d'une fois, je m'étouffe avec ma salive. Il ne réagit pas.

Je continue de me demander comment il a pu me traîner jusqu'ici. J'ai mal à la tête. Depuis combien de temps suis-je là ?

– Où sommes-nous ?

Ma question le sort de sa léthargie.

– Qu'est-ce que ça change ? L'important, c'est qu'on soit enfin ensemble.

Il sourit méchamment.

Je fouille dans ma mémoire à la recherche de mon dernier souvenir. Soudain, j'ai un flash : Simon, à l'entrée de chez moi. J'ai mon bagage en main ; on doit aller rejoindre Dexter.

« Hey, Becca, tu as quelque chose sur le nez. Tiens, un mouchoir. »

– Tu m'as droguée ?

Simon s'esclaffe.

– Efficace, hein ? Un petit souffle du diable et te voilà toute à moi. J'ai dû me retenir à deux mains pour ne pas en profiter, mais je préfère recommencer notre histoire depuis le début.

Mon pouls s'accélère.

Il passe le revers de sa main sur ma joue, avant de reculer de quelques pas pour mieux me contempler.

– On va jouer à un jeu, princesse. Je te pose des questions et chaque mauvaise réponse me donne le droit de goûter une partie de toi.

J'avale de travers.

– De ton corps.

– T'es malade !

– Bon, on commence, décide-t-il en tapant dans ses mains, visiblement excité. Après notre diplôme, je t'ai retrouvée. Je t'ai vue t'habiller le matin par la fenêtre de ta chambre. Travailler au centre de personnes âgées. Aller à tes cours. Au restaurant… Mais à quel endroit avons-nous enfin échangé quelques mots ?

Il patiente quelques secondes. Pas question que je lui donne le plaisir de participer à son petit jeu sadique.

– Tu ne sais pas ? Bon. Tu portais ton uniforme d'infirmière et tu accompagnais le médecin qui me mettait un plâtre. Mais tu ne t'intéressais qu'à la façon dont je m'étais fracturé le poignet. Tu ne m'as pas reconnu.

Ses yeux se rétrécissent en deux fentes noires.

– Ou peut-être as-tu fait exprès de m'ignorer !

Il frappe du poing sur une boîte de carton pleine de bâtons de hockey, qui s'écrasent par terre dans un claquement épouvantable.

Dit-il la vérité ? Je ne me souviens de rien. Des malades, des blessés, j'en soignais plus d'une cinquantaine par jour. Comment me souvenir d'une fracture en particulier ?

– Tu as tellement changé, réussis-je à prononcer d'une petite voix. Et tu as dû perdre quoi ?... Cent cinquante livres ? Même ton visage n'est plus le même…

Il montre un air agacé, puis il sourit de toutes ses dents.

– Mauvaise réponse.

D'un pas lent, il s'avance et me lèche le cou. Sa langue humide me dégoûte, mais je reste immobile. J'attends que ça passe. Et si je criais ? Peut-être quelqu'un d'autre occupe cette bâtisse ?

Il se redresse enfin.

– Pas mal. Une autre partie, princesse ? Je te retourne la question : où sommes-nous ?

Je secoue la tête.

– Hmm, encore perdu !

Cette fois, sa bouche se plante sous mon oreille et ses mains descendent vers mes cuisses. Je suffoque.

– Tu aimes ça ?

Il chuchote ces mots en continuant de parcourir mon corps de ses doigts fouineurs.

– Tout devait être parfait pour toi. Pour nous. C'est pour ça que je me suis occupé des plans d'intervention et d'évacuation de plusieurs écoles en ville… dont celle-ci.

Il me mordille le lobe avant de sortir un objet de sa poche. Une carte en plastique.

– Et voici la clé magnétique grâce à laquelle je peux m'assurer que les équipements soient aux normes… et être seul avec toi ici même, un samedi matin.

Il ricane en effleurant mes lèvres pendant que sa main se fait plus insistante entre mes cuisses.

– Ce que tu es sexy ! Prochaine question ! Pourquoi est-ce que ta voiture refusait de démarrer il y a quelques semaines ?

Mes yeux s'écarquillent. Il était responsable de cette panne ! Est-il venu chez moi en pleine nuit pour trafiquer ma voiture ? Simon pouffe de rire devant mon air abasourdi.

– Tu ne remarques vraiment rien ! Si tu savais tout ce que j'ai pu faire pour te garder près de moi. As-tu une réponse ?

– Elle a manqué de batterie.

– Exact. Mon plan était pourtant sans faille. Si t'avais pas pleurniché si vite auprès de ton grand frère, aussi.

Je plisse les yeux. Je ne suis pas certaine de comprendre.

– Ça m'a exaspéré ! Je devais être celui qui s'arrête pour t'offrir mon aide, tu vois ? Je suis passé pile à l'heure, mais Brian était déjà là. Il te couve comme une mère, celui-là, c'est hallucinant ! Comme Alec le faisait, d'ailleurs. Toujours aux petits soins pour sa « belle luciole ».

La peur me submerge. Simon me surveille-t-il vraiment depuis l'époque du collège ?

– Tant de questions qui défilent dans ton regard de braise. Tu me crois maintenant lorsque je te dis que je te connais par cœur ?

Il relève la tête, s'appuie sur les coudes en jouant dans mes cheveux. Il semble perdu dans ses pensées.

– J'aime tellement être chez toi ! Ta manière de ranger tes souvenirs, de classer tes soutiens-gorges, tes délicieuses petites culottes…

Je déglutis péniblement.

– Je voyais que tu conservais mes roses et ça me donnait de l'espoir.

Quand est-il venu ? Combien de fois ? Je me souviens du limonadier déplacé. Je suis tétanisée à l'idée de tout ce qu'il a pu faire et qu'il ne me dit pas. Il poursuit comme s'il avait accès à mes pensées.

– Je passais faire mon tour quand tu étais sous la douche, assoupie au salon ou agenouillée dans ton jardin. Vivre dans ton intimité, faire partie de ta vie, même si c'était dans l'ombre, me rendait tellement heureux. Mais princesse, ton ouvre-bouteille, range-le au-dessus du frigo. C'est beaucoup plus sécuritaire.

Il est complètement dérangé.

– Bon, assez joué.

Quand il plaque ses mains sur mes seins, j'explose de rage. Je le pousse aussi fort que mes bras et mes jambes me le permettent, ce qui le fait tomber à la renverse. Il atterrit parmi les ballons de volleyball qui bondissent autour de lui. Je prends mes jambes à mon cou et je file vers la porte. Elle s'ouvre effectivement sur un gymnase que je reconnais aussitôt. Simon se relève derrière moi, en bousculant les planches à roulettes qui dégringolent de leur étagère.

– Tu n'iras pas bien loin, Becca. Tu fais mieux de revenir t'asseoir ici. Je ne serai pas gentil éternellement.

Je traverse le gymnase de mon ancienne école au pas de course, me précipite vers la sortie de secours. J'ai beau appuyer sur la barre de sécurité, rien ne se produit. Elle est coincée.

– Je l'ai verrouillée, princesse.

Les pas lents de Simon claquent sur le plancher verni derrière moi. Mon corps est cloué au sol par la terreur qui me consume. Simon glisse une main dans ma chevelure pour dénuder mon cou et le couvrir de baisers. De son autre main, il caresse encore mes seins. Vais-je me faire violer ? Tuer ?

– Reviens avec moi dans le cagibi. Sinon, je devrai refaire appel au diable.

Il fait évidemment référence à la drogue que j'ai respirée plus tôt. Je dois à tout prix rester lucide. J'angoisse à l'idée de retourner sur les matelas couverts de pétales, mais je n'ai guère le choix de le suivre.

En marchant vers ma prison, je constate que les portes menant à l'intérieur de l'école sont aussi barricadées.

Je suis foutue.

– Tu vas t'allonger sagement ici et je vais continuer de te raconter mon histoire. Après, on va revivre notre soirée de bal. Celle qu'on m'a volée.

Comment pourrais-je m'évader alors que je suis dans un gymnase vide sans fenêtres ?

– Je t'ai dit que je t'ai attendu au parc comme un cave sous la pluie battante ? Je me doutais bien que le mot ne venait pas de toi. Mais je vivais d'espoir. Quand j'ai finalement mis les pieds dans ce gymnase avec mon costume sale et mes souliers tachés de boue, le repas avait déjà été servi. Ton connard de copain m'a pris à part dans les toilettes avec sa gang pour me coller la tête dans le lavabo. Il a fait couler de l'eau brûlante dans mon oreille, soi-disant pour me « laver le cerveau ». Sa façon à lui d'exiger que je t'oublie et que j'arrête de tourner autour de toi, j'imagine.

– Simon, je te jure que j'en savais rien… On s'est laissés pas longtemps après, et…

– J'ai toujours été persuadé que t'aurais été heureuse avec moi, poursuit-il comme s'il ne m'entendait pas. Je ne t'ai jamais perdue de vue. Je n'étais pas pressé non plus.

Il réfléchit.

– Je devais devenir ton héros pour que tu te jettes dans mes bras. Je ne voyais qu'une solution.

Il m'étudie, le regard pétillant et macabre.

– Te sauver d'un vrai incendie. C'est ça que je voulais.

Je ne peux pas avoir bien entendu. Non. Il n'aurait quand même pas ...

Des larmes s'invitent au coin de mes yeux.

Il n'est pas pressé de continuer. Il s'exalte lui-même avec son récit tissé d'allusions et de sous-entendus. Il s'assoit sur le sol près de moi, caresse mes jambes, retire ma veste, puis remonte mon chandail pour mettre mon ventre à nu. Il attrape un pétale entre ses doigts pour le promener sur mon corps.

– Je suis retourné à l'hôpital et je t'ai suivie. J'avais bien vu ta famille. Ton petit bonheur ridicule. Je t'aurais offert tellement mieux ! Mais on perdait notre temps chacun de notre côté.

– Simon, qu'est-ce que tu essaies de me dire ?...

– Tais-toi ! Tu gâches toujours tout. Tu ne vois pas les signes ! Un jour où vous étiez partis en randonnée au sentier des grèves, je suis entré chez toi. Tu n'as jamais appris à barrer tes portes ! Mais ça me simplifiait la tâche ! Il suffisait de mettre des piles mortes dans les détecteurs et de laisser tomber une allumette dans le paillis à côté du panneau électrique un peu plus tard pour qu'on croie à un incendie accidentel de source électrique, et le tour était joué.

Mes yeux s'embrouillent. Je veux mourir.

LUI

Je roule depuis plus près de trois quarts d'heure en m'arrêtant partout. Si Simon est avec Béatrice, où a-t-il pu l'emmener ? Je tourne dans la rue du domicile des parents de Simon.

– Je suis là ! m'informe Keyla qui sort de sa voiture dès que je me gare. Becca n'est pas ici. Tu as essayé son ancien bureau ?

– Oui, mais il n'y a personne le samedi matin. Je suis allé aussi à la caserne, au garage de nos camions défectueux, au bar où on s'est rencontrés, j'ai vérifié les cabanons autour de chez Béa et de chez Simon. J'ai même été sur le chantier de construction de la nouvelle maison de Simon. Rien.

– J'en reviens pas. Pas de nouvelles de Brian et de ta sœur non plus ?

– Ils devraient arriver au chalet d'ici dix minutes.

– Ils n'y seront pas. Ce serait trop simple. Si Simon a enlevé Béa, il a sûrement prémédité la chose depuis longtemps.

– Keyla, je capote. Aide-moi, je ne sais plus quoi faire.

– OK, je réfléchis tout haut. Simon doit souffrir de limérence.

– C'est quoi, ça ?

– C'est le terme utilisé pour un sentiment amoureux obsessionnel. L'amour devient extrême. Compulsif. Avec un besoin fou que ça devienne réciproque.

Je tourne en rond dans la rue. Keyla me suit des yeux, songeuse. Ma nervosité croît seconde après seconde. Je suis maintenant convaincu que Simon a kidnappé Béa. À quel endroit peut-il bien se cacher ? La vibration de mon téléphone dans ma poche me sort de mes pensées.

– Salut, Brian. Alors, ils sont là ?

– Non, c'est vide et ça semble l'être depuis longtemps.

Nous échangeons rapidement quelques mots sur la marche à suivre à partir de là. À l'heure qu'il est, on se met d'accord pour alerter la police. Brian s'en charge. On doit faire vite. Je raccroche.

– Dex, réfléchissons. Elle ne peut pas être bien loin. Simon la connaît depuis le secondaire, *right* ?

– Oui.

– Il faut revenir à la base. Tu m'as dit qu'il est dépressif... Ces individus, lorsqu'ils sont en crise, retournent parfois à leur point de départ. Aux sources. Ils peuvent souhaiter revivre le moment qui a mal tourné. Pour réparer les pots cassés, disons... Ou alors, être au dernier endroit où ils ont été véritablement heureux.

J'empoigne mon téléphone pour appeler Brian.

– Ton école secondaire se trouve où ?

– Pourquoi ?

– Je me souviens que Simon m'a raconté s'être fait piéger à son bal des finissants. On lui a fait croire qu'une fille populaire voulait qu'il soit son partenaire… une affaire tordue qui a mal viré et qui l'a mis à l'envers après… Ça te dit quelque chose ?

– Maintenant que t'en parles, ça me revient ! Becca était peut-être impliquée là-dedans, oui.

– Vite ! Son nom !

– Marie-Ville des Sœurs.

– Et votre bal a eu lieu à l'école ?

– Oui… au gymnase. Tu crois que…

– Rejoins-moi là-bas.

– Keyla, suis-moi. On laissera ta voiture chez toi en passant.

ELLE

– Jamais j'ai voulu qu'ils meurent. Je voulais te sauver. Que tu me voies enfin. Que tu m'aimes ! vocifère-t-il, les veines du cou prêtes à exploser. Mais le feu a pris trop vite et quand on est arrivés, d'autres pompiers étaient déjà sur les lieux. J'ai paniqué.

Ses yeux sont exorbités.

Comment est-ce possible ? L'horreur m'enlève toute inhibition.

Qu'ai-je à perdre ? J'ai déjà tout perdu.

– Tu t'entends, Simon ? Comment as-tu pu penser que tu ne mettrais pas nos vies en danger ? Tu as incendié notre maison après avoir saboté nos détecteurs de fumée ! T'es complètement dingue.

– Je voulais vous sauver, je te dis ! Pas vous tuer. Pour que tu m'aimes.

Il devient écarlate.

Je ne veux plus le laisser faire. Tant que je serai en vie, je combattrai.

Enragée, je me débats alors qu'il tente d'immobiliser mes bras et m'embrasser de nouveau. Pour me maîtriser, il s'assoit sur mon ventre. Je balance de grands coups de pied dans le vide, espérant encore me libérer.

– Cesse de gigoter, ma princesse, sinon je vais être obligé de te ligoter.

– Lâche-moi !

Rien de ce que je dis ne semble avoir d'emprise sur lui. Je hurle, je sanglote.

Il met sa main sur ma bouche. D'une force dont je ne me croyais pas capable, je le mords jusqu'à en avoir mal aux mâchoires. Il serre les dents en rageant. J'essaie de me lever, mais il m'attrape par les cheveux. Je m'effondre au sol dans un gémissement de douleur.

– Tu ne me laisses pas le choix. Je t'attache.

Il décroche d'une main deux cordes à sauter en me tenant solidement par les poignets, le genou enfoncé dans mon dos.

– Tu ne veux quand même pas t'endormir tout de suite ! Notre soirée romantique ne fait que commencer. J'aimerais que tu sois consciente lorsque nous consumerons notre amour.

Cette fois, je lâche prise, vidée de toute énergie. Simon achève son bâillonnement de fortune en me laçant les mains et les pieds.

– Tiens, comme ça, tu resteras tranquille.

Il me laisse en plan sur les matelas pour revenir avec un sac à glissière. Je ne veux pas imaginer ce qu'il peut contenir.

– Voilà !

Il en extrait fièrement une robe jaune serin. Sensiblement la même que celle que je portais lors du bal des finissants ! J'ai le cœur retourné.

– Que comptes-tu faire avec ça, Simon ?

– T'es stupide ou quoi ? Ce n'est pas gentil de me décevoir comme ça. Tu vas porter cette robe et je serai ton cavalier. Tu m'avais promis cette soirée. C'est l'heure de me rendre ce qui me revient.

– Je ne pourrai pas m'habiller avec les pieds et les mains attachés.

– C'est moi qui vais te la mettre. Bon, je n'ai pas prévu les souliers, mais ceux que tu portes feront l'affaire. De toute manière, on ne dansera pas longtemps. On reviendra se mettre à l'aise ensuite...

Les images qui défilent dans ma tête me répugnent.

– Tu ne pourras plus m'oublier, maintenant.

Il détache mes mains.

– Si tu bouges, je te promets que tu le regretteras.

Ses doigts s'introduisent sous mon chandail, effleurent mes hanches, puis mes seins. Il fait tomber mon chandail. J'ai honte de me tenir ainsi en soutien-gorge devant lui.

– Chut, tout va bien.

J'ai envie de vomir.

– Lève les bras.

Je me soumets sans réfléchir. Je veux juste que ça se termine.

Il m'enfile la robe, remonte la fermeture éclair sur mon dos. Il attache de nouveau mes poignets pour ensuite dénouer la corde de mes chevilles. Il remonte ses mains le long de mes jambes jusqu'au bouton de mon jeans. Je me mets à trembler.

– Du calme, le meilleur viendra après le bal.

Simon ôte mon pantalon d'une manière qui se veut sensuelle. Je nage en plein cauchemar. Je pleure sans arriver à m'arrêter.

Une fois vêtue et mes membres de nouveaux liés, Simon retourne au fond de la pièce pour se changer à son tour. Il revient habillé d'un veston, d'une cravate assortie, et d'un pantalon d'habit gris charbon. Son costume est fripé, tout comme la robe que je porte, qui est trop serrée et qui me pique la peau.

Il libère mes chevilles et m'entraîne au centre du gymnase. À l'aide d'une petite manette sortie de sa poche, il diffuse une chanson à tue-tête. Celle de Christina Perri. Les paroles résonnent en écho, le son est amplifié par le vide de cette grande salle. Je suis pétrifiée. Je sais qu'il a choisi cette chanson.

– "*I love you for a thousand years. I love you for a thousand more…*" murmure Simon.

Son corps est rivé au mien. Ses paumes se baladent sur mes hanches pour agripper mes fesses avec force.

– Tu es toute ma vie.

Le corps raide, je ne peux faire autre chose que suivre la danse.

Soudain, j'entends un son fracassant. Quelqu'un est derrière la sortie de secours et cherche à l'ouvrir. Les yeux de Simon s'agrandissent, mais il n'a pas le temps de faire un geste avant que Dexter ne franchisse le seuil de la porte qui s'est ouverte d'un coup.

– Dire que j'pensais te connaître, Sim !

Mon étonnement fait place à un immense soulagement. Mais Simon pose spontanément une main sur ma gorge, me faisant craindre le pire.

Keyla apparaît à son tour, visiblement tendue. Ma Keyla… Elle m'adresse un « ça va aller » muet, rempli de compassion et d'encouragements.

– Qu'est-ce que vous foutez là, vous deux ? Repartez tout de suite si vous voulez qu'il n'arrive rien, OK ? C'est une soirée privée, ici.

– Faut pas mettre la musique si fort si tu veux passer inaperçu, riposte Dexter. Béa, tout va bien ? Dis-moi qu'il ne t'a rien fait !

Je fais un signe de la tête pour le rassurer et j'essaie de me dégager, mais Simon resserre son emprise, déterminé à me garder près de lui. Je commence à avoir du mal à respirer. Je le sens hésiter entre me ramener dans le cagibi ou m'entraîner vers une autre porte de sortie.

– Lâche-la tout de suite. La police devrait déjà être ici, Simon. Tu vas tout perdre et finir en prison.

– Pourquoi ? On fait rien de mal ! On danse ! Décolle, Dexter. Arrête de vouloir tout garder pour toi. Cette fille-là m'appartenait bien avant que tu te pointes dans le décor.

Dexter bondit sur Simon et le frappe d'un coup de poing qui l'atteint à un œil, l'aveuglant du même coup. Je suis projetée au sol. Keyla pousse un cri de surprise. Simon ouvre les bras pour répliquer, alors que Dexter saute encore sur lui. Pendant qu'ils se battent, Keyla me détache et m'aide à me relever.

– Keyla, lance-moi une corde. Vite ! crie Dexter.

Dexter a pris le dessus sur Simon et le ligote du mieux qu'il peut. Simon résiste mal, comme s'il avait un malaise. Mais il dévisage hargneusement Dexter. Il ose même lui sourire. Il n'en faut pas plus pour que Keyla se dresse devant lui, frustrée à bloc. Elle lui assène un coup de poing, faisant saigner son nez.

– Ouch ! Salope !

– Ça suffit, Keyla ! intervient Dexter. La police sera bientôt là. Occupe-toi de Béa.

Sous le coup du stress et de la pression, je tombe à genoux. La chaleur des bras de Keyla autour de moi me chavire. À ce contact doux et amical, je fonds en larmes.

– Tout va bien, m'assure mon amie en caressant mes cheveux. C'est terminé. Nous sommes là. Brian et Eve vont arriver. Tu es en sécurité, maintenant.

– Monsieur Giguère, vous êtes en état d'arrestation pour voies de fait, enlèvement, séquestration et possession de drogue illégale. Vous pouvez garder le silence. Tout ce que vous direz pourra être retenu contre vous, lui déclare l'agente de police.

Je suis assise sur les marches de béton devant la sortie de secours du gymnase de mon ancienne école, emmitouflée dans une couverture de laine grise. Deux policiers font monter Simon à l'arrière d'une autopatrouille, un autre se tient près de moi.

– Madame Dussault, après vos analyses à l'hôpital, il sera important de venir déposer une plainte formelle au poste. Nous ferons un rapport d'évènement. Vous comprendrez qu'à la suite de votre témoignage, d'autres chefs d'accusation pourraient être retenus contre monsieur Giguère.

Il me tend sa carte. Je ne bronche pas.

– C'est éprouvant, je vous l'accorde, mais nécessaire. Il serait préférable que vous soyez accompagnée.

– D'accord. J'aurai en effet autre chose à vous dire…

Le policier me salue et repart vers sa collègue.

Les yeux dans le brouillard, je regarde Simon s'éloigner dans la voiture, gyrophares allumés. Je ne peux m'arrêter de pleurer.

Dexter s'assoit à mes côtés.

– Laisse-toi aller, me conseille-t-il en me prenant délicatement dans ses bras. C'est les effets du stress qui retombe.

J'appuie ma tête contre son épaule.

– La police préférait que l'on t'escorte en ambulance. Es-tu certaine de ne pas vouloir ?

– Certaine, oui. Ça va aller.

– J'aurais tellement voulu arriver plus tôt…

– C'est pas ta faute, comment aurais-tu pu savoir, Dex ? Même moi, il m'a fallu du temps avant de comprendre.

– Tu sais, c'est ton frère qui a fait le lien entre Simon et toi. Keyla, elle, a réussi à deviner ses intentions. Elle est incroyable.

Je tourne ma tête vers Eve qui arrive à l'instant avec Brian. Il me cherche du regard, anxieux.

– Pour une fois que ça me sert d'avoir un frère poule...

Dexter sourit.

– Si tu peux plaisanter après tout ce que tu viens de vivre, c'est bon signe.

Je retrouve mon sérieux.

– Dex, je t'aime. Je t'aime tellement. J'aurais pas dû attendre aussi longtemps pour te le dire.

– Je t'aime aussi.

Des sanglots me submergent.

– C'était lui la véritable cause de l'incendie de ma maison, Dex. C'est Simon qui a tué Alec et Malcom !

– Qu'est-ce que tu dis ?

Autour de moi, il n'y a plus un bruit. Dexter me tire vers lui pour me serrer fort. Très, très fort.

LUI

– Elle est dans ma voiture. Je crois qu'elle s'est endormie, dis-je à Brian quand il sort du gymnase.

Il a récupéré les effets personnels de Béatrice.

– Les policiers ont fait le tour des lieux. Il n'y a plus rien à voir, on peut partir. On doit absolument amener Becca se faire examiner à l'hôpital.

– J'irai avec elle.

– Demande à voir Tommy, s'il est de service. Moi, je vais passer faire un tour chez Becca avec un agent pour m'assurer que tout est beau. Quel malade, ce mec ! Dex, merci d'être là. Allez, je passerai vous voir demain.

Je lui serre la main. Il me fait une accolade. Voir Brian devenir un ami me fait chaud au cœur. Surtout après avoir perdu Simon.

– Ça va aller, frérot ? s'enquiert Eve en nous rejoignant.

– Demain, ça ira mieux encore. Merci pour tout.

– Y a pas de quoi.

Son téléphone sonne. Elle le sort de son blouson, regarde l'afficheur, l'air tendu.

– Eve ?

– C'est rien. Un mauvais numéro. Brian, je vais conduire mon frère à l'hôpital, puis je prendrai un taxi pour rentrer.

– C'est bon, je raccompagnerai Keyla.

Dès que j'ouvre la portière de ma voiture, Béatrice sursaute sur le siège arrière.

– Tout va bien, rendors-toi, ma belle flamme.

Je m'installe à côté d'elle, qui vient aussitôt poser sa tête sur mes cuisses. Eve au volant, nous faisons marche arrière pour nous engager dans la rue principale. Durant le trajet, je ne peux m'empêcher de penser à tout ce qui s'est passé. Et au pire, qu'on a réussi à éviter.

Je regarde mon amoureuse dormir. Elle respire enfin calmement. Je n'ai plus qu'une envie, rester auprès d'elle, quoi qu'il advienne.

J'achève ma conversation avec Ingrid lorsque le docteur Simard entre de nouveau dans la salle d'examen. J'éteins mon téléphone.

– Je te conseille fortement de rencontrer un psychologue, Becca, lui dit-il en vérifiant ses globes oculaires avec sa lampe de poche.

– C'est bon. Je vais retourner voir celle que je consultais après l'incendie.

– Ce qui te ferait peut-être du bien aussi, c'est de retrouver tes vieilles pantoufles. Tu sais que tu auras toujours ta place parmi nous. Et que tu nous manques énormément.

Béatrice sourit en s'adressant à moi.

– Il essaie de me convaincre de revenir chaque fois que j'ai la malchance de remettre les pieds ici…

– Ça me semble être une proposition très honnête, dis-je d'une voix hésitante, craignant de la brusquer.

– Mais pour l'instant, reprend Tommy, je te prescris en priorité une bonne nuit de sommeil. Et si tu as besoin d'anxiolytiques ou de somnifères, tu m'appelles, d'accord ? Il peut y avoir des conséquences à ce que tu viens de vivre. Dexter, tu es en mesure de rester avec elle ?

– Bien sûr.

Bien que la police nous ait assuré que Simon demeurerait détenu jusqu'à ce qu'il comparaisse devant un juge, et probablement après aussi, je n'envisage plus de la laisser toute seule.

– Bien, on se revoit donc bientôt ? Courage à tous les deux.

Il nous fait un clin d'œil et quitte la chambre.

– On va chez moi ou chez toi ? lui demandé-je en me mettant devant elle.

Elle m'enlace de ses bras.

– On rentre ? J'ai quelque chose à te montrer à la maison.

ELLE

Lorsque Dexter coupe le moteur, je respire profondément et je pousse la portière.

– Je descends tes affaires ? me propose-t-il en allant ouvrir le coffre.

– J'ai récupéré mon sac à main, le reste peut attendre à demain.

– Brian m'a texté, la police et lui ont vérifié les alentours et l'intérieur de la maison ; tout est sécuritaire. Mais tu préfères que je passe en premier ?

– J'aimerais mieux, oui.

Nous entrons et le silence ambiant m'ébranle. J'ai aussi du mal à me sentir chez moi. Comme si tout avait été sali.

Je raconte à Dexter ce qui s'est produit ce matin. Les agissements de Simon. Dexter en est sidéré.

– J'ai déjà entendu parler de cette drogue. Jamais je n'aurais cru Simon capable d'un tel geste…

– J'ai tellement eu peur, Dex.

Je sens les larmes qui montent.

– Après ça, est-ce que je serai capable de revivre normalement ? Est-ce que je vais toujours craindre que quelqu'un m'agresse ?

– Tu vas y arriver. Le temps va passer et je serai là.

Je regarde l'homme qui m'apaise. Me réconforte. Il semble triste.

– Dex, est-ce que ça va ?

– Je lui en veux tellement. C'était mon confident. Mon ami. Je travaillais avec lui. On était comme deux frères. Je ne peux pas croire qu'il ait pu faire ça. J'aurais voulu l'en empêcher. Le comprendre avant qu'il disjoncte.

Je m'approche de lui et colle mon front au sien. Je touche doucement sa cicatrice. Mon corps tremble encore de tout ce que j'ai vécu aujourd'hui, mais je vais m'en remettre.

– Je t'aime, Dex.

Il m'embrasse et m'emmène au salon, sur le divan. Je me sens en sécurité.

C'est alors que je m'attarde au désordre de la pièce : tous ces papiers que je n'ai pas ramassés. Je bondis sur mes pieds.

– Ferme les yeux.

Je vais à la cuisine et reviens m'agenouiller devant lui, le cahier entre les mains. Mon cœur tambourine contre ma poitrine. Je suis nerveuse. Je ne sais pas s'il l'aimera, mais surtout, s'il saisira ce que je cherche à lui dire. Je le contemple quelques secondes, alors qu'il a encore les yeux clos. Je le trouve si beau. Grâce à lui, j'ai l'impression que ma deuxième vie peut commencer.

Je dépose ma réalisation sur ses cuisses.

– C'est bon !

Il lève les paupières. Ses mains effleurent la couverture, puis il fait défiler les pages les unes après les autres. Ses yeux s'embuent.

– Tu as écrit ton histoire ! J'adore les photos. Celle de ta famille est superbe. – Il tourne une autre page. – Eh ! Tu as vraiment gardé des souvenirs de nos moments ensemble ?

Je crois qu'il devine où je veux en venir.

– Oui ! Je conserve toujours un petit quelque chose des moments qui me rendent heureuse. Depuis quelques mois, tu en fais partie chaque fois. Dex, veux-tu écrire la suite de l'histoire avec moi ?

ÉPILOGUE

ELLE

Hôpital Jésus-Marie,
ville de Québec,
quelques mois après.

– C'est ton dernier *shift*, Becca. Pas d'autres passe-droits, d'accord ?

– Oui, Tommy. Promis.

– Tu sais que tu ne devrais plus travailler depuis quelques semaines déjà.

– Change de disque, s'il te plaît. Déjà que Brian et Dex me cassent les oreilles avec ça, tu ne vas pas t'y mettre toi aussi !

Il s'approche de moi.

– Tu sais que c'est pour ton bien.

Je soupire.

– Je ne suis pas malade, je suis enceinte, c'est différent ! Il y a tellement à faire, tu le sais comme moi.

– Oui, jolie tête de mule ! réplique Keyla, qui m'enlace de dos.

Elle me donne un bisou sur la joue.

– Prête pour tes dernières heures de travail, *bella* ?

– Absolument ! Dex viendra même me chercher pour s'assurer que je ne fasse pas d'heures supplémentaires.

– Et tu lui as dit que tu finissais à quelle heure ? me questionne-t-elle, me voyant venir.

– À minuit, ce soir, pourquoi ?

– Béatrice ! me grondent Tommy et Keyla ensemble.

Nous rions tout en nous dirigeant vers le poste des infirmiers. Je les regarde ensuite partir chacun de leur côté vers d'autres départements. Pour ma part, je profite de ces derniers moments pour saluer mes patients.

Tellement de choses ont changé en quelques mois. Dexter s'est avéré être la personne qui me convient vraiment. J'avais besoin de temps et le simple fait qu'il le comprenne a suffi à me remplir de bonheur. On a dû s'adapter à la vie à deux, mais quand chaque désaccord se conclut dans l'amour, quoi demander de mieux ? C'est aussi lui qui m'a convaincue de reprendre mon emploi d'infirmière. Ce jour-là, Keyla a hurlé de joie ! Je crois qu'un de mes tympans ne s'en est toujours pas remis. Elle était beaucoup plus enthousiaste que mon frère, qui craignait que mes plaies ne soient toujours à vif.

Il redoutait que le retour sur mon ancien lieu de travail puisse raviver un stress post-traumatique, si je venais en aide à un enfant blessé gravement, par exemple. Or, je me surprends moi-même à être forte. À aimer me rendre utile.

Ces jours-ci, Brian est particulièrement occupé à préparer l'inauguration de son centre d'hébergement pour adolescents. Je suis fière de lui ! Du même coup, ça me permet de souffler un peu, car il passe de longues heures sur place pour que tout soit prêt à temps. Dexter, en revanche, me couve deux fois plutôt qu'une depuis ma grossesse... Ce que j'ai subi de la part de Simon y est sûrement pour quelque chose. Mais on évite d'en parler. Je me mentirais si je prétendais ne pas être angoissée à l'idée que je puisse le recroiser un jour quelque part… Mais ça ne sera pas avant des années.

Reste que je me sens à la bonne place et bien entourée.

– Becca, monsieur Perron te demande à sa chambre.

La voix de Jenny me sort de mes pensées. Un pincement au ventre me fait grimacer. Une fausse contraction. À presque trente semaines, mon médecin m'a rassurée en disant que c'était un phénomène courant.

– Bien, j'arrive tout de suite !

LUI

Je sais bien qu'elle devait finir à 20 heures, mais elle semble vouloir étirer la sauce quelques heures de plus. Ma belle flamme…

Assis dans ma voiture, je repense à nous. Nos deux maisons que nous avons vendues pour nous en procurer une autre qui nous ressemble, fraîchement rénovée avec une cour aménagée d'une piscine et d'une aire de jeux en bois. Elle est chaleureuse, idéale pour nos besoins. Le quartier est tranquille et familial. Pas trop loin de son parc préféré où l'on continue d'aller marcher pratiquement tous les jours. L'air du fleuve nous fait du bien et nous permet de décrocher des préoccupations quotidiennes. C'est d'ailleurs assis sur le banc près du saule qu'elle m'a avoué être enfin prête à reprendre son travail d'infirmière aux côtés du docteur Simard. Il faut dire que rester seule à la maison de longues heures, après ce qu'elle a vécu, n'était plus vraiment une option. Depuis qu'elle a revêtu son uniforme, elle resplendit. Elle s'accomplit.

Elle est si déterminée ! Forte aussi.

N'ayant toujours pas de ses nouvelles, j'attends qu'il soit passé 22 heures avant de monter la rejoindre. J'allume mon téléphone pour vérifier si ma sœur m'a écrit. Elle m'a avoué que Peter, son ex, avait recommencé à la contacter. Ça l'inquiète, et moi aussi. Peter ne rapplique pas pour rien. N'ayant jamais pris son rôle de père au sérieux, l'argent doit forcément être en jeu. Ma sœur a surmonté tant d'obstacles depuis son retour, à commencer par sa dépendance. Je ne voudrais pas que ses efforts soient anéantis par un ex qui n'a pas donné signe de vie pendant si longtemps. Mais ce soir, l'écran n'affiche rien de spécial.

J'ouvre mon application et fais défiler l'actualité. Sur Facebook, je tombe sur un *post* d'Ingrid, souriante, au côté d'un homme que je ne connais pas. Encore aujourd'hui, j'ai du mal à croire que la maladie de Simon l'ait enlisé à ce point dans son obsession envers Béatrice. Qu'il ait tout gâché pour un fantasme. Qu'il ne se soit jamais confié à moi non plus. Enfin. Puisqu'il refuse toujours de se faire soigner en centre psychiatrique, et qu'il a plaidé coupable à une infraction d'homicide involontaire en plus du reste, il croupira longtemps à l'ombre. Et s'il sort de prison de son vivant, ce sera sous liberté surveillée. Par chance, son plaidoyer a permis d'éviter à Béatrice la pénible épreuve de revivre les faits devant un tribunal.

Le nom de Keyla apparaît en haut de mon écran. Je saisis le cylindre de plastique sur la banquette arrière.

– Elle est avec un patient. Va vite dans la chambre, je te l'envoie dès qu'elle sort, souffle-t-elle quand j'entre dans le pavillon.

Je la remercie à la volée et vais m'installer sur le lit de cette chambre où tout a commencé. Où nos chemins se sont véritablement liés. Là où nos vies ont changé.

Un nouveau texto ne tarde pas à faire vibrer mon téléphone.

Keyla
Tiens-toi prêt, monsieur Pompier,
elle trottine vers toi.

Je vérifie que mon tube est bel et bien près de moi. Tout est beau. J'entends :

– Tommy, quand as-tu admis un patient à la chambre 3424 ?

– On a eu une urgence.

– En quinze minutes ?

– Eh oui, voilà son dossier.

C'est alors qu'elle apparaît dans l'embrasure de la porte de la chambre. Notre chambre.

Le docteur Simard s'éclipse discrètement.

– Dex ! s'exclame-t-elle en portant sa main sur sa poitrine. Tu m'as fait peur, qu'est-ce que tu fais ici ?

– Je t'attendais.
– Je termine que dans…
Je m'esclaffe.
– Tu terminais il y a deux heures !
Elle tire la langue en riant à son tour.
– C'est encore Keyla qui m'a trahie ?
– Je commence surtout à bien te connaître.
– Ça ne m'explique pas pourquoi tu es là !
Je lui tends la main pour qu'elle vienne s'asseoir près de moi. Je hume son parfum. Mon préféré.
– Béa, quand j'ai ouvert les yeux ici, dans cette chambre, c'est d'abord toi que j'ai vue. Comme un ange sur ma route.
Elle sourit, faisant luire son regard bleuté.
– Je ne savais même pas ton nom que tu m'obsédais déjà. Partout, j'entendais ta voix.
Elle rit.
– On a traversé beaucoup de choses ensemble. Nos vies se sont rejointes d'une manière étonnante. Est-ce qu'on peut appeler ça le destin ? En tout cas, j'ai eu beaucoup de chances. D'abord, celle de te rencontrer. Celle aussi de te revoir et de pouvoir t'embrasser. Puis celle de vivre avec toi. Et bientôt – je dépose délicatement ma main sur son ventre arrondi –, je serai un papa comblé.
Je prends le cylindre, j'enlève le couvercle et je retire le carton qui occupe l'intérieur.
– Béa, tu es la personne que j'attendais. Celle qui m'a fait voir la vie différemment. Qui m'a fait vivre autrement. J'aimerais t'offrir ceci.

Lorsqu'elle le déroule, elle pose la main sur sa bouche. C'est une carte du ciel.

– Ma flamme, les astres se sont alignés. Là, tu as une étoile pour Alec. Plus bas vers la droite, l'étoile la plus scintillante, c'est Malcom. Au centre, un peu plus en hauteur, c'est toi. À gauche plus bas, tu m'as, moi, et cette petite étoile ici, c'est notre fille qui naîtra bientôt.

– Notre famille crée une constellation parfaite…

– Oui, la coupé-je pour lui exprimer le fond de ma pensée. C'est pourquoi nous pourrions appeler notre fille Cassiopée.

Béatrice se jette dans mes bras.

C'est à cet instant précis que je comprends à quel point un banal jour de pluie peut changer en mieux le cours d'une vie…

REMERCIEMENTS

Mes tout premiers remerciements !

Je dois sans l'ombre d'un doute remercier mes sœurs et ma mère : mes premières lectrices !

Krystel, merci pour tes lectures, tes corrections et ton soutien. Ton « C'est tellement bon qu'on oublie que c'est toi qui l'écris » m'a donné des ailes.

Kellie, merci pour ta présence et tes larmes à la fin de l'histoire. Tu m'as offert une bouffée d'espoir !

Maman, merci pour ton amour aveugle et inconditionnel envers mon roman ! Puisque je m'extasie toujours devant les dessins de mes enfants d'âge préscolaire en leur disant qu'ils sont doués, je peux comprendre !

Kéven, tu n'as rien lu, mais tu es mon frère, alors je t'aime et je te remercie de faire partie de ma vie.

Papa, merci de m'encourager et de t'informer de mes projets même si la littérature est un domaine loin du tien. Un jour, je t'écrirai peut-être une histoire semblable à *District 31* avec la belle Nadine.

Merci de tout cœur à mes premières vraies lectrices : Danielle Théoret et Marie-Ève Modérie. Votre enthousiasme m'a donné le signal pour envoyer mon manuscrit à Hugo & Cie.

Merci à Sylvie G., pour ta présence et ton soutien moral. Tes mots ont trouvé écho en moi.

Merci à Sandrine, mon éditrice en or, pour ton travail, ton écoute, ta détermination, ta chaleur et ton professionnalisme. Tu es une personne formidable.

Merci à Pierre, pour ta confiance envers moi, envers mes personnages. Grâce à toi, je réalise un de mes plus grands rêves.

Merci à mon chum, Yan. Tu as toujours su m'encourager à ta manière. Je t'aime tellement.

Merci à mes quatre trésors. Mes « 4 M ». Grâce à vous, je vais jusqu'au bout de mes rêves !

Et merci à vous, lecteurs et lectrices. Vous avez osé plonger dans l'*Inévitable* et ce geste me touche énormément. Je vous remercie infiniment.

Composition et mise en pages
Nord Compo à Villeneuve-d'Ascq